DX.2

받들어라☆용신소녀!

이시부미 이치에이 지음
미야마 제로 일러스트
이승원 옮김

목 차

표지 · 본문 일러스트
미야마 제로

──또 나와 놀아주면 좋겠다.

──음! 나와 피스 님은 친구지 않느냐! 또 같이 놀자꾸나!

Life. 1 태양이 가슴!

"저기, 잇세. 악마 인어라는 걸 아니?"

그 사건은 부장의 그 말에서 비롯되었다.

수학여행에서 돌아온 어느 날의 방과 후.

우리 2학년이 부실에서 1학년인 코네코, 개스퍼에게 교토에서 있었던 일을 이야기해주고 있을 때——.

"그럼 역시 단절된——."

"회장님도 용케 찾아냈군요."

학생회가 주최한 클럽 회의에 참가했던 부장님과 아케노 씨가 이야기를 나누면서 돌아왔다.

회의에 쓰인 프린트 용지를 테이블 위에 내려놓은 부장님은 우리 전원을 둘러보았다.

"다들, 문화제가 코앞인데 이런 소리를 해서 미안하지만, 활동보고서 작성을 도와줬으면 해."

활동보고서? 그건——.

"……부장님이 인간계에서 생활하는 조건으로 명계 측에 제출하기로 한 과제 말인가요?"

코네코가 손을 들면서 질문을 했다.

그렇다. 부장님은 원래 명계의 상류계급 학교에 다녀야 하지만, 특기생으로서 쿠오우 학원에 다니고 있다. 그래서 상류계급 학교에서 취득해야 하는 학점을 인간계 활동을 통해 따야만 하는 것이다. 악마 영업이라든가, 인간계에서 생활하는 괴물에 대한 연구 리포트 등도 그 일환이다.

코네코도 그 사실을 아는 것 같았다.

부장님은 그 질문을 듣더니 미소를 지으면서 고개를 끄덕였다.

"응. 소나에게서 재미있는 정보를 얻었어. 어쩌면 학점을 따는 것만이 아니라, 명계에 좋은 정보를 제공할 수 있을 것 같아. 그리고 부활동으로서도 『＊UMA에 관한 리포트』로서 교내 신문 오컬트 코너에 발표할 수 있을지도 몰라."

오오, 재미있는 정보인가요. 게다가 명계와 부활동에 유익한 정보? 부장님은 꽤나 즐거운 표정을 짓고 있었다. 꽤나 흥미로운 이야기를 회장님에게서 들은 것 같았다.

"그게 뭔데요?"

내가 되묻자, 이 이야기의 앞머리에서 나왔던 말을 들었다.

"저기, 잇세. 악마 인어라는 걸 아니?"

……하고 말이다. 하지만 인어라는 말을 듣고 머릿속에 떠오른 것은 마물술사인 아베 선배가 사역하던—— 다리가 달린 생선이다! 내 환상을 산산조각 내는 그 용모를 떠올리기만 해도 눈물이 났다! 인어하면, 상반신은 미녀! 하반신은 아름다운 비

＊UMA : 미확인동물. 목격 정보 등은 있지만 실존여부가 확인되지 않은 생물을 가리키는 말.

늘로 뒤덮인 물고기! 이거라고 생각했다고! 하지만 세계의 섭리가 어떻게 반전된 건지는 모르겠지만, 이 업계에서 인어하면 거대한 참치에 다리가 달린 흉측한 생물이라니, 정말 울고 싶어졌다.

그것을 본 순간, 나는 절망의 구렁텅이에 빠졌다고! 그 정도로 이 세상은 잔혹하단 말이야!

"하아…… 인어, 인가요……."

나는 가라앉은 목소리로 대답했다. 부장은 낙담한 나를 보더니 쓴웃음을 지었다.

"그러고 보니 잇세는 그 인어를 보고 꽤나 실망했었지. 하긴, 이야기에 나오는 인어는 하나같이 아름다운 외모를 지녔으니 그럴 만도 해."

부장님은 내 볼을 쓰다듬으면서 말을 이었다.

"자아, 그럼 다같이 UMA를 만나러 가볼까?"

부장님이 그렇게 말했지만……. 으음, 영 텐션이 올라가지 않네.

"UMA라. 그런 건 보통 마물인데 말이야. 뭐, 마물 퇴치라면 딱히 심심하지는 않겠지."

"인어와 만나보고 싶어요!"

"낚싯대가 필요할까?"

제노비아, 아시아, 이리나, 교회 트리오도 인어라는 말을 듣고 관심을 보이기 시작했다! 잠깐, 낚지는 말라고, 이리나!

……이런 식으로 벌어진 일의 결과가 좋았던 적이 한 번도 없어! 분명 당치도 않은 UMA——인어를 만나게 될 게 뻔해.

나는 내키지 않았지만, 오컬트 연구부 멤버들은 다음 휴일에 다 같이 바닷가에 가기로 했다.

— ○ ● ○ —

그런고로 휴일. 우리는 전이형 마방진으로 몇 번 점프한 끝에, 사시사철 여름인 해안에 도착했다.

하늘에는 눈부신 태양! 끝없이 펼쳐져 있는 새하얀 모래사장! 바닥이 보일 정도로 맑고 푸른 바다! 우리 외에는 아무도 없어!

……지금 일본은 가을이지만 외국에는 이렇게 여름인 지역도 있다니, 정말 세상은 넓다.

"바~다~!"

들뜬 목소리로 그렇게 외치며 모래사장을 내달린 후, 바다에 뛰어든 이는 수영복 차림의 이리나였다. 그 뒤를 이어 아시아와 제노비아도 바다에 발을 담갔다.

"바다도 꽤 괜찮네, 아시아."

"예, 제노비아 씨! 날씨도 좋고, 바닷물도 시원해서 기분 좋아요. 그리고 실은 바다에 처음 들어가 보거든요. 풀장과는 전혀 다르네요."

그래. 교회에서 자란 아시아는 해수욕을 해본 적이 없구나.

그럼 이쯤에서 교회 트리오의 수영복 체크! 이리나와 제노비아는 비키니! 제노비아는 몰라도 천사인 이리나까지 비키니라니……! 두 사람 다 괜찮은 가슴을 소유했기에, 바다에서 뛰어

다닐 때마다 출렁출렁…… 이거 정말 끝내주네! 새하얀 피부가 정말 눈부셔!

아시아는 얌전한 느낌의 물빛 원피스형 수영복을 입고 있었다. 피부는 많이 노출되지 않지만, 이건 이것대로 좋은걸!

참고로 나도 수영복을 입고 있다. 트렁크 타입이지만 말이다.

"……바다."

어이쿠, 코네코도 내 옆을 지나가더니 바다에 들어갔다. 수영을 잘 못하는 코네코는 튜브를 가지고 입수했다. 참고로 그녀는 학교수영복을 입고 있다! 잘 어울리는 정도가 아니라 「바로 이거지!」라는 말이 절로 나올 만큼 끝내줬다!

므흐흐, 여자들이 전부 수영복 차림이라 눈 호강 한 번 제대로 하고 있사옵니다. 이 모래사장에는 우리 밖에 없으니, 남들 시선을 신경 안 써도 되어서 좋네!

그러고 보니 우리는 이번 여름에 해수욕을 하러 한 번도 안 갔잖아. 여름방학 동안 명계에서 지냈지. 귀중한 청춘의 나날을, 나는 산에 틀어박혀 드래곤과 수행하면서 보냈다고…….

그러고 보니, 이건 잃어버린 고2의 여름을 되찾을 절호의 기회일지도 몰라!

여름이다! 잃어버린 여름이 돌아온 느낌이 본격적으로 든다고!

"자아, 나도 좀 즐겨볼까. 잇세 군, 나중에 다 같이 공놀이 할까?

키바는 트렁크형 수영복 차림으로 등장했다. 호리호리하지만 군살이 없고 근육이 적재적소에 존재해서 그런지, 늘씬하면서도 강인해 보였다.

……나는 단련을 하면 할수록 근육이 붙는 타입이기 때문에 점점 체격이 좋아져서 입을 옷이 점차 줄어갔다……. 부장님은 내 근육질 육체가 믿음직해 보인다고 칭찬해줬지만, 실은 키바 같은 체형이 부럽다니깐!

 "……왜, 왜 내 몸을 계속 쳐다보는 거야……?"

 키바는 약간 난처한 듯한 어조로 그렇게 말했다! 이, 이 녀석! 이상한 착각을 하고 있는 게 분명해!

 "야 이 멍청아! 나는 너의 그 군살 없는 몸매를 조금 동경했을 뿐이야! 비치발리볼에는 나도 참가할 테니까, 먼저 바다에나 들어가라고!"

 "후후후, 알았어."

 키바는 쓴웃음을 지은 후, 바다로 향했다. ……쳇, 개스퍼를 비롯해 우리 부의 남자들은 내 시선을 이상한 쪽으로 오해한다니깐!

 "자아, 다들 바다에 들어가기 전에 악마용 특제 오일은 발랐니? 햇볕이 강하니 오일을 발라두지 않으면 뻘을지도 몰라."

 "어머어머, 다들 젊군요. 도시락도 싸왔으니 배고프면 돌아오세요."

 부장님과 아케노 씨, 두 누님들은 파라솔 밑에서 쉬고 있었다. 두 사람 다 「바다에 왔다고 들뜰 리가 없잖아요」 하고 말하는 것처럼 차분했다! 언동 또한 보호자 같았다!

 그리고 그 두 사람이 입은 수영복은……! 면적이 작은 붉은색 비키니를 입은 부장님! 수영복 밖으로 삐져나온 가, 가슴이 엄청난 자태를 자아내고 있다! 하의 또한 면적이 작아서 정말 엄청났다! 아아, 매끈매끈한 발이 정말 끝내줘요!

그리고 아케노 씨는 흰색 수영복! 이쪽도 면적이 작아서, 가슴이 금방이라도 밖으로 튀어나올 것 같은 상태이옵니다! 두 사람은 가슴을 얼마나 드러낼 수 있는지 승부라도 하고 있는 건갑쇼?! 끝내주옵니다! 감사합니다요!

"저기, 잇세. 오일을 발라줄래?"

부장님은 그렇게 말하더니, 수영복 상의를 벗으며 비닐시트에 누웠다! 오, 오, 오일 발라주기이이이이이잇!

남자의 꿈! 바다하면 이거! 최고의 이벤트라고 해도 과언이 아닌, 바로 그 오일 발라주기이옵니까아아아앗?!

"물론입죠!"

나는 재빨리 파라솔에 들어간 후, 부장님의 옆에 앉았다! 풀장 이후로 처음이네!

"그럼, 저도 부탁드릴게요."

아케노 씨도 나에게 오일을 발라달라고 했다! 수영복 상의를 벗더니, 부장님의 옆에 누웠다!

드러누운 순간, 말카아아아아아앙, 하면서 가슴이 옆으로 삐져나왔다아아아아앗! 삐져나온 가슴, 최고이옵니다! 물론 두 사람다요!

좋아! 좋았어어어어어어엇! 나, 오일 발라주기 장인으로 전직할래!

삐져나온 가슴이 네 개나 존재하는 이 비닐시트는 오일 발라주기 장인에게 있어 최고의 직장이라고!

평소에도 부장님과 아케노 씨의 몸을 만지고 있으니, 이제 와서 오일 발라주기 같은 걸 해봤자 그다지…… 같은 생각은 눈곱만큼도 안 해! 그건 그거! 이건 이거라굽쇼! 오일 너머로 느껴지는 여체의 육감적인 감촉은 남자의 뇌에 상상을 초월하는 자극을 줄 정도로 엄청나단 말이다!

병을 꺼내든 나는 손바닥에 오일을 뿌린 후, 양손을 잘 비볐다. 그리고 부장님의 등에 손을 댔다. 그리고 손을 놀리면서 부드러운 피부에 오일을 슬며시 발랐다.

푸슷! 코피가 살짝 났다. 우와, 부장님의 몸은 여전히 최고야! 매끈매끈하고, 말랑말랑해! 등 구석구석까지 오일을 발랐으니, 다음은—— 허벅지!

그녀의 말랑말랑한 허벅지는 끝내주는 감촉을 내 손에 전해줬다! 너무 부드러워서 뇌가 승천해버릴 것만 같지만 참아야 한다! 아직 끝난 게 아니니까 말이다! 다음 차례는 아케노 씨란 말이다!

"잘 부탁해요."

나는 그렇게 말하는 아케노 씨의 등과 허벅지에 오일을 발랐다.

큭……! 이 쫄깃쫄깃한 육감은 살인적이다! 이 끝내주는 피부에 손이 파묻히는 감각이 정말 끝내준다! 무너지지 않는 푸딩! 끈적하지 않은 떡!

"잇세. 나도 계속 해주렴."

부장님이 재촉을 하고…….

"부장님, 너무해요. 잇세 군의 손을 독점하려는 건가요?"

아케노 씨가 그렇게 말하자, 나는 두 사람에게 번갈아 오일을 발라줬지만…….

손을 통해 느껴지는 감촉은 그야말로 최고인데도, 계속 재촉을 받으니 힘들었다! 하지만 행복한 직장인 것은 사실이다! 이건 행복한 비명이라는 거라고!

참고로 시트 구석에서 탄식을 터뜨리고 있는 이가 한 명 있었다. ──로스바이세 씨다.

"악마로 전생했으니, 빛은 피부에 좋지 않을 거예요. 이렇게 햇살이 쏟아지고 있는 해변을 뛰어다녔다간 제 소중한 피부에 주름이 생길지도 몰라요…… 아아, 정말 무섭군요."

로스바이세 씨는 파라솔 밑에서 혼자 오일을 바르며 혼잣말을 하고 있었다. 수영복은 부장님이나 아케노 씨 정도는 아니지만 상당히 대담한 비키니였다. 가슴도, 다리도 끝내주네!

……하지만 겉모습은 우리와 크게 나이 차이가 나지 않지만, 하는 말은 영락없는 2, 30대 누님 같았다.

그런 걸 신경 쓰지 않아도 될 만큼 매력적이라고 생각하는데……. 나는 여자들의 생각이 도통 이해가 되지 않았다.

참고로 오늘은 고문인 아자젤 선생님이 함께 오지 않았다. 아자젤 선생님은 이런 걸 좋아하지만, 지금은 다른 일 때문에 출장 중이었다. 타천사의 총독은 정말 바쁘네. 하지만 한가할 때마다 당치도 않은 일을 벌이지.

……응? 오컬트 연구부 멤버 중 누가 없는 것 같은데…….

모래사장을 둘러봤지만…… 역시, 없었다. ──아, 멤버들의 짐들을 모아둔 장소에 눈에 익은 종이상자가…….

두 사람에게 얼추 오일을 발라준 후, 나는 머뭇거리면서 그 상자에 다가갔다.

그리고 뚜껑을 열어보니──.

"……허억허억…… 주, 죽을 것…… 같아요오……."

얼굴이 새파랗게 질린 채 땀을 줄줄 흘리고 있는 개스퍼가 그 안에 있었다.

개스퍼! 네, 네가 왜 이런 곳에 있는 거야?! 그것보다, 안색이 너무 나쁘잖아! 그래, 악마인데다 뱀파이어, 게다가 은둔형 외톨이인 개스퍼에게 이렇게 눈부신 태양 아래에 나오는 건 사활 문제구나!

하지만 여성용 수영복을 입고 있다는 점에서 강한 집착이 느껴져!

"너, 너, 괜찮아……?"

내가 근처에 있던 페트병의 물을 개스퍼에게 뿌려주자──.

"아, 잇세 씨. 그 페트병……."

바다에서 나온 아시아가 내가 들고 있는 페트병을 쳐다보면서 말했다.

"만약의 사태에 대비해 가져온…… 성수예요."

"뭐?"

나는 얼빠진 목소리로 그렇게 말했다. 하지만 이미 늦었다. 페트병 안에 있던 물이…….

치이이이이이이익! 종이상자에서 들려온 것은 뭔가가 타들어가는 소리였다! 그와 동시에 상자에서 연기가 피어올랐다! 성수는 악마에게 있어서도 뱀파이어에게 있어서도 유해하다! 약해진 이 녀석에게 있어서는 효과가 곱절인 필살 아이템일 것이다!

"크으으으으으으으윽! ·············더는, 못 버티겠······어요오······."

개스퍼는 비명을 지른 후, 힘없이 고개를 숙였다. 그 표정은 고통에서 영혼이 해방된 것처럼 평온했다!

"개스퍼어어어어어엇! 잘못했어! 돌아와아아아아아앗!"

나는 빠져나간 개스퍼의 영혼을 다시 불러들이려는 것처럼 그녀석의 어깨를 마구 흔들어댔다!

그런 슬픈 일이 벌어지기는 했지만, 우리는 지나가버린 여름을 다시 만끽했다.

아, 맞다. 우리가 이곳에 온 건 인어를 만나기 위해서잖아!

······솔직히 말해 나는 내키지 않았지만, 부장님과 아케노 씨의 몸에 오일을 발라준 것만으로도 득 본 듯한 느낌이 들었다.

그렇게 우리는 모래사장에서 즐거운 시간을 보낸 후, 표적인 인어를 만나기로 했다.

─○ ● ○─

"여기야."

우리는 앞장선 부장님의 뒤를 따르면서, 해변에서 약간 떨어진 곳에 있는 암초 지역으로 향했다.

암초 지역에서는 찰싹 하는 소리를 내며 파도가 치고 있었다. 그리고 그곳의 한편에 누군가가…….

우리가 그곳에 가보니, 바위 위에—— 미소녀가 있었다! 아, 아니다. 미소녀인 건 상반신 만이다! 하, 하반신은…… 물고기! 이, 이건……!

꿈인지 현실인지 알 수 없는 상황에 직면한 나는 입을 쩍 벌린 채 완전히 혼란에 빠졌다!

그, 그럴 만도 하잖아! 나는 이번 인어도 아베 선배가 사역하던 다리 달린 생선일 거라고……!

한 번 뇌리에 박힌 이미지는 쉽게 사라지지 않았고——.

부장님은 당황할 대로 당황한 나를 내버려둔 후, 그 미소녀에게 말을 걸었다.

"안녕. 당신이 보호를 요청한 사람이지?"

부장님이 말을 걸자, 그 미소녀는 아름다운 녹색 장발을 손가락으로 만지작거리면서 부끄러워하듯 고개를 끄덕였다.

"……이, 인어가 진짜로 존재했군요!"

드디어 이 상황을 이해한 나는 벅찬 감동을 느끼며 전율했다! 있다! 있었어! 인어 아가씨! 참치에 발이 달린 생물이 아냐!

있는지 없는지도 모르는 바다의 신이시여! 진짜 인어도 존재하게 해주셔서 감사하옵니다!

나는 무의식적으로 눈물을 흘리며, 바다에 계신 신에게 감사 인사를 드렸다!

게다가 이 애, 엄청 귀여워! 흔치 않은 녹색 머리카락이 몽환적인 느낌을 자아내! 인어 자체가 몽환적이니 그야말로 최고의 조합일지도 몰라!

부장님이 인어를 소개했다.

"이 애는 리리티파 베파르. 보다시피 인어야. 그리고 악마이기도 해."

"아, 안녕하세요……."

오오, 목소리도 귀여워! 인어는 목소리가 곱다던데 진짜였어! 그 참치의「교교교」같은 괴성이 아니라 정말 다행이야!

"인어예요!"

"음. 신비롭군."

"이것도 하늘의 뜻이 분명해!"

아시아, 제노비아, 이리나, 트리오도 인어를 보며 눈을 반짝였다.

어? 나는 방금 부장님이 한 말 중에서 걸리는 부분이 있다는 사실을 눈치챘다. 악마라는 것도 그렇지만, 문제가 되는 것은 이름 쪽이다.

"베파르? 으음, 내 기억이 옳다면, 그건 단절된 가문 아닌가요?"

그렇다. 베파르는 상급 악마 가문 중 하나다. 하지만 나는 일전에 전 72위를 암기하면서, 베파르는 대가 끊겼다는 사실을 알았다.

부장님은 내 말을 들더니, 고개를 끄덕이면서 말했다.

"맞아. 원래 72위에 소속되어 있던 상급 악마 일족이지만, 예전의 전쟁 때 가문이 단절되고 말았어. 그녀—— 리리티파는 베파르 가문의 피를 이어받은 후예야. 베파르 가문의 여성은 하나같이 아름다운 인어란다.”

저, 정말?! 살아있었어?! 이거, 대단하네! 게다가 악마이자 인어라니!

흐음, 그렇게 단절된 걸로 알려진 일족의 후예도 조용히 살아가고 있구나. 그러고 보니 발리도 구 마왕의 피를 이어받았지.

“자식이 있기는 하지만, 삼대 세력 간의 전쟁 때 입은 피해 때문에 가문의 경제력이 바닥까지 떨어져서 이러지도 저러지도 못한 상급 악마도 있었어. 가문이 위기에 처한 가운데, 구 정부가 무너지고 현 정부가 설립되는 혼란에 휘말려 이러지도 저러지도 못한 채 대가 끊어지고 만 곳도 있지. 가문을 유지할 수 없었던 탓에, 인간계에서 몰래 살아갈 수밖에 없었던 거야. 게다가 구 마왕파와 현 마왕파의 항쟁 당시에는 정부 측에서도 지원을 할 수 없었거든. 현 정부는 그 점을 안타깝게 여기고 있어. 그래서 단절된 가문의 후예를 탐색하고 있는 거야.”

부장님이 그렇게 말했다.

으음, 복잡한 경위가 있구나. 그렇다면 단절된 다른 가문 중에도 이렇게 존재하고 있는 곳이 있을지도 모르겠네.

부장님은 어험 하고 헛기침을 하더니 이야기를 계속했다.

“어떻게 된 건지 너희에게도 설명해줄게. 나는 소나에게 인어—— 베파르 가문의 후예가 이 바다에 있다는 이야기를 들었어. 끊어진 줄 알았던 가문의 후예를 발견하면 보호 혹은 접촉

해서 상황을 파악하는 게 인간계에 사는 상급 악마에게 주어진 임무이기도 해. 뭐, 레어 케이스지만 말이야."

오오, 그렇구나. 그런 레어 케이스에 대응하는 것도 상급 악마의 일인 건가.

부장님은 이야기를 계속했다.

"원래라면 해역에 대해 잘 아시는 마왕 레비아탄 님 측에서 나서야 하겠지만, 세라포르 님과 소나도 일이 많아서 접촉할 날짜를 잡기가 힘들다지 뭐야……."

아케노 씨가 이어서 말했다.

"그래서 회장님께서는 저희에게 접촉을 해달라고 하셨어요. 뭐, 부장님의 학점과 부활동 내용 등을 생각하면 저희에게 있어 일석이조라고 할 수 있죠. 우후후. 어쩌면 회장님은 그런 면까지 생각해서 부장님에게 부탁을 한 걸지도 모르겠군요."

아케노 씨가 살며시 미소를 짓자, 부장님은 볼을 붉히더니 「그럼 마치 내가 친구에게 도움만 잔뜩 받는 못난 학생 같잖아!」 하고 푸념하듯 귀엽게 말했다.

오호라, 소나 회장님은 친구를 잘 챙길 뿐만 아니라, 사람을 적재적소에 활용할 줄도 아는구나.

부장님은 「하아」 하고 한숨을 내쉰 후, 다시 인어에게 말했다.

"그럼 리리티파에게 질문 몇 가지만 할게. 대답할 수 있는 질문에만 대답해주면 돼."

그 후, 부장님은 레어 케이스용 매뉴얼 책을 한손에 들면서 인어에게 질문을 던졌다.

가문을 존속시킬 수 없게 된 후, 이곳에서는 어떻게 살고 있는 가. 현 마왕업계에 대해 어떻게 생각하는가. 생활면에서의 불만, 불편은 없는가. 부장님은 그런 것들을 물었다.

인어의 대답을 아케노 씨와 키바가 메모하고 있었다. 그녀는 현 마왕 정부에게 보호받기를 원하고 있었다. 이리나도 메모를 하고 있었다. 천계에 이 정보를 전달할 생각인 걸까?

그리고 「현재 불안을 느끼고 있는 점」하고 물은 순간이었다. 인어—— 리리티파 씨의 귀여운 얼굴이 어두워졌다.

그 사실을 눈치챈 부장님이 부드러운 어조로 물었다.

"뭐든 괜찮으니 말해보렴."

부장님이 상냥한 어조로 그렇게 말하자, 리리티파 씨가 입을 열었다.

"……으, 으음…… 실은…… 무서운 사람에게 협박을…….."

그녀는 우물쭈물하면서 그렇게 말했다. 뭐?! 이렇게 귀여운 인어를 협박하는 나쁜 자식들이 있다고?!

"무서운 사람? 그건——."

부장님이 물으려한 순간이었다. 갑자기 주위가 검은 아지랑이…… 안개 같은 것에 뒤덮였다.

……이게 뭐지? 마력이 느껴져.

안개를 본 리리티파 씨는 「……싫어」하고 말하면서 덜덜 떨기 시작했다.

"……비린내 나."

코네코는 인상을 찡그리면서 코를 움켜잡았다. 비린내? 내가 그 말을 듣고 의문을 느낀 순간, 기괴한 소리가 들려왔다.

고오오오오오……. 뭔가가 삐걱거리는 듯한 소리가 이 일대에서 메아리쳤다.

『베파르의 인어, 드디어 찾았다.』

무시무시한 목소리와 함께 안개 너머에서 모습을 드러낸 것은 —— 커다란 배였다!

오, 오, 오오오오오, 대형 범선이다~! 해적선?! 아니, 유령선?! 고풍스러운 대형 범선이 암초 근처에 정박했다!

"나는 캡틴 그래그!"

뱃머리에 서서 큰 목소리로 고함을 지른 이는 해적 복장을 걸친 —— 징그러운 얼굴의 괴인이었다! 얼굴이 꼭 심해어같아! 얼굴과 모자 밑으로 살짝 튀어나온 더듬이로 볼 때, 초롱아귀 괴인인가? 왼쪽 눈에는 안대를 하고 있었으며, 한 손에 사벨을 쥐고 있었다.

배에 달린 커다란 돛에 그려진 것은 해골이 아니라 —— 마방진! 그것을 본 키바가 중얼거렸다.

"……포르네우스."

그 말을 들은 부장님이 고개를 끄덕였다.

"그래. 저 마방진의 형태로 볼 때 그런 것 같아. 상급 악마인 포르네우스 가문이야."

"또 상급 악마인가요?!"

나는 깜짝 놀랐다! 포르네우스……! 내 기억이 정확하다면, 부장님과 마찬가지로 전 72위에 속하는 일족이다! 오늘은 72

위와 많이 만나는 날이네!

오오, 이런 괴인 타입의 악마는 신선한걸! 괴물처럼 생긴 ○가 존재한다는 건 알고 있었지만, 주위에 있는 악마는 하나같○ 인간과 겉모습이 똑같거든!

해적괴인── 포르네우스가 선원 복장을 한 부하로 보이는 ○ 이들을 데리고 서더니, 당당한 목소리로 말했다!

"여기가 포르네우스 가문의 영역이라는 사실을 알면서도 이 딴 행패를 벌인 것이냐?! 느껴지는 기운으로 볼 때, 우리와 마 찬가지로 악마 같구나."

동포라는 사실을 알고도 그는 태도를 바꾸지 않았다. 하지만 부하의 말을 들은 순간, 표정이 변했다.

"캡틴! 이 마력의 질로 볼 때 상급 악마가 틀림없어요!"

부장님의 머리카락을 쳐다본 포르네우스는 붉은 색으로 빛나 는 눈을 가늘게 떴다.

"으으으음. 붉은 머리카락…… 그레모리인가……. 실례했 다, 그레모리 가문의 사람이여. 나는 포르네우스 가문의 그래 그 포르네우스다."

오오, 그레모리라는 이름은 이럴 때에도 효과가 끝내주는 구 나. 저 괴인 캡틴의 태도가 약간 부드러워졌어.

부장님도 그 모습을 보더니 인사를 건넸다.

"만나서 반가워, 그래그 포르네우스. 네 말대로, 나는 그레모 리 가문의 리아스 그레모리야."

포르네우스는 그 말을 듣더니 「흥」 하고 코웃음을 쳤다.

"흠. 미안하지만 저 인어는 우리가 수색하던 자다. 이야기 도중에 방해해서 미안하지만, 넘겨주지 않겠나? 오늘이야말로 저 자를 내 권속으로 받아들일 생각이거든. 크흐흐흐흐."

부장님이 인어 아가씨와 중요한 이야기를 하고 있는데, 저딴 소리를 해댔다. 그뿐만 아니라 음흉하기 그지없는 웃음까지 흘린 것이다. 엄청 음탕한 웃음소리야! 분명 다른 꿍꿍이가 있는 게 분명해! 색골인 내 눈은 속일 수 없다고!

"…………무서워요."

리리티파 씨도 부장님의 등 뒤에 숨었다. 그 모습을 보자, 아까 그녀가 말한 자신을 협박하는 사람이 누구인지 쉬이 상상이 되었다. 바로 이 괴인인 것이다.

리리티파 씨를 감싸고 있는 부장님의 한쪽 눈썹이 꿈틀거렸다.

"느닷없이 무슨 소리를 하는 거야……. 포르네우스 가문은 어학에 정통하며, 사물에 멋진 이름을 붙인다고 들었는데, 예외도 있나 보네. 소나가 이 영역의 주인인 포르네우스가 아니라 나한테 부탁을 한 이유를 알 것 같아."

부장님은 한탄하듯 한숨을 내쉬면서 그렇게 말했다.

나도 감이 왔어. 분명 이 주위를 자기 구역으로 삼고 있는 포르네우스보다 부장님에게 부탁하는 편이 인어 아가씨에게 있어 안전할 것이다. 지금도 인어 아가씨는 흉측하게 생긴 괴인을 보고 두려워하고 있었다.

그런데 이런 바다 주변을 구역으로 삼으면 악마 영업을 어떻게 하는 걸까? 이 근처에는 섬이 많은 것 같은데, 섬사람들과 계

약을 하는 걸까? 아니면 해적 같은 꼴에 걸맞게 나쁜 짓거리를 하고 있는 걸지도 모른다.

부장님의 말을 듣고 분노에 사로잡힌 듯한 포르네우스는 이빨을 드러냈다.

"이, 이 계집애가 보자 보자 하니까……! 남의 구역에 멋대로 들어와서 그딴 태도를 취하는 것이냐……! 가슴만 큰 줄 알았더니, 태도도 거만하구나!"

"……."

포르네우스의 말을 듣고도 부장님은 여전히 미소를 짓고 있었지만……. 부장님의 몸을 뒤덮고 있는 아우라가 점점 진해졌다! 어라라?! 왠지 분노의 아우라가 느껴지는데?!

스위치공주라는 호칭이 생긴 후, 부장님은 가슴 이야기를 들으면 때때로 언짢아했다!

포르네우스가 방금 한 말은 결코 건드려서는 안 되는 스위치를 건드리고 만 건가!

"캡틴, 캡틴!"

부하 악마 중 한 명이 포르네우스에게 말했다.

"내 부하여, 무슨 일이지?"

"저, 저 분은 그레모리 중에서도 그 유명한 리아스 그레모리 예요! 마, 마왕 서젝스 님의 여동생이라고요!"

포르네우스는 그 말을 듣고 놀랐는지 우리를 손가락으로 가리켰다.

"뭐?! 마왕님의 여동생?! 가슴에 정체불명의 마력이 담겨있다는 바로 그……!"

"캡틴! 저, 저 녀석들, 구마왕 일파를 격퇴하고, 북유럽의 신도 쓰러뜨린 유명인이에요! 바로 그『젖룡제&스위치공주와 7인의 유쾌한 동료들+α 』라고요!"

우, 우리들, 그런 식으로 불리고 있었구나…….

"……『젖룡제&스위치공주와 7인의 유쾌한 동료들+α 』가 뭐야……?!"

부, 부장님이 이를 갈면서 그렇게 말했다. 온몸을 부르르 떨면서 말이다! 화, 화났어! 화난 부장님, 너무 무서워!

"+α 는 나를 말하는 걸까?"

"그렇겠지. 이리나는 우리와 꽤 어울려 다니니까 말이야."

자기 자신을 손가락으로 가리킨 이리나는 고개를 갸웃거리면서 제노비아에게 물었다. 뭐, 그, 그렇겠지.

포르네우스는 갑자기 질색하는 듯한 태도를 취하며 말했다.

"……그런 유명인이 내 사냥감을 가로채려고 하는 건가."

부장님은 언짢아 죽겠다는 듯한 어조로 말했다.

"……가로채? 헛소리 하지 마. 우리는 베파르 가문의 사람을 보호하려는 것뿐이야. 아무래도 수상쩍은 녀석들이 그녀를 노리는 것 같거든. 그것보다! 아까부터 잠자코 듣자 하니, 스위치란 말을 몇 번이나 입에 담네! 내 가슴이 적룡제 활성화 장치라도 된다는 거야?!"

결국 부장님이 폭발하고 말았다! 부장님, 저 자식들도 그런 소리는 안 했다고요!

포르네우스는 고함을 질렀다.

"베파르 가문의 인어는 이미 내가 점찍어 뒀다!"

"아니, 우리가 보호할 거야!"

부장님도 밀리지 않았다! 두 사람은 서로를 노려보았다. 두 사람의 권속들 사이에서도 묘한 분위기가 생겨나더니, 전투태세를 취하려——.

——한, 바로 그 순간이었다.

첨벙! 바다에서 커다란 물기둥이 생겼다! 무, 무슨 일이지?! 앗! 바다에서 뭔가가 튀어나왔다!

공중에서 몇 번이나 몸을 회전시킨 후 암초에 내려선 이는—— 머리에 왕관, 손에 삼지창을 든, *훈도시 차림의 수염 기른 할아버지였다.

"바다에서 싸움을 벌이지 마라아아아아아아아앗!"

그 할아버지는 이 일대에 울려 퍼질 만큼 큰 목소리로 그렇게 외쳤다! 엄청난 목소리잖아! 귀가 멍멍해졌다고! 다른 이들도 귀를 막았다!

"누구냐?!"

포르네우스가 손가락으로 가리키자, 훈도시 수염 할아버지는 삼지창을 빙글빙글 돌리더니, 웃음을 터뜨렸다!

"후하하하하하하하하하하핫! 하늘에 제우스, 명계에 하데스! 그리고 바다에는 나! 바다의 제왕! 내가 바로 바다의 수호신 포세이도오오오오오오온!"

---

*훈도시 : 남성이 음부를 가리기 위해 착용하는 폭이 좁고 긴 천.

"""포세이돈?!"""

그 말을 들은 순간, 나 이외의 다른 멤버들은 경악을 금치 못했다.

"포, 포세이돈 님?! 다, 당신이 어째서, 이런 곳에?!"

"후하하하하하핫! 바다는 내 영역! 각 신화체계를 상대로 테러 활동이 빈번하게 벌어지고 있는 작금 같은 시기에! 순찰 정도는 당연히 해야 하지 않겠느냐아아아아아아아아앗!"

"신께서 직접 말인가요?!"

부장님이 놀랐고, 나도 놀랐다!

이 수염 기른 할아버지가 신이라굽쇼?! 아, 생각났다! 그리스 신화에 이런 신이 나왔어! 그러고 보니 드래이그도 교토에서 말했던 적이 있는 것 같아! 내 필살기의 유래가 된 트리아이나——트라이던트, 즉 삼지창을 지닌 해신 말이야!

이, 이 분이 포세이돈?! 평범한 근육 덩어리 훈도시 수염 할아버지잖아!

설마 내가 인어와의 만남에 대한 감사의 념(念)이 이 분을 부른 건가?! 그, 그런 생각은 하고 싶지도 않아!

"신도 안전 순찰 정도는 한다! 우연히 이곳을 지나다 악마들끼리 다툼을 포착했지이이잇! 동료끼리 다투지 마라! 말란 말이다아앗!"

포세이돈은 삼지창을 휘두르면서 화를 냈다. 우리도 포르네우스 일행도, 신께서 느닷없이 등장한 탓에 얼이 나가버렸다.

게다가 포세이돈은 갑자기 고개를 몇 번 끄덕이더니, 멋대로 이야기를 진행하기 시작했다.

"잘은 모르겠지만, 저 인어를 둘러싸고 싸움을 벌이려고 한 거지? 조오오오오옹다! 그럼 악마답게 게임으로 승부를 내면 되지 않겠느냐아아아아아앗!"

""게임?!""

부장님과 포르네우스는 그 제안을 듣더니 움찔했다.

그, 그건 레이팅게임을 말하는 건가? 게임에서 이긴 쪽이 리리티파 씨와 접촉할 수 있다는 거야?

"저는 아직 정식으로 참가하지 않았기 때문에 본격적으로 는……."

훈도시 차림의 신은 그렇게 말하는 부장님의 머리를 호쾌하게 쓰다듬으며 말했다.

"후하하하하하하하! 악마 주제에 사소한 걸 신경 쓰는 계집이 구나! 그런 걸 하나하나 따질 필요는 없지 않느냐! 중요한 건 승부 그 자체다! 이 포세이도오오오오오온이 심판이 되어주지이 이이잇! 자아, 정정당당한 게임을 통해 인어를 손에 넣거라아 아아아아앗! 후하하하하하하하핫!"

텐션이 엄청 높아! 후덥지근해! 그리고 멋대로 정해버리는 것 같은뎁쇼?!

"캐, 캡틴! 당치도 않은 상황이 벌어졌어요! 이제 어떻게 하죠?!"

포르네우스 측도 당혹스러워하는 것 같지만……

"으으으으으……! 포세이돈 님마저 등장한 상황에서 물러설 수는 없고, 물러설 마음도 없지만……! 좋다!"

포르네우스는 각오를 다졌는지, 부장님을 도발했다.

"그레모리 가문의 계집! 베파르 가문의 인어를 어느 쪽에서 손에 넣을지 승부를 통해 결정하자!"

도발을 당한 부장님은 크게 한숨을 내쉰 후, 각오를 다진 듯한 표정을 지으며 외쳤다.

"아무래도 말도 안 되는 상황이 벌어진 것 같지만, 걸어온 싸움은 받아주겠어! 이 애는 우리가 반드시 보호할 거야! 자아, 게임을 시작하자!"

오옷! 멋대로 결정됐어!

"……저는 어떻게 되는 거죠?"

리리티파 씨는 불안해하고 있었다.

"……뭐, 어떻게든 될 거예요."

코네코는 그렇게 말하더니 지참해온 간식—— 바나나를 먹었다.

이렇게 포세이돈 님이 지켜보는 가운데, 그레모리 대 포르네우스라는 뜻밖의 일전이 펼쳐지게 되었다!

$$- \circ \bullet \circ -$$

바다 위.

우리는 여러 명이 탈 수 있는 요트 위에서 대기하고 있었다. 그런 우리 앞에는 대형 범선이 있었다!

두 진영을 중재한 포세이돈 님은 리리티파 씨와 함께 커다란 거북이 위에 있었다. 그런 그들의 곁에는 천사의 날개를 펼친 이리나가 공중에 떠있었다. 그녀는 권속이 아니기에 이 싸움을 견학하기로 했다.

"다들 힘내!"

이리나가 우리를 응원했다. 예이예이, 힘내겠사옵니다…….

"내가 신호를 한 순간, 전투를 개시하도록! 룰은 간단하다! 전멸한 쪽의 패배! 서로의 목숨까지는 빼앗지 않도록 유의하도록!"

포세이돈 님은 힘찬 목소리로 설명했다.

……내 여름을 되찾기 위한 해수욕이, 어느새 배틀 모드로 변했다. 후후후, 악마는 정말 시도때도 없이 고생을 하는군요.

"으으…… 바다는 싫어요……."

아직 몸 상태가 좋지 않은 개스퍼는 요트 구석에 놓인 종이상자 안에 들어가 있었다. 솔직히 말해 이번에는 도움이 되지 않을 것 같았다. 코네코가 「……개스퍼 군, 괜찮아?」 하고 말하면서 부채질을 해주고 있었다.

"해수욕을 하면서 몸이 풀렸으니, 한 번 화끈하게 날뛰어 보자구."

"이런이런, 우리는 어디를 가든 전투만 하는 것 같네."

제노비아는 의욕이 넘쳤고, 키바는 쓴웃음을 짓고 있었다. 두 『나이트』는 수영복 차림으로 검을 든 채 임전 태세를 취하고 있었다.

"하아……. 전투를 해봤자 저한테 아무런 이익도 없을 것 같은데 말이죠……. 이렇게 햇살이 강해서야 피부가 상할 것 같아 무서워요."

로스바이세 씨는 양산을 쓴 채 탄식을 터뜨렸다. 의욕이라고는 눈곱만큼도 느껴지지 않아!

"우후후, 저 배를 어떻게 부숴줄까."

아케노 씨는 사디스틱한 표정으로 위험한 미소를 머금고 있었다! 오래간만에 파괴자스러운 면모가 드러나고 있다굽쇼!

"잇세 씨, 저는 뭘 하면 좋을까요?"

아시아는 고개를 갸웃거리면서 그렇게 말했다. 나는 그녀의 머리를 쓰다듬어주면서「뭐, 우리 공격진에게 맡겨두면 어떻게든 될 거야」하고 말했다. 상대가 웬만큼 강하지 않은 이상, 진짜로 공격진만으로 어떻게든 될 것이다.

텐션이 꽤 중구난방인 우리 그레모리 권속을 본 포르네우스가 말했다.

"그레모리의 가슴 큰 계집! 내 권속은 바다 위에서의 전투에 특화된 강자들이다! 무서우면 돌아가도 된다! 가슴은 큼지막해도 어차피 계집애에 불과하니까 말이다! 크하하하하하하!"

포르네우스는 대담하게도 그딴 소리를 하면서 웃음을 터뜨렸다. 부장님은—— 분노에 사로잡힌 채 부들부들 떨고 있었다! 무서워! 위험한 느낌이 감도는 농밀한 아우라가 온몸에서 뿜어져 나오고 있어!

"……저 초롱아귀를 소멸시켜버리겠어!"

히이이이이이익! 부장님은 그야말로 무시무시하기 그지없는 표정을 짓고 있었다! 선홍색 머리카락이 아우라와 함께 넘실거리고 있었다!

"잇세!"

"예, 예입!"

"봐줄 필요 없어! 밸런스 브레이커가 되어서 큼지막한 드래곤 샷을 날려주렴!"

"예스맘!"

나는 그렇게 대답할 수밖에 없었다! 에잇, 될 대로 되어버려! 나도 로스바이세 씨와 마찬가지로 약간 내키지는 않았지만, 그래도 귀여운 인어 아가씨가 저런 괴인에게 파렴치한 짓을 당하게 두는 건 에로 학생으로서 용납할 수 없다!

"일단 박살을 내버리자고!"

내가 기합을 준 순간, 포세이돈 님이 큰 목소리로 외쳤다.

"시작~!"

바로 그 순간, 두우우웅 하는 소리와 함께 범선의 대포에서 탄환이 발사됐다! 탄환은 요트 근처의 바다에 떨어지더니 커다란 물기둥을 만들어냈다!

"배에 달린 대포를 쏴대……?! 유우토, 제노비아! 돌격해!"

부장님이 호쾌한 지시를 내리자, 두 사람은 「예!」 하고 대답하면서 악마의 날개를 펼친 후, 그대로 적의 배를 향해 돌진했다! 그리고 공중에서 검의 파동을 날려 배를 파괴하기 시작했다! 부장님도 요트에서 마력으로 만든 탄환을 날려댔다!

투카아아아아앙 하는 소리를 내면서 배가 파괴되어 갔다! 돛대가 간단히 부러지더니, 해적깃발이 순식간에 너덜너덜해졌다!

"크아아아아악! 내 소중한 플라잉 더치맨이이이이잇!"

포르네우스도 자신의 배가 파괴되자, 눈알이 튀어나올 것 같을 만큼 깜짝 놀랐다.

"이놈들! 해치워라라아아아아앗!"

포르네우스가 사벨로 상공에 있는 키바와 제노비아를 가리켰다! 그러자 부하 권속 악마들이 손을 내밀었다!

"물이여! 뱀이 되어 저 녀석들을 물어뜯어라!"

검사로 보이는 부하A의 검에서 발사된 물의 파동이 뱀 같은 모양이 되더니 제노비아를 향해 뻗어갔다!

"하앗! 와라, 열풍의 마수!"

마법사로 보이는 부하B는 자신의 그림자에서 몬스터를 소환하더니 키바를 향해 회오리를 쏘라는 명령을 내렸다! 물과 바람 공격은 해적에게 잘 어울리네!

"이쯤이야……!"

"물러 터졌네!"

두 사람 다 손쉽게 그 공격에 대응한 후, 그대로 배 위에 내려서더니 검으로 상대를 베었다. 포르네우스의 부하들은 변변한 저항도 하지 못하고 차례차례 쓰러졌다! 당연하다면 당연한 거지만 죽이지는 않았다. 칼등으로 때린 것이다. 이런 녀석들일지라도 죽여 버렸다간 가문간의 문제로 발전할 수 있거든.

"둘 다 배에서 떨어져!"

아케노 씨가 그렇게 말하자, 키바와 제노비아는 다시 날개를 펼치면서 하늘로 날아올랐다.

바로 그 순간――. 「콰쾅!」 하면서 뇌광이 하늘을 내달렸다!

그리고 거대한 번개가 범선에 떨어졌다! 번개에 휩싸인 배 곳곳에서 연기가 피어올랐다! 방금 그 일격으로 상당한 피해를 입은 것 같아! 불도 난 것 같고, 배 위에 있던 포르네우스의 권속들도 번개를 맞고 통구이가 되었잖아!

뇌격이 배에 떨어지기 직전에 바다에 뛰어든 포르네우스의 권속들도 로스바이세 씨의 마법을 맞고 기절하더니 그대로 바다에 둥둥 떠올랐다.

으음, 역시 우리 팀은 강하네.

"내가 밸런스 브레이커가 되기도 전에 끝났네……?"

그렇게 생각하고 있었는데…… 배 위에 괴인 포르네우스가 없잖아?! 완전히 종적을 감췄어! 아케노 씨가 날린 방금 공격을 맞았다면, 배 위에 쓰러져 있을 텐데!

나와 부장님이 상대가 어디 있는지 찾기 위해 주위를 둘러보고 있을 때――.

"꺄아~!"

여성의 비명 소리가 들려왔다. 고개를 돌려보니 리리티파 씨가 거대한 문어인지 오징어인지 분간이 안 가는 녀석의 다리에 잡혀 있었다!

"크하하하하하하핫!"

저 음흉한 웃음소리는……! 첨벙! 하면서 물기둥을 일으키며 등장한 것은 거대한 오징어 괴물과, 그 괴물의 머리 위에 서 있는 포르네우스였다!

"이 녀석은 나의 충실한 사역마, 크라켄! 바다의 마물이다! 므흐흐흐, 이 인어는 내가 데려가마!"

"포르네우스! 포세이돈 님께서 보는 앞에서 리리티파를 납치하려 하다니, 죽고 싶어 환장했나 보네!"

부장님의 말이 옳다! 잠깐만, 포세이돈 님은 왜 리리티파 씨가 잡혀가는 걸 그냥 쳐다만 보고 있는 거야?!

내가 항의를 하기 위해 포세이돈 님을 쳐다보니——.

"쿠우우우우우우우울……."

선 채로 코를 골면서 자고 있잖아?! 이 해신, 거북이 위에서 두 발로 선 채 자고 있다고!

"많이 피곤하신가 보네. 역시 신도 업무가 많으신가 봐."

부장님, 그런 식으로 납득해버려도 괜찮은 거예요?!

"신께서 보고 있지 않으시니 무슨 짓이든 해도 된다! 이런 식으로 말이야!"

포르네우스가 크라켄에게 지시를 내리자, 거대한 오징어의 다리가 그레모리의 여성 권속들을 옭아맸다! 겸사겸사 공중에 떠있던 이리나도 잡았다!

"싫어……."

"큭! 미끈미끈해!"

아시아는 크라켄의 다리에 혐오감을 느끼는지 울상을 지었고, 제노비아는 표정을 딱딱하게 굳혔다.

"어머어머, 수영복이……."

아케노 씨의 말처럼 여자들의 수영복이 크라켄의 다리에서 나온 점액 때문에 벗겨졌다! 가슴이! 엉덩이가! 수영복이 벗겨지면서 엄청난 광경이……!

푸슉! 코피가 터져 나왔다! 크라켄 선생님, 굿잡입니다요!

"저는 안 볼 거예요. 저는 안 볼 거예요."

신사인 키바는 고개를 돌렸다. 꽤나 밝히면서도 착한 애인 척하기는!

"잇세! 카운트가 끝났으면 이 크라켄과 함께 포르네우스를 해치워버리렴!"

부장님이 가슴을 훤히 드러낸 채 나에게 지시를 내렸다! 계속 부장님의 가슴에 눈이 갔지만——.

"알았어요! 우랴아아아아앗! 밸런스 브레이크!"

나는 재빨리 갑옷을 장착한 후, 양손에 마력을 모았다! 그리고 ——!

『BoostBoostBoostBoost!!』

"드래곤샷 바다 버전!"

기술 자체에는 딱히 변화가 없는 기술명을 외치면서 크라켄을 향해 커다란 마력 덩어리를 날렸다!

"마, 마력탄이 뭐 이렇게 커?!"

경악하는 포르네우스를 태운 크라켄에게, 내 특대 드래곤샷이 꽂혔다!

"끼야아아아아아앗!"

투두우우우웅 하는 소리를 내면서 바다가 갈리더니, 크라켄은 물고기 밥이 되어 사라졌다. 그리고 나는 공중에 내던져진 인어 아가씨를 요트 위에서 멋지게 받아냈다.

"아가씨, 괜찮나요?"

내가 폼을 잡으며 그렇게 말하자, 리리티파 씨는 얼굴을 붉히면서 "예……." 하고 대답했다! 귀여워! 인어, 정말 최고네!

우후후, 포르네우스도 방금 그 일격을 맞고 바다 위에 떠있었다. 아, 저 안대는 가짜였잖아! 안대에 가려져 있던 눈에는 아무런 상처도 안 나있어! 해적 흉내를 내면서 즐기고 있었던 거냐! 정말 악랄하네! 해치워버리길 잘했어! 인어 아가씨도 무사하잖아!

"한 건 해결됐네. 좋아. 리리티파 씨, 나와 함께 바닷가로 돌아가죠. 같이 공놀이라도 해요."

내가 그런 제안을 한 순간…….

"……잇세?"

등 뒤에서 부장님의 목소리가 들려왔다. 고개를 돌려보니 너덜너덜한 상태인 그레모리 권속 여성들이 눈에 들어왔다! 다들 수영복이 벗겨진 탓에 손으로 중요한 부분을 가리고 있었다!

"마무리를 해준 건 고맙지만……."

"우리를 내버려둔 채, 인어와 친목을 다지려고 하다니……."

부장님과 아케노 씨는 방긋 웃으면서도 위험한 아우라를 뿜고 있었다!

"……모처럼 준비한 수영복이 엉망이 됐어."

"아아, 나도 휘말렸네."

"으으. 너무해요, 잇세 씨."

"수영복을 변상해 주셔야겠어요……."

제노비아, 이리나, 아시아, 로스바이세 씨도 불만 섞인 목소리를 냈다! 어라? 어라라라라라? 다들, 나를 향해 부정적인 아우라를 뿜고 있는 것 같은데……?

내가 인어 아가씨를 안아든 채 살금살금 이 자리를 벗어나려하자, 코네코가 내 팔을 꽉 움켜잡았다!

"……이렇게 됐으니, 일단 두들겨 맞아주세요."

"너무해~!"

결국 나는 사랑의 채찍질을 당하고 말았다!

아무튼 포르네우스와의 대결에서 승리한 우리는 베파르 가문의 후예를 보호하는데 성공했다.

얼마 후, 명계 정부로부터 정식으로 보호를 받게 된 리리티파 씨는 본인의 희망에 따라 그레모리 령(領)에 있는 호수에서 조용히 살기로 했다. 명계에는 바다가 없기 때문이다.

인어에 관한 리포트도 완성되었기 때문에 오컬트 연구부로서의 UMA기사와 명계에서의 학점, 양쪽 다 해냈다.

그리고 보니 포세이돈 님은 어느새 사라졌다. ……그 훈도시 수염 할배는 대체 뭐 하러 왔던 거야?!

"……선배는 괴짜에게 사랑받네요. 아, 이번 같은 경우는 괴짜신이라고 해야 할까요?"

코네코! 방금 그 말은 농담으로 안 들린다고오오오오오옷! 포세이돈 님을 내가 불러내기라도 했다는 거야?! 하아……. 나, 괴짜신과도 잘 얽히는 체질인 걸까?

Life.2 학생회의 의견

어느 날의 방과 후. 수학여행에서 돌아오고 얼마 지나지 않았을 즈음의 일이다.

장기부 부실 앞에는 나―― 효도 잇세이와, 학생회 여성 멤버들이 서있었다.

"꼼짝 마라! 학생회다!"

나는 그렇게 외치면서 힘차게 부실 문을 열어젖혔다.

부실 안에서는 남성 부원들이 반라 상태로 장기를 두고 있었다!

"소문은 사실이었군! 탈의 장기 같은 저속한 짓은 학생회로서 절대 용납할 수 없다!"

"자, 잠깐만! 이러는 데에는 다 이유가 있단 말이야!"

우리가 느닷없이 나타나자, 안경을 쓴 남학생이 허둥지둥 변명을 늘어놓으려 했다. 하지만 나와 학생회 여성 멤버는 인정사정없이 반라의 남성 부원들을 혼내줬다!

"변명 따위는 듣지 않겠다! 자아, 학생회실까지 동행해주실까!"

뭐, 나는 어찌된 영문인지 학생회 일을 하고 있었다.

어째서냐고? 아니, 피치 못할 사정이 있사옵니다…….

몇 시간 전. 방과 후—— 오컬트 연구부 부실.

"효도 군을 빌려주지 않겠어요?"

갑작스러운 방문자는 입을 떼자마자 그런 소리를 했다. ——
그 사람은 바로 소나 회장님이었다.

"갑자기 무슨 소리를 하는 거야?"

부장님은 의아하다고 말하는 듯한 표정을 지었다.

회장님은 소파에 앉더니, 아케노 씨가 타준 홍차를 한 모금 마
신 후 이야기를 시작했다.

"사지가 감기에 걸렸어요. 악마가 걸리는 타입의 감기죠. 게
다가 드래곤이 걸리는 감기에도 동시에 걸렸어요."

"……일전에 잇세 선배가 걸렸던 거네요."

내 무릎에 앉아있던 코네코가 그렇게 말했다. 아~, 그거구나.
그것에 걸렸을 때는 정말 고생했다니깐. 너무 괴로워서 아무 것
도 할 수가 없었어. 이 넓은 세상에는 악마나 드래곤만 감염되
는 감기도 있었다.

"어머어머. 부장님과 회장님이 자주 이용하는 도매업자한테
서 또 옮은 걸까요?"

아케노 씨는 볼에 손을 대면서 걱정스러운 말투로 그렇게 말
했다. 그러고 보니 나도 일전에 그런 경위로 감기에 걸렸다. 흐
음, 회장님도 부장님과 같은 악마 아이템 업자를 이용해 이것저

것 구하고 있구나. 사지도 그 때문에 감기에 옮은 걸까?

"원인은 현재 알아보고 있지만, 사지가 움직이지 못하는 상황인 건 사실이에요."

항상 기운 넘치는 얼굴로 학교 안을 뛰어다니던 그 녀석도 역시 감기는 이기지 못한 걸까. 하긴, 그 감기는 진짜로 독하지.

회장님은 안경을 번쩍이며 나를 쳐다보더니, 말을 이었다.

"그래서 효도 잇세이 군을 빌려줬으면 해서 이렇게 찾아온 거예요."

……사지의 대타라는 건가? 내가 의문을 느끼고 있을 때, 회장님이 이야기를 계속했다.

"간단히 말해, 남자 일손이 부족하다고나 할까요. 뭐, 저희는 악마이기 때문에 인간 여학생에 비해 완력이 좋습니다. 하지만 일상적인 학교생활 중에는 그 점을 숨겨왔던 저희가 사지가 없어지자마자 힘쓰는 일을 도맡아 하게 된다면 부자연스럽겠죠."

확실히 그렇다. 악마의 파워를 숨기고 일상생활을 하고 있는데, 남자인 사지가 참가를 못하게 되자마자 여자들이 힘쓰는 일을 마구 해댄다면 지나치게 부자연스러울 것이다.

"그래서 대역으로서 효도 군이 잠시 동안 학생회 업무에 협력해줬으면 해서 이렇게 찾아온 거예요. 학생회의 뒷사정—— 악마에 대해 알고 있으니 활동도 잘 할 수 있을 테죠."

남자를 빌릴 거면 같은 악마인 오컬트 연구부의 멤버가 적당하다는 걸까.

부장님은 그 말을 듣더니 나와 키바—— 그리고 개스퍼를 번

갈아 쳐다보았다.

"개스퍼는…… 겉보기에도 힘이 없어 보이네."

"약해빠져서 죄송해요오오오!"

개스퍼는 부장님의 무정한 한 마디를 듣더니 바로 사과했다. 개스퍼, 앞으로는 같이 훈련하자고.

"그럼 유우토는 안 되는 거야?"

부장님이 묻자, 회장님은 담담한 목소리로 말했다.

"키바 군이 도우미로 오면 저희쪽 일부 권속 여성들이 일을 제대로 하지 못할지도 모릅니다. 어쩌면 풍기 자체가 문란해질 가능성도 있죠. 키바 군을 의심하는 건 아니에요. 하지만 저희 쪽 여성들이 문제를 일으킬 것 같아요. 교육을 시켜뒀지만, 그래도 그녀들은 아직 여고생입니다. 충동에 사로잡혀 지나친 행동을 할지도 몰라요."

그러고 보니 시트리 권속에는 키바의 팬이 몇 명 있다. 동경하는 키바가 근처에 있으면 차분하게 일에 전념하지 못할 거라고 회장님은 생각하고 있는 걸까.

키바도 그 말을 듣더니 「골치 아프네」 하고 말하며 쓴웃음을 지었다. 젠장! 부럽기 그지없는 고민을 가지고 계시구만요!

회장님의 시선은 또 나를 향했다.

"그래서 여러모로 안전한 효도 군에게 도움을 받을까 합니다. 개스퍼 군보다 힘이 세고, 키바 군처럼 풍기가 문란해질 가능성도 적죠."

"……하지만 잇세 선배는 에로에로한데요."

내 무릎 위에 있는 코네코가 그런 인정사정없는 발언을 늘어놓았다! 옙! 코네코 님의 말씀처럼, 나는 에로에로하옵니다!

회장님도 그 말을 듣더니 고개를 끄덕였다.

"그 사실은 숙지하고 있습니다. 하지만 저는 문제없을 거라고 생각해요."

…………. 뜨, 뜻밖의 대답이었기에 나는 놀랐다. 회장님은 나를 믿는 건가?

"어머, 잇세를 꽤나 신뢰하나 보네."

부장님은 뜻밖이라는 듯이 그렇게 중얼거렸다.

"응. 당신이 선택한 사람이잖아. 그러니 나도 믿어."

"무…… 무무무무…… 무슨 소리를 하는 거야?!"

소나 회장님이 그렇게 말한 순간, 부장님은 얼굴을 새빨갛게 붉혔다. ……어? 왜 갑자기 얼굴을 새빨갛게 붉히는 거지?

"그래도 잇세 군이라면 분명 학생회에 도움이 될 거라고 생각해요. 그는 저래 봬도 꽤 성실하잖아요."

키바는 싱글벙글 웃으면서 그렇게 말했다. 「저래 봬도」는 좀 너무하잖아!

부장님은 숨을 고른 후 고개를 끄덕였다.

"……아, 알았어. 잇세. 소나를 도와주도록 해."

"예! 그럼 잘 부탁드립니다, 회장님!"

회장님은 미소를 머금으면서 말했다.

"예. 저야말로 잘 부탁해요, 효도 잇세이 군. 리아스, 고마워. 그를 잠시 빌릴게."

나도 학생회를 돕는 게 싫지는 않았다. 항상 신세를 지고 있는 데다, 회장님은 부장님과 친구 사이다. 곤란할 때는 서로 도와야 하지 않겠사옵니까!

– ○ ● ○ –

——학생회실에 도착한 나는 사지의 자리에 앉아 회의에 참가했다.

"그럼 임시 회의를 시작하겠어요."

회장님은 그렇게 말하더니, 나를 쳐다보면서 말했다.

"아까도 말했다시피 병결 중인 사지를 대신해 오컬트 연구부의 효도 잇세이 군에게 도움을 받기로 했어요. 그는 아직 학생회 일에 익숙하지 않겠지만, 문화제가 멀지 않았으니 효도 군과 힘을 합쳐 최선을 다해 주세요."

"""예."""

다들 차분한 목소리로 대답했다. 방 안도 정적이 감돌고 있었다. 오컬트 연구부와는 분위기가 정반대였다. 우리 쪽은 다 같이 화기애애하게 담소를 나누며 회의를 하지.

"자, 잘 부탁드립니다!"

나는 벌떡 일어서서 인사를 한 후 재빨리 다시 앉았다. 긴장되네! 이 진지한 공간은 뭐야?! 실내를 둘러봐도 허술한 구석이 전혀 없었다. 멤버 숫자에 맞춘 책상과 의자, 서류를 정리해둔 선반, 화이트보드뿐이었다. 책상 위도 깔끔하게 정리되어 있었다.

그 외에는 그다지 사용하지 않아 보이는 액정 텔레비전과 컴퓨터 몇 대가 있었다. 일단 티타임 세트는 있는 것 같지만······ 과자는 없는 것 같았다.

안경을 쓴 긴 흑발의 부회장—— 신라 츠바키 선배가 자리에서 일어나자, 『비숍』중 한 명—— 땋은 머리의 2학년 여학생 쿠사카가 화이트보드 앞에 섰다.

신라 선배는 서류를 쳐다보면서 말했다.

"그럼 각 부의 문화제 활동 예정에 대해 정리를 할까 합니다."

신라 선배가 그렇게 말하자, 쿠사카 양이 화이트보드에 마커로 글을 적기 시작했다.

그러자 다들 눈앞에 있는 서류를 넘기기 시작했다! 나, 나도 허둥지둥 서류를 펼쳤다!

"우선 스포츠관련 부부터 시작하겠습니다. 야구부는——."

이렇게, 나와는 전혀 인연이 없었던 무지막지하게 진지한 회의가 시작되었다!

30분 후——.

············. 끄, 끝났다!

회의를 끝낸 나는 테이블에 엎드린 채 숨을 돌리고 있었다.

"휴우~······. 회의를 하면서 이렇게 긴장해보긴 처음이야······."

오컬트 연구부에서도 회의는 하고, 경우에 따라서는 긴장하기도 했지만, 이렇게 아랫배가 아픈 적은 없었다. 필기를 실수하기만 해도 바로 한소리를 들을 것 같은 분위기는 정말 엄청났다! ……사지는 이런 회의에 항상 참가하는 걸까. 그 녀석, 대단하네.

회장님을 비롯한 대부분의 멤버들은 다음 업무를 위해 학생회실을 나섰다. 이곳에 남아있는 이는 나를 비롯해 몇 명뿐이었다.

웨이브 진 장발을 지닌 2학년 『비숍』 하나카이 양, 그리고 긴 머리카락을 둘로 나눠묶은 1학년 『폰』 니무라 양이 학생회실을 나서면서——.

"겐의 대타니까 제대로 해주세요."

"사지 선배의 대역, 잘 부탁해요. 농땡이 피지 말고요."

——하고 말했다. 으음, 사지 녀석은 권속 여자애들에게 신뢰받고 있구나.

장신의 여성——『루크』이자 2학년인 유라 양이 내 어깨를 두드렸다. 그녀의 뒤편에는 『나이트』인 2학년 메구리 양이 있었다. 유라 양이 입을 열었다.

"자아, 효도. 가자."

"가, 간다고? 어디를?"

내가 되물었다. 어디에 가는 거지?

내용물이 들어있는 죽도 가방을 손에 쥔 메구리 양은 날카로운 눈빛으로 말했다.

"순찰과 잡무 처리야. 겐이 하던 일을 대신 해줘."

……아무래도 정신노동 후에는 육체노동을 하는 것 같았다.

나와 유라 양, 그리고 메구리 양, 이렇게 세 사람이 방과 후의 교내를 순찰하기로 했다. 그 두 사람은 의젓한 자세로 걷고 있었기에 나 또한 등을 꼿꼿이 폈다.

……이, 이거, 예상했던 것보다 더 피곤할지도 모르겠네.

"효도는 머리 쓰는 건 서툴지? 나도 실은 마찬가지야."

유라 양이 퉁명한 목소리로 그렇게 말했다. 이 애, 겉모습이 미소년 같아서 그런지 말투도 남자 같은 구석이 있었다. 제노비아와 닮았네. 키가 큰 제노비아? 하지만 유라 양도 예쁘네.

"뭐, 유라 양의 예상대로 나는 육체노동 쪽이 적성에 맞아."

나는 유라 양의 말에 동의했다. 잡무와 서류 작업보다 몸 쓰는 일이 더 편했다.

"멋진 대답이네. 그럼 같이 짐 운반 같은 걸 하자. 그리고 나는 편하게 유라라고 불러."

오호라, 짐 운반이라. 단순해서 편할 것 같네. 잠깐만, 학생회는 그런 일도 하는 거야?

나는 유라 양…… 유라와 메구리 양과 함께 교무실 선생님의 명령에 따라 짐을 지정장소로 마구 옮겨댔다.

"좋아, 이쯤 하면 됐겠지."

대량의 짐을 다 운반한 후, 유라는 한숨 돌렸다. 나도 잠시 휴식을 취했다. 딱히 지친 건 아니지만, 학생회의 일을 하고 있다는 것만으로도 정신적으로 지치는 것 같은 느낌이 들었다. 누군가가 쳐다보고 있기 때문일까. 임시라고는 해도 학생회의 일원이니 이상한 짓을 해선 안 된다는 긴장감이 따라다니고 있었다.

유라와 메구리 양은 어깨를 풀었다. 그 후, 유라가 나에게 말했다.

"자아, 그럼 이제부터 본격적인 업무를 시작하자."

"본격적인 업무?"

내가 의아해 하자, 유라는 의미심장한 미소를 지었다.

"우리처럼 몸으로 때우는 멤버는 이제부터가 승부처야, 효도. 자아, 각 부의 부실로 가자."

메구리 양이 우리 뒤를 따랐다.

"각 부에서 불온한 소문이 흘러나오면, 그것을 확인하는 것도 학생회의 임무야. 특히 지금은 문화제 직전이잖아. 문화제에서 교칙에 어긋나는 짓을 할 법한 부도 돌아봐야만 해."

유라는 왠지 꽤 즐거워보였다. 메구리 양은 그런 유라를 쳐다보면서 탄식을 터뜨렸다.

"유라는 이런 걸 좋아하거든~."

그, 그렇사옵니까. 우리 부는 문화계인데, 학생회 입장에서 볼 때 괜찮은 곳이려나?

아무튼 나는 유라, 메구리 양의 뒤를 다르며 문화계 부에 기습 방문을 감행했다.

"학생회다! 꼼짝 마라!"

……같은 소리를 하면서──.

─○ ● ○─

──그리고 이 이야기의 첫머리로 이어지는 것이다.

나는 유라, 메구리 양과 함께 문화계 부에 기습 방문을 했다. 좋지 않은 소문이 도는 부에 가보니── 장난이 아니었다. 장기부도 그렇지만, 문화제를 앞두고 교칙을 어기는 행위가 몰래 횡행하고 있었다…….

나, 나도 남 말을 할 처지는 아니지만, 다른 곳도 장난이 아니었다.

스포츠계 부에도 기습 방문을 한 후, 그대로 부원들을 체포했다. 도망치려고 하는 이들도 있었지만 우리가 재빨리 포박했다. 메구리 양은 가지고 있던 죽도로 상대를 제압했다.

……평범한 인간이 우리 같은 악마에게 이길 리가 없지.

그 후, 고문 선생님에게 보고를 함으로써 방문은 끝났다. 학생회에게 저항해봤자 부질없다는 사실은 태반의 학생들이 알고 있는지, 유라와 메구리 양의 모습을 보자마자 체념 모드가 되어 절망하는 녀석들도 많았다. 뭐, 때때로 저항을 하거나, 도망치기도 했지만 말이다.

나를 보더니 「사지가 아니잖아!」 하면서 놀라는 녀석들도 있었다. 오늘은 내가 사지의 대타야. 다들 미안해. ……나를 원망하지는 말라고!

이런 것은 정기적으로 하면 안 되며, 기습적으로 하는 게 최고라고 한다. 일주일에 한 번, 한 달에 한 번 정도로 날짜를 정해서 하면 그 날만 여러모로 조심한 후, 다른 때에는 멋대로 하는 것이다. 그러니 학생회가 느닷없이 찾아올 수도 있다는 인식을 그들에게 심어주는 게 중요하다고 유라와 메구리 양은 말했다.

하지만 나는 유라가 즐거워하는 이유를 약간이지만 이해했다.

아니, 유라도 나와 같은 마음인지는 모르겠지만, 학생회라는 간판을 내걸고 다른 부의 악행을 폭로할 때마다 쾌감을 느껴! 권력의 맛을 느끼고 있다고나 할까?

좋지 않은 감정일지도 모르지만, 나는 학생회 파워를 휘두르는 것이 즐겁게 느껴지기 시작했다!

다음은 만화 연구부다.

"만화 연구부는 음란한 만화를 일반 학생들에게 몰래 보여주고 있다고 해."

유라가 그렇게 말했다.

그, 그런 에로한 정보는 쿠오우 학원의 에로 정보에 통달한 나도 처음 듣는 건데?! 마츠다와 모토하마, 그 외 에로 네트워크를 공유하고 있는 녀석들도 몰랐던 정보를 알고 있다니…… 학생회의 정보망은 무시무시하기 그지없군!

작년 문화제에서도 비밀 전시회를 열었던 것 같으며, 판매도 했다고 한다. 문화제에서 에로 만화 판매회를 하다니 무시무시하네. ……나도 보고 싶어! 사고 싶다고!

아무튼 학생회는 「올해도 하지 않을까?」 하고 여기며 눈을 번뜩이고 있었다.

우리는 신교사 3층 구석에 있는 만화 연구부 부실로 향했다.

문 앞에 서자, 유라는 나와 메구리 양에게 눈짓을 보내며 마주 고개를 끄덕인 후, 문에 노크를 했다.

잠시 후, 안쪽에서 「예~」 하는 목소리가 들려오면서 문이 열렸다.

안경을 쓴 남학생이 유라와 메구리 양을 보자마자 「큭! 학생회!」 하고 깜짝 놀란 목소리로 외쳤다. 그러자 안에 있던 다른 멤버들도 허둥대기 시작했다.

"큰일 났다! 빨리 숨겨!"

만화부 녀석들은 허둥지둥 뭔가를 숨기려——.

유라는 안경을 낀 남학생을 밀쳐내면서 고함을 질렀다.

"학생회다! 이곳에서 음란 만화를 제작해 일반 학생에게 포교하고 있다는 소문을 듣고 왔다!"

유라는 성큼성큼 부실 안으로 들어갔다. 나와 메구리 양이 그 뒤를 따랐다. 유라는 부장으로 보이는 여학생을 손가락으로 가리켰다.

"만화를 체크해봐야겠다. 자아, 부실 안에 있는 모든 만화를 제출해주실까?"

"……좋아."

만화부 부장은 투덜대면서 부원들에게 턱짓으로 지시를 내렸다. 그러자 부원들은 머뭇거리면서 원고를 제출했다.

우리 셋은 그것들을 하나하나 확인했다. 열혈 소년 만화부터 모에 4컷 만화, 소녀 만화도 있었다. 하지만——.

"……평범한 만화잖아."

그것이 유라의 감상이었으며, 나 또한 같은 의견이었다. 음, 평범한 만화야. 고교생 치고는 그림을 잘 그리기도 했고, 야한 묘사도 있었지만 노골적인 에로 작품은 없었다. 에로에로한 작품을 꽤 기대했었는데……. 만화부에 대한 나쁜 소문은 전부 헛소문이었던 걸까?

바로 그때, 여자 부원들과 메구리 양의 대화가 들려왔다.

"어, 어째서 야수인 효도가……?"

"학생회 멤버인 사지 겐시로가 감기에 걸렸어. 그래서 오컬트 연구부 소속인 그가 학생회로 출장 중이야."

"키, 키바 꾼이 출장해야 하는 거 아냐?!"

"그 의견에는 동감이야."

"기습적으로 방문한 이가 키바 꾼이라면 얼마나 좋았을까!"

여자 부원들은 통곡을 해댔다! 나라서 죄송하옵니다! 이래 뵈도 회장님이 직접 스카우트한 도우미라굽쇼!

만화 확인을 끝낸 우리는 딱히 할 일이 없어졌다. 그러자 만화부 부장도 안도한 듯한 표정을 지었다.

"거 봐. 아무것도 없지? 자아, 빨리 돌아가."

만화부 부장은 빨리 사라지라는 듯이 손을 내저으면서 그렇게 말했다.

아무 것도 발견하지 못했기에 학생회가 오해한 것으로 결론이 나려 한 순간── 메구리 양의 눈이 빛났다. 바닥에 놓여 있는 컴퓨터 본체에 흥미를 가진 것이다.

메구리 양은 그것에 다가가더니 턱에 손을 댔다.

"으음, 츠바사. 이거 좀 수상해. 이 컴퓨터 주위의 먼지에만 뭔가를 옮긴 듯한 흔적이 있어."

메구리 양은 유라를 불렀다. 아, 유라의 이름은 츠바사구나. 유라는 그 말을 듣더니 컴퓨터 본체를 조사했다. 확실히 그 컴퓨터의 주변에 있는 먼지만 상태가 조금 이상하긴 한데…….

"거, 거긴……!"

부원 중 한 명이 비명을 질렀다. 그러자 만화부 부장이 「바보야!」 하고 말하면서 꾸짖었다. 이거 수상한걸!

"반응이 수상쩍은걸……. 효도! 그 녀석들을 막아!"

"아, 알았어!"

유라가 그렇게 말하자, 나는 바리케이드처럼 부원들의 앞을 막아섰다!

컴퓨터의 커버를 벗기자, 얇은 책 몇 권이 안에서 나왔다. 오오, 이런 곳에 책을 숨겨두다니……! 메구리 양의 눈썰미가 정말 좋네! 이게 학생회 파워구나!

"아, 안 돼애애애애애애앳!"

만화부 부장이 비명을 질렀다! 하지만 유라는 개의치 않으면서 책을 체크했다.

"……이 책을 숨겨뒀던 거군. 어디어디…… 이, 이건!"

책을 체크하던 유라는 책의 내용을 전원이 볼 수 있도록 펼쳐 들었다.

"찾아냈다, 만화 연구부! 이게 소문이 사실이라는 걸 증명하는 증거구나!"

그 책에 그려져 있는 것은── 나로 보이는 캐릭터와 키바로 보이는 캐릭터가 뒤엉켜서 에로에로 행위를 하고 있는 만화였다! 이게 뭐야아아아아아아아아아아앗!

그 충격적인 내용을 본 나는 그 얇은 책을 빼앗아든 후, 뚫어져라 쳐다보았다! ……나, 나와

키바가 호모호모한 짓을 하고 있어!

표지에는 『야수 효도X키바 군 15』라고 적혀 있었다아아아앗! 15?! 15라면, 이건 시리즈물이옵니까?! 15권째라는 거야?! 이런 게 열다섯 권이나 있는 거냐?!

내가 엄청난 충격을 받고 있는 가운데, 유라는 만화부를 취조했다.

"이건 동성애를 통한 성행위 묘사야. 명백하게 교칙을 어기는 만화지."

만화부 부장은 그 말을 듣더니 얼굴에 철판을 깔면서 외쳤다.

"표현의 자유를 빼앗으려는 거야?! 규, 규제 반대!"

"그리지 말라는 건 아냐. 하지만 이런 걸 일반 학생들에게 보여주지는 않았으면 하는 것뿐이야."

"하, 하지만 쿠오우 학원에 다니는 많은 여학생들이…… 야수와 미남의 사랑을 기다리고 있다구!"

그런 정보는 듣고 싶지 않았다굽쇼! 진짜냐아아아아아아앗! 나와 키바의 그렇고 그런 만화가 쿠오우 학원 안에서 유행하고 있는 거야?! 게다가 시리즈물에 벌써 열다섯이나 나온 거냐고! 대체 얼마나 인기작인 거야?! 수요가 너무 많은 거 아냐?!

나와 키바의 관계를 그렇게 썩어빠진 시점으로 보고 있는 여자들이 있다는 건 알고 있었지만, 설마 만화부가 그걸 만화로 그리고 있는데다, 그게 인기작이 되었을 줄이야……!

오호라, 에로에로한 책이 학교에서 횡행하고 있다는 정보가 나에게 전해지지 않은 이유를 알았어. BL책은 내 관할이 아니니 내 귀에 들어올 리가 없지! 분명 여자애들 사이에서만 그 정보가 돌고 있었던 거야! 맙소사! 알고 싶지도 않은 뒷사정을 알고 말았어!

"아무튼, 이건 몰수하겠어. 그리고 고문 선생님에게도 보고할 거야."

유라는 그렇게 말한 후, 얇은 책을 들고 갔다. 그래. 몰수해버려. 확 태워버려도 돼.

"큭……! 원통해! 설마 올해 봄부터 시작한 인기 시리즈가 15권에서 권력에 굴복하고 말다니……!"

만화부 부장은 눈물을 흘리면서 바닥에 주저앉았다. 다른 부원들도 통한의 눈물을 흘리고 있었다.

그런 만화부 부장이 나에게 물었다.

"부탁이야! 딱 하나만 가르쳐줘! 그럼 후회는 없을 거야! 효도 군! 내 질문에 대답해줘!"

"으음, 뭐죠?"

"실은 너와 키바 꾼 중에 누가 수야?! 진실을 가르쳐줘!"

"내가 어떻게 아냐아아아아아아아앗!"

멸망해버려라, BL제작부! 나는 진심으로 기원했다.

진짜로 좀 봐달라고…….

"하아……. 즐거운 건지 힘든 건지 종잡을 수가 없네……."

나는 학생회실에서 가장 가까운 곳에 있는 남자 화장실 세면대에서 축 가라앉아 있었다.

……학생회 일은 재미있기도 했다. 하지만 알고 싶지 않은 사실을 알고 쇼크를 받기도 했다. 으음, 게다가 아직 방과 후의 활동은 끝나지 않은 것이다…….

뭐, 오늘은 사지의 대타인 만큼 조금 더 힘내도록 하자.

——그렇게 생각하면서 화장실에서 나왔을 때였다. 안경을 쓴 검은색 장발 미인인 신라 부회장과 마주쳤다.

"어머, 효도 군 아닙니까."

"아, 부회장님."

회장님보다도 더 쿨한 이 선배는 엄청난 미인이지만 무서운 사람이다. 솔직히 말해 내가 거북해 하는 타입이다.

"학생회 일은 잘하고 계신 것 같군요. 저는 당신이 사지가 하던 일을 대신할 수 있을지 없을지 좀 걱정이었습니다만……."

"그, 그랬군요……."

여전히 나를 신용하지 않는 건가? 부회장님의 안경이 반짝였다.

"효도 군."

"아, 예."

"당신은 악마로서 우수하다고 생각합니다. 로키, 그리고 교토에서의 일전에서도 살아남을 정도의 강자죠."

아, 칭찬받았다. 좀 의외네. 하지만 곧 부회장님은 미간을 찌푸리면서 말했다.

"하지만 성욕이 너무 강한 것 아닌가요. 남자 고교생으로서 건전한 심신을 길러야 한다고 생각하지는 않습니까? 성욕을 끌어올려 기술을 개발하는 것은 어리석기 그지없는 행위입니다. 당신도 상급 악마의 권속이라면, 주인을 위해 더욱 성실하면서도 현명하게 행동하는 것이 도리 아닐까요?"

"그, 그런가요……."

나에게 엄청 불만이 많은 것 같았다……. 아니, 신라 선배는 전형적인 우등생, 반장 타입이구나. 이, 이거, 연애 같은 것과는 인연 없는 여성 같네. 애인이 없을 것 같아.

"애초에 그레모리 권속은 주인이신 리아스 양을 비롯해 너무 대담하달까, 쾌활하다고나 할까, 권속을 너무 자유분방하게 두고 있다고 생각해요. 그리고 권속 또한 당신만이 아니라——."

"어, 잇세 군과…… 신라 선배."

쉴 새 없이 머신건 토크를 퍼붓는 신라 선배와, 그걸 정통으로 맞고 있는 내 곁에 미남이 나타났다.

"아, 키바."

그렇다. 키바였다. 이런 데서 만나다니, 드문 일도 다 있네.

내가 그렇게 생각하고 있을 때, 신라 선배의 목소리가 느닷없이 상기됐다.

"키, 키, 키, 키바 꾸……, 어, 어험! 키바 유우토 군이 아닙니까. 어쩐 일이죠?"

목소리를 진정시키기는 했지만, 꽤 동요했다는 걸 한 눈에 알 수 있었다. ……이, 이거 꽤 신선한 반응이네.

키바는 쓴웃음을 지으면서 말했다.

"아, 잇세 군이 걱정되어서, 볼일 때문에 신교사에 온 김에 어쩌고 있는지 좀 살펴보러 왔습니다."

여전히 성실한 녀석이라니깐. 그렇게 내가 걱정된 거야?

신라 선배는 억지 미소를 지으면서 말했다.

"거, 걱정할 필요 없어요. 효도 군은 매우 잘 해주고 있답니다. 학생회에 큰 도움이 되고 있죠! 오컬트 연구부의 남성들은 정말 믿음직하고 든든하군요!"

……신라 선배, 아까와는 말이 좀 다른 것 같은뎁쇼? 그러고 보니 키바가 등장하자 태도가 변했다. 몸도 배배 꼬고 있는데다 얼굴도 새빨간 것이다. 이거 혹시……?

신라 선배는 우물쭈물하면서도 키바와 계속 대화를 나눴다. 나와 이야기할 때와는 반응이 정반대였다.

신라 선배는 가슴 앞에 든 양손의 검지를 마주대면서 키바에게 물어봤다.

"……하나 물어볼 게 있어요."

"예. 뭐죠?"

"……키, 키바 군은……. 지금 사, 사, 사귀는…… 분이 있나요……?"

오, 직설적으로 물었네! 뭐, 신라 선배의 마음은 나도 충분히 이해가 돼! 너무 알기 쉽잖아! 진지하고 지적인 신라 선배가 이렇게 여성스러울 줄이야! 사람은 겉모습만으로 판단하면 안 된다는 게 사실이구나.

키바는 미소를 머금은 채 한쪽 눈썹만 곤란하다는 듯이 살짝 찌푸렸다.

"으음…… 없습니다만……."

키바가 그렇게 대답한 순간, 신라 선배의 표정이 환해졌다. 아, 이 선배, 정말 귀엽네.

"그, 그런가요! 아, 알았어요! 어, 어험! 오늘은 효도 군 뿐만아니라, 키바 군과 이야기를 나눠서 정말 영광이었어요. 저, 저는 아직 일이 남아 있으니 이만 실례하죠. 그럼 다음에 또 보죠."

신라 선배는 헛기침을 하면서 그렇게 말한 후, 가벼운 발걸음으로 복도를 따라 걸었다.

그리고 기분이 꽤나 좋은 듯한 그녀는 한 번 걸음을 멈추더니, 우리를 향해 손을 흔들었다. ……나와 단둘이 있을 때는 그렇게 엄격했으면서…….

"하하하, 신라 선배는 일전의 레이팅 게임 이후로 나와 대화를 나눌 때마다 태도가 어색해진다니깐. 그때 선배에게 성검의 파동을 날렸기 때문이려나……."

키바는 볼을 긁적이면서 엉뚱한 소리를 했다.

나는 키바의 어깨에 손을 얹은 후,「지적인 미인도 나쁘지 않다고 봐」 하고 말하며 고개를 끄덕였다.

"아, 츠바키 씨는 키바에게 푹 빠졌어."

유라는 페트병에 든 내용물을 한 모금 마신 후 내 질문에 답해줬다.

그 후, 학생회실에 돌아가 보니 회장님을 비롯한 대부분의 멤버가 맡은 일을 얼추 끝내고 돌아와서 쉬고 있었다.

나는 유라, 그리고 『비숍』 쿠사카 양과 함께 식당 한편에 있는 테이블에 같이 앉아 있었다. 이 시간대에는 이용하는 이가 적은지 자리가 텅텅 비어 있었다. 메구리 양은 부활동 기습 방문의 활동 보고를 하기 위해 학생회실에 남았다.

"츠바키 씨는 레이팅 게임 때, 키바 군에게 당했잖아? 그 후로 저렇게 됐어."

쿠사카 양이 그렇게 말했다. 아, 키바가 했던 말은 사실이구나. 일전의 레이팅 게임 이후로 신라 선배가 키바를 보는 눈빛이 변한 거야.

유라는 음료수를 한 모금 더 마신 후 말했다.

"츠바키 씨는 원래 연하 취향인데다, 성실한 남자를 좋아해. 그리고 키바는 츠바키 씨의 취향에 딱 들어맞아."

"하지만 레이팅 게임 이전에는 좋아하지 않았던 거지?"

"패배를 맛보고서 비로소 자신을 쓰러뜨린 상대를 좋아하게 되는 경우도 얼마든지 있을 것 같지 않아?"

유라는 그렇게 말했지만……. 으음, 그런 건가? 여자 마음이라는 것은 알다가도 모르겠다.

"우리 중에 사랑의 배틀을 벌이고 있는 건 하나카이 모모와 니무라 루루코야."

쿠사카 양이 히죽거리면서 그렇게 말했다. 하나카이 양과 니무라 양?

"겐시로를 두고 여자 간의 공방전이 벌어지고 있어."

"뭐? 겐시로라면 사지 말이야? 사지를 두고…… 여자 간의 공방전?!"

쿠사카 양은 내 말을 듣더니 즐거운 듯한 표정을 지으며 대답했다.

"그래, 효도 군. 겐을 두고 권속 안에서 사랑싸움이 벌어지고 있는 거야."

"사랑싸움…… 하나카이 양과 니무라 양이 사지를……?"

내가 묻자 유라와 쿠사카 양이 고개를 끄덕였다. 맙소사! 학생회에서는 그런 일이 벌어지고 있었던 거구나! 왠지 학생회 멤버들도 그레모리 권속과 마찬가지로 동료들끼리 화목하게 지내고 있는 줄 알았더니, 그 안에서 사랑싸움이…….

하나카이 양이라면 레이팅 게임 때 내 피가 든 수혈 팩을 들고 왔던 『비숍』 여자애다. 약간 엄격한 인상의 미소녀였어…….

니무라 양은 레이팅 게임 때 사지와 함께 나와 코네코를 막아섰던 1학년 『폰』이다. 코네코에게 격파 당했지.

오호라, 그녀들이 사지를 좋아하는 거구나. 아, 그러고 보니 그녀들은 아까도 나한테 한 소리 했었다. 사지를 대신해 열심히 하라고 두 사람 다 말했던 것이다. 아~, 그 말에는 그런 의미도 들어있었던 거구나.

쿠사카 양이 턱을 괴면서 말했다.

"하지만 겐이 회장님에게 푹 빠져 있다는 게 문제야. 회장님도 겐을 남동생 정도로만 생각하거든. 어찌 보면 모모와 루루에게 있어서는 잘된 거라고도 할 수 있겠지만……."

그렇다. 사지는 회장님에게 마음이 있다. 그 녀석, 회장님을 동경하지. 나와 부장님이 집에서 친목을 다진다는 사실을 안 그 녀석이 지은 충격으로 점철된 얼굴은 아직도 잊을 수가 없다. 내가 어떤 일상을 살고 있는지 알고 그 정도로 충격을 받았던 것이다.

회장님은 아직도 사지를 남동생 정도로만 생각하는 것일까. 갈 길이 멀구나, 사지. 뭐, 그래도 진보는 좀 있으려나? 뭐, 나도 그런 소리를 할 자격은 없지만 말이야!

"……하나카이 양과 니무라 양이 사지를 좋아하는 구나. 잠깐만, 하나카이 양은 키바의 팬 아니었어?"

나는 그런 의문을 품었다. 시트리 전에서 하나카이 양의 마음을 내 기술로 알아낸 적이 있는데, 분명 키바에게 호의를 품고 있었다. 니무라 양은…… 사지를 동경하고 있었다고나 할까, 의지하고 있다는 건 때때로 만날 때도 느껴졌지.

쿠사카 양은 고개를 갸웃거리면서 대답했다.

"으음, 루루는 1학년이라서 겐과 함께 학생회 일을 할 때가 많거든. 그러면서 신세를 지다보니 좋아하게 됐다고 하는 전형적인 패턴이지만…….”

쿠사카 양의 뒤를 이어 유라가 입을 열었다.

“모모──하나카이 모모는 효도의 말처럼 당초에는 키바 유우토에게 푹 빠져 있었어. 하지만 효도를 라이벌로 삼으며 절차탁마하는 겐시로를 보고 마음이 확 기운 것 같아. 손이 닿을 리가 없는 미남보다 근처에 있는 열혈소년을 선택한 거지. 그 녀석은 아이돌을 동경하는 소녀 같은 면도 있는 꽤 현실적인 애거든.”

아, 그렇구나. 키바가 더 취향이기는 하지만, 가까운 곳에 있는 사지에게 어느새 끌리고 만 건가? 으음, 역시 여자 마음은 어렵네.

쿠사카 양은 눈을 반짝이면서 말했다.

“하지만 나는 일편단심 키바 꾼! 부회장님만큼 열성적이지는 않지만, 키바 꾼은 아무리 봐도 질리지가 않아. 요즘 들어서는 예전보다 이야기를 나누기 쉬워졌다고나 할까, 대하기 편해졌어.”

코카비엘 습격 사건 이후로, 키바의 분위기가 부드러워진 것은 사실이다.

“키바 녀석은 어디서나 인기가 많다니깐. 저, 저기, 나는 어때?”

나는 무심코 그런 걸 물어보고 말았다. 쿠사카 양은 그 말을 듣고 질색을 할 줄 알았지만, 뜻밖에도 진지한 표정을 지으며 고개를 갸웃거렸다. 아, 꽤 뜻밖의 반응이네.

“효도 군을 꼬시려고 했다간 리아스 선배와 히메지마 선배한테

살해당할 것 같아……. 내 기준에서 볼 때 외모는 나쁘지 않고, 장래성은 그야말로 끝내주지만 말이야. 그래도 효도 군의 주위에 있는 여자들의 파워가 너무 세서……. 아, 정확하게 말하자면 오컬트 연구부 여성들 중에는 이상한 사람이 너무 많아."

그, 그렇구나. 남들이 보기에 우리는 그렇구나. ……부장님, 아케노 씨, 두 사람 다 공포의 대상으로 여겨지고 있사옵니다…….

그, 그것보다! 나는 학생회 멤버들에게 미움 받고 있는 줄 알았더니, 의외로 그렇지도 않네! 솔직하게 말해 기쁘다고! 오컬트 연구부 부원 이외의 여자애에게 이런 말을 들은 건 처음일지도 몰라! 우와! 눈물이 날 것 같아!

잠깐만, 우리 여자 부원들은 좀 이상한 애라는 이미지가 강하구나! 제노비아라든가 이리나도 있으니, 맞는 말일지도 몰라!

감동에 젖은 나에게 유라가 말했다.

"나는 겐시로나 키바보다 효도가 내 취향에 더 가까운 것 같아."

──윽! 뜻밖의 고백을 듣고 깜짝 놀란 나는 그 자리에서 벌떡 일어나면서 당황한 목소리로 말했다.

"유, 유라, 정말이야?!"

내가 그렇게 말하자, 유라는 고개를 끄덕였다.

"응. 내가 단순히 흙투성이인 남자를 좋아하는 걸지도 모르지만……. 겐시로나 키바보다 훨씬 땅바닥을 뒹굴었을 것 같은 효도가 남자로서 더 매력이 있어."

"그거, 칭찬이야……?"

내가 어떤 반응을 보여야 할지 감을 잡지 못하고 있을 때, 쿠사카 양이 웃으면서 말했다.

"츠바사는 효도 군을 자주 칭찬해. 그리고 회장님과 부회장님도 효도 군을 칭찬한다구. 덕분에 겐은 더욱 라이벌 의식을 불태워."

그, 그렇구나. 회장님, 그리고 부회장님도 나를 칭찬하는구나! 그거…… 오히려 부끄럽네!

"으으…… 오컬트 연구부 부원 이외의 여자애에게 이런 말을 들은 적이 없어서, 왠지 기쁘다고나 할까, 부끄럽다고나 할까…… 아, 확실히 기쁘긴 해."

나는 뭐라고 말해야 할지 감이 오지 않았다! 그, 그래! 나에 대한 학생회 멤버들의 평가는 나쁘지 않구나! 오히려 좋은 편? 이야~, 필사적으로 초차원 배틀을 한 보람이 있네!

유라는 멋쩍어 하는 나에게 말했다.

"하지만 효도는 우리보다 리아스 선배나 권속 여자애들이 좋지?"

"그, 그거야 그렇지만! 일단 물어본 것뿐이야!"

권속 여자들이 소중한 것은 당연한 일이다. 학생회 멤버들보다 오래 알고 지낸 데다, 항상 같이 다니니까 말이다. 하지만 그건 그것, 이건 이거라굽쇼!

"그래. 리아스 선배와 아시아 양을 소중히 하라구. 이 색골!"

쿠사카 양은 놀리는 듯한 어조로 그렇게 말했다.

유라는 나를 향해 얼굴을 내밀더니, 조그마한 목소리로 물었다.

"……그런데 효도는 그레모리 권속 여자들 중에서 누구를 좋아해?"

"응? 아, 부장님도, 아시아도, 아케노 씨도, 코네코도, 제노비아도 좋아하거든? 로스바이세 씨도 미인이지. 그런데 왜 갑자기 그런 걸 묻는 거야……?"

왜 갑자기 그런 걸 묻는 거지…….

유라와 쿠사카 양은 동시에 탄식을 터뜨렸다.

"이거…… 저쪽도 고생이 많겠네."

"그래. 우리 겐보다 더 심할지도 몰라."

이, 이 반응은 뭐야?! 두 사람 다 도끼눈으로 어이없다는 듯이 나를 쳐다보고 있어!

"그런데 하나 더 물어보고 싶은 게 있는데……."

"아, 나도 효도 군에게 물어볼 게 있어. 저기——."

두 사람은 나를 향해 얼굴을 쑥 내밀면서 말했다! 이, 이번에는 뭘 물으려는 거지? 더는 개인적인 걸 묻지 말라고! 당혹스러워하는 나에게 두 사람이 한 말은——.

"효도와 키바 중에……."

"실은……."

""누가 공이고, 누가 수야?""

…………. 한순간 두 사람이 무슨 말을 하는 건지 이해하지 못했지만…….

그녀들의 말을 이해한 순간, 나는 부들부들 떨면서 고함을 질렀다.

"나와 키바는 그런 사이가 아냐!"

이 녀석들, 완전히 썩었잖아……! 이제 그만 좀 하라고!

─○ ● ○─

그리고 며칠 동안, 나는 사지가 쉬는 동안 학생회의 일원으로서 방과 후에 시트리 권속과 함께 학교 안을 뛰어다녔다. 평소에는 이야기할 일이 적은 학생회 멤버들과 같이 일을 하니 꽤나 신선한 느낌이 들었다. 담소도 꽤 나누면서 즐겁게 일을 했다.

엄격한 신라 선배, 그리고 쌀쌀맞은 하나카이 양과 니무라 양과 이야기를 나눠보니, 그렇게 무서운 사람들은 아니었다. 그저 엄격함을 타고난 여자애일 뿐이라는 사실을 알 수 있었다.

나를 평범하게 대해주는 여자애가 더 있다는 사실을 알고 감동했다. 사지도 몸이 다 나아서 내일이면 복귀한다고 한다. 내가 학생회를 돕는 것도 오늘로 끝인가. 이 며칠 동안 익숙하지 않은 일을 하느라 고생하기는 했지만, 즐거웠다!

약간 쓸쓸한 느낌을 받으면서도 일을 끝낸 후, 학생회실로 돌아가보니── 그곳에는 거대한 케이크가 있었다!

"이, 이 케이크는……?"

나는 어리둥절해 하면서 그렇게 물었다. 그 케이크에는 「효도 잇세이 군, 수고했어」라고 적혀 있었다!

바로 그때, 소나 회장님이 케이크 뒤편에서 나오더니 나에게 말했다.

"이건 효도 군을 위해 준비한 케이크입니다."

오오! 케이크! 그것도 나를 위해 준비한 케이크!

"사지를 대신해 수고해준 데 대한 감사의 마음을 담아 케이크를 준비해봤어요."

맙소사! 마지막에 이렇게 멋진 서프라이즈를 벌여주다니! 엄격한 소나 회장님이 케이크를 준비해준 것이다! 그것도 나를 위해서 말이다! 정말 기뻐 죽을 것만 같았다!

아아, 눈물이 다 나네! 성실한 사람들밖에 없는 줄 알았던 학생회가 마지막에 이런 걸 준비해줬으니, 감동 안 할 수가 없잖아!

기쁨에 젖어있는 내 옆에 서있는 학생회 여자애들의 얼굴이 새파랗게 질렸다.

쿠사카 양이 회장님에게 물었다.

"이, 이거, 회장님이 직접 만드신 건가요?"

"예, 그래요."

회장님이 그렇게 대답하자, 내 옆에 있던 유라가 얼굴을 손으로 가리면서 「맙소사……」 하고 중얼거렸다. 왜, 왜 이러는 거지……?

신라 선배는 불만을 표시하듯 표정을 찡그리면서 말했다.

"저, 저는 일단 말렸어요."

……왜 저렇게 불안한 소리를 하는 거야? 내가 그 말을 듣고 일말의 불안을 느끼고 있을 때, 회장님은 담담하게 케이크를 자르더니, 접시에 담아서 건네줬다.

"자아, 효도 군. 받아요."

나는 케이크가 놓인 접시와 포크를 받았다. 으음, 겉보기에는 끝내주게 맛있어 보이는 초코케이크 같은데…….

나는 미심쩍어 하면서도 「잘 먹겠습니다」 하고 말한 후, 케이크를 입에 넣었다. 그 순간——.

……………………….

……입 안에 퍼져나가는…… 고통?! 아파! 매워! 써! 여러 가지 미각이 입안에서 소용돌이치고 있어!

이게 뭐야?! 케이크 맞아?! 케이크 맛이 전혀 안 나는데?! 아니, 단 맛이 전혀 느껴지지 않아! 혀에 남아있는 이 까칠까칠한 감촉은 뭐지?! 케이크를 씹을 때마다 「으직!」이라든가 「우득!」 같은, 케이크 먹을 때 나서는 안 되는 소리가 나고 있는뎁쇼?!

맛없다! 아무튼, 엄청 맛없다! 뭐 이렇게 맛없는 초코케이크가 다 있어?! 회장님의 친구인 리아스 부장님이 만든 케이크는 끝내주게 맛있는데! 대체 어디서 어떤 지식을 지니면 이런 케이크를 만들 수 있는 거지?! 나는 필사적으로 구토를 참았다. 얼굴이 새파랗게 질렸고, 눈에서는 눈물이, 온몸에서는 진땀이 쉴 새 없이 흘러나왔다!

쿠사카 양이 나에게 귓속말을 했다!

(효도 군! 억지로라도 먹어! 회장님의 케이크는 살인병기 급의 위력을 지녔어! 말도 안 되는 식재료를 써서 겉보기에만 맛있어 보이는 케이크를 만드는 데 있어서 천재라구! 회장님은 기분이 좋을 때 이걸 만들어주는데, 우리 입에 맞지 않다는 걸 알면 엄청 충격을 받아!)

유라도 귓속말을 했다.

(회장님은 보기보다 섬세해! 제과제빵이 자기 특기라고 생각하고 있어! 겐시로도 매번 억지로 먹는단 말이야! 게다가 언니분한테는 호평이기 때문에, 회장님의 요리를 헐뜯었다간 마왕님이 강림한다구!)

맙소사! 완전 골 때리네! 시트리 자매, 완전 골 때리잖아! 그렇사옵니까. 레비아탄 님한테는 호평이옵니까! 이 자매, 미각이 어떻게 되어먹은 거야?!

솔직히 말해 사지가 진짜로 존경스러워! 그 녀석은 이 케이크를 매번 웃는 얼굴로 먹고 있는 거야?! 용왕 킬러—— 아니, 천룡 킬러라고 해도 과언이 아닌 위력을 지닌 이 케이크를?!

"…………."

회장님은 지그시 나를 쳐다보고 있었다! 큰일 났다! 마왕에게 습격당하는 것보다, 이 케이크를 전부 다 먹는 편이 만 배는 나을지도 몰라! 게다가 나를 위해 만들어준 거잖아!

자, 잘 먹겠사옵니다!

"가, 감사합니다! 잘 먹을게요! 우오오오오옷!"

나는 기합을 잔뜩 넣은 후, 거대한 케이크 비스무리한 녀석을 입에 마구 집어넣었다!

내 모습을 본 학생회 여자들은 눈물을 줄줄 흘리면서 「효도, 대단해!」, 「까아, 효도 군, 멋져!」 같은 찬사를 보내고 있었지만, 나는 그 말에 대답할 여유가 없었다…….

그날 밤, 나는 복통에 괴로워하면서 부장님에게 간병을 받았다. ……그 케이크는 위와 장에 좋지 않사옵니다.

　부장님은 쓴웃음을 지으면서 말했다.

　"소나가 만든 케이크를 전부 먹어치웠다면서? ……그 애, 옛날부터 제과제빵 만큼은 영 꽝이었어."

　예, 진짜로 꽝이었습니다요. 나중에 자초지종을 안 사지에게서 「내 대신 고마워. 그리고 그 케이크를 다 먹어치운 너에게 경의를 표하겠어」 하는 내용의 메일이 왔다. 그래, 나는 열심히 그 케이크를 먹었다고, 사지여……. 그 케이크를 앞으로도 계속 먹어야 할 너에게 찬사를 보낼게.

　부장님은 침대에 누워 끙끙 앓고 있는 나의 머리를 상냥하게 쓰다듬어줬다.

　"아무튼 수고했어, 잇세."

　아아, 이 사람에게 수고했다는 말을 듣고, 이렇게 간병을 받는 것만으로도 학생회 일을 도운 보람이 있다는 생각이 들었다. 학생회 멤버와도 가까워졌고 말이다. 수확도 꽤 많았다.

　아, 그래도, 그 케이크만큼은 두 번 다시 먹고 싶지 않아!

Life.3 모험하러 가자!

 나는 요즘 들어 자주 이런 생각이 들었다.

 오컬트 연구부의 부실에 부원 이외의 누군가가 찾아오는 것은, 대개 귀찮은 일에 휘말리게 되는 전조라는 생각 말이다——.

 그 날, 방과 후에 오컬트 연구부를 찾아온 이는 쿠오우 학원 초등부—— 초등학생 남자애였다.

 반바지로 된 쿠오우 학원 초등부 교복을 입은, 활기찬 남자애였다. 뾰족한 머리카락, 약간 건방져 보이는 눈매를 지녔다. 키로 볼 때 5학년, 혹은 6학년 정도 같았다.

 그 애는 약간 긴장한 것 같지만, 그래도 활기차게 인사를 했다.

 "아, 안녕하세요! 저는 호데리 유키히코라고 해요! 쿠오우 학원 초등부 6학년이죠! 소나 시트리 씨의 소개로 그레모리 씨를 찾아왔어요! 잘 부탁해요!"

 소년이 그렇게 말하면서 허둥지둥 고개를 숙이자, 부장님은 고개를 끄덕이며 입을 열었다.

 "응. 소나에게서 이야기는 들었단다."

 나는 그렇게 말하는 부장님에게 물었다.

 "……회장님의 본명을 아는 걸 보면 우리의 정체도 아는 인간이겠네요."

오컬트 연구부의 부원은 악마 혹은 천사라는 사실은 일반학생들에게 비밀이었다.

소나 회장님도 인간계에서는 본명 대신 『시토리 소우나』라는 이름을 쓰고 있다. 그런 회장님을 본명인 「소나 시트리」라고 부를 뿐만 아니라, 회장님의 소개로 이곳에 왔다는 걸 보면 우리의 정체를 알고 있다고 해도 이상하지 않았다.

아니나 다를까, 부장님은 고개를 끄덕이면서 긍정했다.

"그는 영검, 신검 등을 수집해서 보관하는 유서 깊은 일족의 일원이야."

흐음, 그런 검을 보관하는 일족의 사람이구나. 학생회 멤버 중에도 그런 쪽 출신이 많았다. 바로 그때, 조그마한 의문이 내 마음속에 생겨났다.

"이 학교의 초등부에도 그쪽 업계의 인간이 있군요."

나는 그렇게 말했다. 고등부에도 테니스부 부장이자 마물을 사역하는 아베 선배가 있다. 그 사람도 우리가 악마라는 사실을 알고 있다.

"쿠오우 학원의 각 학부에는 그런 혈족에 소속된 사람들이 정체를 감춘 채 다니고 있답니다."

아케노 씨가 내 의문에 답해줬다.

오호라, 우리 학교는 그런 방면의 사람들도 받아들이는 구나. 뭐, 이 학교는 그레모리가 실질적으로 지배하고 있으니, 그런 게 가능한 걸지도 모른다. 그레모리로서도 이능력을 지닌 인간과의 교류를 통해 이득을 얻을 수 있는 측면도 있으리라.

──그건 이해가 되지만, 이 애는 왜 오컬트 연구부를 찾아온 걸까?

부장님이 대화를 시작했다.

"호데리 유키히코 군, 소나에게서 들은 이야기에 따르면 『데뷔』가 하고 싶어서 우리를 찾아온 거라면서?"

부장님이 그렇게 말하자, 소년── 호데리 유키히코는 힘차게 고개를 끄덕였다.

"저희 집 사람들은 열두 살이 되면 통과의례로서 실전을 치러요. 그 실전 상대가 이형의 존재── 요괴나 악마 같은 거죠. 형과 누나도 지금의 제 또래 때 통과의례를 했는데, 어찌된 영문인지 부모님은 제 차례가 되자 소극적이 되어서……. 저만 통과의례를 하지 않겠다고 했어요……!"

나이에 비해 정중한 말투지만, 목소리에 분노가 어려 있네. 꽤 울분이 쌓여 있는 것 같──다기보다, 불만이 많은 것 같았다.

"형님과 누님은 이미 그쪽 일에 종사하고 있는 거지?"

부장님이 묻자, 호데리 유키히코는 고개를 끄덕였다.

"예. 형과 누나는 맡은 일을 열심히 하고 있어요. 하지만……."

그는 갑자기 얼굴에 불만을 드러내더니, 입술을 삐죽 내밀었다.

"제가 막내라서 그런지 집에서도 『남들에게 폐만 끼치지 않는다면 멋대로 살아도 돼』 같은 소리를 듣고 있어요……. 그리고 통과의례도 돈이 드니 하지 않겠대요……. 형과 누나 때는 했으면서 나만 안 한다는 건 좀 너무하지 않나요? 아무리 형과 누나가 우수하다고 해도…… 너무하다고요!"

아아, 결국 어조도 자기 또래에 맞게 변했다.

즉, 이 애도 다른 형제남매들처럼 이형의 존재와 싸우는 통과의례가 하고 싶지만, 부모님은 위의 두 자식이 어엿하게 가문의 일을 하고 있기에 만족했다. 그래서 막내에게는 느닷없이 「마음대로 살아라」 같은 소리를 한 것이리라.

키바의 시선이 호데리 유키히코의 짐을 향하고 있었다. 그것은 죽도 주머니였다.

"네 검은 설마……."

그는 키바의 말을 듣더니 자신의 죽도 주머니를 쥐었다.

"아, 이것 말인가요?"

그 소년은 주머니를 풀더니——.

보기만 해도 오한이 느껴지는 한 자루의 긴 도검이 칼집째 모습을 드러냈다…….

이거, 뭐야? 성검, 성창을 봤을 때와 같은 감각을 느끼고 말았다. 절대로 만져서 안 될 듯한 아우라를 풍기고 있었다.

"이건 신령검 『토츠카노츠루기』예요. 성검으로 분류되는 검이죠."

오오, 일본풍 성검이구나! 하지만 일본도라기보다 고대의 도검에 가깝다. 제노비아도 그것을 보더니 반응을 보였다.

"성검술사인가. 그래, 성검 사무라이 보이구나."

"제노비아, 그 일본어는 잘못됐어."

"사무라이를 보는 건 처음이에요!"

이리나는 딴죽을 걸었고, 아시아는 흥분한 듯한 목소리로 말했다. 아무래도 우리 부에 소속된 외국 출신 여자애들은 사무라이에 대해 착각하고 있는 듯한 느낌이 들었다! ……성검 사무라이 보이는 좀…….

"일본의 성검 하면 아마노무라쿠모노츠루기가 유명하죠."

아케노 씨가 그렇게 말했다.

아, 그 검은 성검 소동 때 부장님도 언급했었어.

호데리 유키히코는 아케노 씨의 말을 듣고 말했다.

"무라쿠모 말인가요? 소문에 따르면 어떤 사건에 휘말려 두 동강이 났다고 해요. 그걸 수리하느라 관계자들이 정신없다더라고요."

부러진 거냐! 엑스칼리버도 그렇고, 전설의 성검은 툭하면 부러지네!

뒤랑달도 소유자도 파워 바보인 제노비아잖아……. 전설의 성검은 고생할 운명을 타고나는 거냐…….

"토츠카노츠루기도 꽤 유명하지?"

부장님이 묻자, 소년은 고개를 끄덕였다.

"토츠카노츠루기는 고대부터 몇 자루 존재했고, 이건 그 중 하나예요."

"막내인 너한테 이런 걸 맡겨도 괜찮은 거야?"

"예. 『악용하거나, 도둑맞지만 않으면 된다』고 부모님께서 말씀하셨어요. 만약 그런 일이 벌어지면 제가 책임을 져야 하니, 목숨을 걸고 막으라는 것 같아요."

정말 자유로운 집이네! 성검을 다루는 가문이나 인간이면 성검을 좀 더 소중히 여겨야 하는 거 아냐?!

나는 마음속으로 딴죽을 날렸지만, 로스바이세 씨가 확인을 하듯 부장님에게 물었다.

"결국 호데리 유키히코 군의 의뢰인 통과의례—— 이형의 존재와 『데뷔』전은 어떻게 할 생각이죠?"

그래. 이것을 의뢰로 받아들일지 말지가 문제다. 우리는 악마이기 때문에 의뢰를 받아들인다면 그에 걸맞은 대가도 받아야만 한다.

……하지만 상대는 초등학생이다. 금전적인 것을 요구하는 것은 좀 그러려나?

"아, 괜찮다면 저희 집 성검을 답례로 드릴게요. 토츠카노츠루기는 안 되지만요."

이 소년은 태연한 목소리로 그렇게 말했다! 정말?! 성검 같은 걸 그렇게 간단히 넘겨도 괜찮은 거야?

부장님은 턱에 손을 대더니 고개를 잠시 갸웃거렸다.

"으음, 대가는 받을 생각이지만, 그 통과의례라는 걸 어떻게 할 건지는 좀 생각해봐야겠네."

오호라, 이형의 존재—— 요괴나 악마와 싸우는 통과의례를 우리가 돕는다면 어떤 식으로 하면 좋을 것인가? 부장님은 그 점을 고민하고 있는 것 같았다. 단순히 우리가 이 애와 싸우는 것도 방법이겠지만——.

"……우리를 상대로 싸우려면 상당한 실력자여야만 하겠지.

——너는 이형의 존재와 싸워본 경험이 없지?"

키바가 그렇게 묻자, 호데리 유키히코는 고개를 끄덕였다. 그러자 키바는 난처한 표정을 지으면서 볼을 긁적였다.

그렇다. 키바가 말한 것처럼 『킹』인 부장님을 비롯해, 우리 그레모리 권속은 격전에 격전을 거듭한 결과, 엄청나게 강해졌다.

적룡제인 나, 멸망의 마력을 지닌 부장님, 뇌광의 무녀——아케노 씨, 성마검을 쓰는 키바, 뒤랑달을 지닌 제노비아, 전반적인 마법에 뛰어난 능력을 지녔으며 전직 발키리 출신이기도 한 로스바이세 씨, 개스퍼도 시간을 정지시키는 세이크리드 기어 소유자다. 내 무릎 위에 앉아있는 선술사 코네코도 웬만한 상대는 일격에 재기불능으로 만들 수 있을 만큼 강하다. 이리나 또한 전생천사이자 미카엘 씨의 직속이다.

그런 멤버들 상대로 통과의례 배틀을 하라니…… 내가 저 소년 같은 입장이라면 단호하게 거부할 것이다! 왜냐면 하나같이 괴물이니까 말이다!

"……그럼 아시아 선배?"

내 무릎 위에 있던 코네코가 고개를 갸웃거리면서 그런 소리를 했다!

"으윽! 저, 저보고 저 성검술사 분을 상대하라는 건가요?!"

아시아는 경악을 금치 못했다! 제노비아는 아시아의 어깨에 손을 얹으면서 고개를 끄덕였다.

"아시아, 이것도 젊은 검사를 위한 일이야. 우리와 싸웠다간 저 애도 자신감을 잃겠지. 연상의 힘을 보여주라구. 뭐, 대충 그런 척만 하면 돼."

"『비숍』인 아시아 양이라면 좋은 상대가 되어줄 수 있을지도 몰라! 아아, 아시아 양의 자기희생 정신은 신께서도 어여삐 여기실 거야! 안심해! 좀 격렬해질 것 같으면 나와 제노비아가 도와줄게!"

"물론이지. 아시아가 위험에 처할 것 같으면 내가 뒤랑달로 끼어들겠어!"

제노비아와 이리나는 그런 말도 안 되는 소리를 했다! 당사자인 아시아는 울상을 지은 채 안절부절 못하고 있었다!

어이, 너희들! 전위 멤버가 아닌 아시아한테 그런 걸 시키면 어떻게 하냐고! 그러다간 성실한 아시아가 죽을 각오를 다지며 임할 거란 말이다! 게다가 전직 교회 전사 두 명이 초등학생과의 싸움에 참가하는 것도 어른스럽지 못한 행동이거든?!

"역시 다른 사람에게 부탁하거나, 적당한 상대를 소환하는 수밖에 없으려나요?"

로스바이세 씨는 차분한 목소리로 그렇게 말했다. 그 수밖에 없다고 생각한 내가 누구에게 부탁할지 머릿속으로 생각하고 있을 때였다.

느닷없이 부실의 문이 활짝 열렸다!

"이야기는 다 들었다! 나한테 맡기라고!"

의기양양하게 등장한 이는 아자젤 선생님이었다! 눈부시기 그지없는 표정을 짓고 있었다! 이 총독, 숨어서 우리 대화를 듣고 있었던 게 분명해!

성큼성큼 부실 안으로 들어온 선생님은 부장님을 향해 힘찬 목소리로 말했다.

"나한테 좋은 생각이 있다!"

""패스.""

부장님과 아케노 씨는 미심쩍은 눈빛을 띠면서 이구동성으로 딱 잘라 말했다! 서슴없네! 선생님이 당치도 않은 짓을 꾸밀 게 뻔하니, 바로 부정한 것 같은 느낌이야! 나 같아도 부정했을 거야!

"어차피 또 어이없는 걸 만든 거죠?"

나도 한숨을 내쉬면서 그렇게 물었다. 하지만 선생님은 우리의 표정 같은 것은 개의치 않으면서 검지를 좌우로 까딱거렸다.

"훗, 잠시 후면 그런 소리는 쏙 들어갈 거다. 마침 현재 나와 악마 사이드가 힘을 합쳐 재미있는 걸 개발하고 있지."

선생님은 그렇게 말하더니 품속에서 서류를 꺼냈다.

"잘 봐라! 이게 바로 『아자젤 퀘스트』의 기획서다! 악마 사이드의 기술—— 게임 필드를 이용해 롤플레잉 공간을 제작하고 있다고! 악마측 기술자도 희희낙락하면서 참가하고 있지. 서젝스를 경유해 아주카 바알제붑 측의 관계자에게서 기술 제공도 받고 있어! 현 바알제붑은 이런 게임 개발에 뛰어난 능력을 지니고 있거든!"

나는 넘겨받은 기획서를 대충 훑어봤다.

……요약해서 설명하자면, 이 『아자젤 퀘스트』는 레이팅 게임에 쓰이는 공간을 통째로 이용해 모험 환경을 제공한다. 광대한 게임 필드 내부에는 마을과 동굴, 탑 같은 것이 만들어져 있

으며, 플레이어가 되어 그 공간을 모험하는 체험형 롤플레잉 게임——이라고 한다. 물론 여행 도중에 마물도 등장한다고 적혀 있었다. 간단히 말해 오픈월드형 게임 같았다.

하아! 선생님, 악마 쪽 기술자들과 뭘 만들고 있는 거예요?! 이거, 명계에 도움이 되기는 하는 거예요?! 두 진영의 기술자들이 재미 삼아 만드는 것 같은데요?!

선생님은 기획서를 하나 더 꺼내더니, 호데리 유키히코에게 보여줬다. 그는 그것을 보더니 환한 표정을 지으며 관심을 보였다!

"와아! 이거, 괜찮네요! 엄청 재미있을 것 같아요! 마물과도 싸울 수 있죠?"

그가 질문을 하자, 선생님은 잘난 척 하는 듯한 표정을 지으며 고개를 끄덕였다.

"물론이지! 동료들과 함께 여행을 하며, 나쁜 용왕을 쓰러뜨리는 체험형 RPG거든!"

"저는 이 게임을 통해 통과의례를 하고 싶어요! 여러분! 부디 이 게임에 참가해 주세요!"

오~, 얼굴이 찬란히 빛나고 있네……. 순진무구한 눈빛으로 기획서를 열심히 읽고 있잖아……. 선생님 때문에 몇 번이나 고생을 했던 우리에게는 이 기획서가 지옥의 사자가 내미는 계약서 같아 보였다. 아니 뭐, 이 사람은 지옥, 즉 명계에 사는 타천사의 총독이지만 말이야!

선생님은 호데리 유키히코의 어깨에 손을 얹으며 물었다.

"그럼 소년! 이 게임을 플레이하는 것으로 알면 되겠지?"

"예! 잘 부탁드립니다!"

"좋아! 동료 세 명의 직업을 이 기획서에서 골라봐! 그럼 우리 쪽에서 미리 수배해두지!"

"예! 우와~, 동료~! 전사와, 마법사와 승려와……."

하하하……. 이 애, 또 기획서를 뚫어져라 쳐다보고 있어. 이 야기가 멋대로 진행되고 있네……. 부장님은 탄식을 터뜨리면 서 이마에 손을 대더니, 나에게 말했다.

"……뒷일은 잇세에게 맡길게."

"예에에엣?! 진짜요?! 또요?!"

부장님의 말을 들은 순간, 나는 눈알이 튀어나올 뻔 했다! 또 무모한 짓을 하게 생겼어! 매번 이런 재난에 휘말릴 때마다 죽 을 것 같은뎁쇼!

"……힘내세요."

무릎 위에 있는 코네코가 응원해줬지만…….

나는 이렇게 아자젤 선생님이 개발했다는 게임에 강제 참가하 게 되었다.

─○ ● ○─

다음 휴일──.

나는 『아자젤 퀘스트』라는 게 전개되고 있는 게임 월드 공간 으로 향했다. 효도 가에서 직접 점프해서 말이다. 그런 내 눈앞 에는 광대한 초원이 펼쳐져 있었다. 언덕에서 풍경을 살펴보니, 먼 곳에 마을이 있고, 나무가 우거졌으며, 산이 우뚝 솟아 있었다…….

꽤 넓은 공간이네. 그야말로 오픈월드 게임다운 곳이다. 어느 정도의 규모로 이 체험형 RPG를 개발한 걸까?

초원에는 나 혼자만 서있었다. 권속 동료 중 그 누구도 같이 오지 않았다. 선생님이 나만 이곳으로 오라고 했기 때문이다. 다른 멤버는 게임 안에서 나와 다른 역할을 맡았거나, 이 게임 자체에 참가하지 않은 듯 한데……. 모처럼의 쉬는 날에 선생님이 개발한 게임에 참가해야 하다니……. 분명 당치도 않은 꼴이 될 게 뻔해!

마음속으로 침울해 하고 있는 나에게, 누군가가 말을 걸었다 ──.

"아, 리아스 그레모리 선배의 권속인……."

고개를 돌려보니 경량 갑옷을 입고 칼을 찬 호데리 유키히코가 눈에 들어왔다. ……오오, 겉모습만 보면 영락없는 RPG의 용사 같네. 망토도 걸치고 있어서 그런지 더 그럴 듯 해 보여.

나는 평소와 마찬가지로 쿠오우 학원의 교복을 입고 있지만 말이다. 이제 이건 그레모리의 유니폼이나 다름없다.

"호데리 유키히코 군이구나."

"유키히코라고 불러주세요."

"그리고 보니 아직 자기소개를 안 했네. 나는 효도 잇세이야. 잇세라고 불러."

"예. 잇세 선배. 오늘은 잘 부탁해요."

우리는 악수를 나눴다. 뭐, 나쁜 애는 아닌 것 같았다. 그렇게 순수하기에 선생님에게 속아 이 게임에 참가하게 된 것이다. 정확하게 말하자면 아직 속지 않았지만, 결과적으로 그 악의 근원인 총독에게 속을 게 틀림없다! 애초에 그 사람이 타천사의 총독이라는 걸 이 애는 알고 있는 걸까? 아직 가르쳐주지 않았겠지…… 으음, 가르쳐주는 편이 좋으려나……. 그런 생각을 하고 있을 때, 하늘에서 목소리가 들려왔다.

『아자젤 퀘스트에 잘 왔다! 나는 진행을 담당하는 아자젤이다! 게임을 할 때는 방을 밝게 해둔 후, 텔레비전에서 떨어진 위치에서 플레이하도록!』

……오호라, 이런 배역인 겁니까. 목소리를 들어보니 꽤나 즐거워 보였고, 영문 모를 소리도 잔뜩 해대고 있었다!

"저기~, 선생님. 내 역할은 뭐죠? 파티 멤버인가요?"

나는 나 자신을 손가락으로 가리키며 하늘을 향해 물었다.

『아~, 너는 파티 멤버가 아니라 동행인이야. 기본적으로 아무 것도 안 해도 돼. 무슨 일이 생기면 전력을 다해 대처해줘. 으음, 디버거라고나 할까? 아, 조금 다르겠네. 해결사?』

디버거?! 해결사?! 즉, 뜻밖의 뭔가를 발견하면 나 보고 어떻게 하라는 거야?! 이거, 개발 중인 게임이었지?! 어어어어이~! 내 역할은 테스트 플레이어가 아니었던 거야?! 전도다난한 앞날을 예감하고 있는 나를 무시한 채, 선생님은 말을 이었다.

『미리 소년── 아니! 용사에게 들은 리퀘스트에 따라, 파티 멤버를 이쪽에서 모아뒀다! 자아, 소개하지! 우선 승려다!』

하늘에서 그런 목소리가 들려오더니, 우리 눈앞에 마방진이 전개됐다. 전이형 마방진이다. 파티 멤버인 승려라는 자가 점프해오는 걸까.

빛이 사라진 후——이 자리에 나타난 이는 승려, 아시아였다!

평소와 마찬가지로 수녀복을 입은 아시아가 마방진에서 나왔다고!

『승려, 아시아!』

하늘에서 그런 목소리가 들려왔다. 그래, 승려는 아시아구나!

"자, 잘 부탁해요! 선생님이 맡겨주신 역할을 잘 수행할 수 있도록, 오늘은 최선을 다할게요!"

아시아는 기합이 잔뜩 들어가 있었다. 무슨 일이 벌어지든 내가 지켜줄게! 사악한 선생님이 만든 이 악랄한 게임 때문에 소중한 아시아가 상처입지 않도록 내가 최선을 다할 수밖에 없어! 잠깐만, 진짜 승려를 게임에 승려로 배치했잖아! 확실히 아시아는 회복요원이 맞지만 말이야!

『다음은 마법사!』

하늘에서 그런 목소리가 들려온 순간, 또 마방진이 나타났다! 거기서 나온 사람은——!

"안녕하세요~! 마법사인 레비아땅이에요~☆"

세라포르 레비아탄 님이었다아아아아아아아아아아앗!

말도 안 돼애애애애앳?! 진짜?! 왜 레비아탄 님이 이런 쓰레기 게임에 마법사로서 참가하는 거야?! 내가 의문에 휩싸여 있을 때, 또 파티 멤버가 나타나려 했다! 전이형 마방진이 또 출현한 것이다!

『마지막은—— 이 자다!』

파앗! 눈부신 빛을 뿜으면서 마방진에서 나타난 이는—— 특촬 히어로 의상을 입은 남성이었다!

"후하하하하하! 나는 사탄레인저의 사탄레드, 놀이꾼이다!"

……………………

나는 눈앞에 나타난 히어로를 보자마자 입을 쩍 벌리고 말았다——.

그리고 다음 순간, 경악했다! 맙소사! 서젝스 님이잖아아아아아아아아아아아아아아아아아아아아아아아아앗! 사탄레드와도 일전에 만났다고! 싸웠다고! 서젝스 님이 저 의상을 입고 완전 난리 법석을 떨었잖아아아아아앗! 확실히「놀이꾼」이라는 표현에 딱 어울리기는 해! 선생님, 나이스 초이스라고!

"그런데 파티에 놀이꾼을 넣어도 괜찮겠어?"

내가 호데리 유키히코에게 그렇게 묻자…….

"아, 모험에는 놀이도 중요할 것 같아서요."

……하고 대답했다! 이런 놀이는 사양할래! 이 사람들의 놀이가 어떤 사태를 초래하는지, 이 녀석은 오늘 질리도록 알게 되겠지! 부장님의 오라버니와 회장님의 언니는 정말 심한 사람들이라고!

머리를 감싸 쥐고 있는 내 옆에서, 마왕과 마왕이 해후했다.

"어머, 사탄레드잖아☆"

"후후후, 그러는 너야말로 매지컬☆레비아땅이군. 오늘은 잘 부탁한다. 참고로 나는 현재 놀이꾼이다!"

"나야말로 마법사야☆ 우후후, 너나 나나 꽤나 재미있을 것 같은 게임에 초대받았네☆ 나, 아주카가 만든 게임에 전부터 참가해보고 싶었어! 이거, 시스템을 아주 약간 참고하고 있다고 들었거든. 그래서 엄청 고대하고 있었다구!"

"나도 마찬가지야. 아주카가 연구하고 있던 기본 프로그램을 참고했다고 해도 이런 오리지널을 만들어 내다니…… 아자젤도 이런 오락을 만들어내는 데 있어서 천재군."

마왕 두 사람은 매우 즐거워보였다!

뭐가 놀이꾼이야! 뭐가 마법사냐고! 어이어이어이어이! 선생님, 왜 이런 사람들을 호데리 유키히코의 파티 멤버로 부른 거냐고요!

『음, 파티 멤버가 전부 모였으니 설명을 시작해볼까.』

이 상황에서 멋대로 이야기를 진행하지 말라고요! 그건가요?! 권력으로 마왕님을 꼬신 건가요? 그럼 당연히 오겠지? 이런 걸 엄청 좋아하는 저 두 마왕님이라면 기뻐해 마지않으면서 선생님의 제안에 넘어갔을 거야!

『설명은 간단해. 오늘 하루 동안 이 공간을 모험하는 거야. 적을 쓰러뜨리면서 레벨을 올리고, 최종적으로 용왕을 쓰러뜨리면 게임 클리어지!』

선생님은 그렇게 설명하면서도…….

『참고로 레벨 말인데, 이 게임의 시스템을 기준으로 소년의 레벨이 5라면, 아시아는 20정도일 거다.』

오호라. 타당한 수치일지도 모른다. 아시아의 회복능력은 엄청나니까 말이다. 그 정도는 될 것이다.

『그리고 마법사와 놀이꾼의 레벨은 5000 정도다. 뭐, 적절한 수치지.』

"뭐라고요?! 두 사람만 격이 다르다고나 할까, 아예 차원이 다르잖아요! 최종 보스뿐만 아니라 게임 클리어 후에 도전할 수 있는 히든 보스도 한 방에 격파할 수 있는 레벨이라고요! 이 두 사람은 대체 뭘 위해서 여행을 하고 있는 건데요?!"

아, 그래도 레벨 자체는 적절할지도 모르지만, 그래도 여행을 시작하기 전의 레벨 치고는 너무 높다고! 뭐든 다 할 수 있는 레벨이잖아! 평화도 손쉽게 쟁취할 수 있을 거야!

『자아, 용사 일행이여! 용왕을 쓰러뜨리고 세계에 평화를 가져와라!』

하늘에서 그런 그럴 듯한 말이 들려오더니, 여행이 시작되었다! 그럴 듯한 느낌의 웅장한 오프닝 곡도 들려왔어!

"용사여, 오늘은 함께 모험을 하자꾸나!"

"용왕 따위 소멸시켜 버리자구☆"

"저, 저도 최선을 다할게요!"

놀이꾼 사탄레드, 마법사 레비아땅, 승려 아시아가 용사 호데리 유키히코에게 그렇게 말했다. 그도 흥분되는지 토츠카노츠루기를 뽑아서 하늘을 향해 치켜들었다.

"예! 저도 오늘은 용사로서 최선을 다하겠어요!"

아~, 기합이 잔뜩 들어갔네……. 나는 이 멤버들과 동행해야만 하는 건가. 무슨 일이 일어나을 때의 대처 담당으로서…….

다른 부원들은 어떤 역할을 맡고 있을까……?

이렇게 나는 견습 용사, 승려, 마법사(마왕), 놀이꾼(마왕)으로 구성된 세계 붕괴 레벨의 파티에 동행하게 되었다.

$$-\circ\ \bullet\ \circ-$$

광대한 초원을 걷기 시작하고 몇 분 정도 흘렀을 즈음이었다.

『슬라임이 나타났다.』

하늘에서 그런 목소리가 들려오면서 눈앞에 마방진이 전개되더니, 점액으로 된 생물들이 출현했다!

아하, 마물은 이렇게 등장하는 구나. 아, 처음에는 슬라임이네. 완전 초심자용 적인걸.

용사인 호데리 유키히코는 자신의 무기를 뽑아들더니, 슬라임을 향해 돌격했다!

"하앗!"

서걱!──하고, 신령검으로 슬라임을 쉽게 해치웠다.

『슬라임에게 20의 대미지를 입혔다. 슬라임을 쓰러뜨렸다.』

대미지까지도 알려주는구나. 기쁨과 짜증이 동시에 느껴지네…….

그것보다 우리 용사님은 꽤 검술이 뛰어난걸. 키바나 제노비아에게는 미치지 못하지만, 그래도 평범한 마물 정도라면 여유롭게 상대할 수 있을 정도의 실력이었다. 그 모습을 본 마법사 레비아땅이 앞으로 나서더니 스틱을 치켜들었다.

"용사 군, 꽤 하네! 나도 질수야 없지! 받아라, 파이어 샷!"

파앗! 스틱 끝에서 눈부신 빛이 뿜어져 나온 순간———.

쿠오오오오옹 하는 소리를 내면서 이 공간이 뒤흔들릴 정도의 충격과 함께 전방에서 지옥의 업화가 피어올랐다. 주위 일대가 불바다로 변하더니, 주변이 지옥도로 바뀌었다.

……불꽃이 사그라지자, 초원은 초토화되어 있었다! 슬라임 한 마리를 없애기 위해 초원을 소멸시켜 버린 것이옵니까?! 마왕님이 힘 조절하지 않으면 이 필드가 아예 박살나버릴 거라고요!

『슬라임에게 6300만의 대미지를 입혔다. 슬라임을 쓰러뜨렸다.』

하늘에서 그딴 소리가 들려왔다! RPG 게임에서 그딴 숫자는 들어본 적이 없거든?! 이 슬라임은 무슨 짓을 했기에 그렇게 엄청난 대미지를 입어야 하는 건데?!

"음, 역시 마법사군. 초기 마법으로도 슬라임을 손쉽게 쓰러뜨렸어."

그렇게 말한 놀이꾼 사탄레드도 남은 슬라임의 앞에 섰다!

"나도 질 수야 없지! 놀이꾼의 곡예를 보여주도록 할까!"

손에 멸망의 구체가 몇 개나 생겨났다. 구체는 공중을 종횡무진으로 움직이기 시작했다! 이건 서젝스 님이 사용하는 필살의 마력이다! 내 공격도 전혀 통하지 않았던 그 엄청난 위력의 능력이라고!

"내가 꺼낸 이 정체불명의 구체를 저글링을 하듯 돌린 후, 적에게 맞춥니다. 그러면———."

퍼엉! 멸망의 구체가 슬라임을 간단히 없앴다!

"어머, 신기해라! 적이 마술이라도 부린 것처럼 깨끗하게 사라져 버렸습니다!"

「깨끗하게 사라져 버렸습니다」——는 무스으으으으으은! 마술이 아니라 멸망의 마력으로 몬스터를 이 세상에서 간단히 소멸시킨 거잖아요! 엄청난 놀이꾼이네! 놀이만으로 이 게임을 클리어할 수 있겠어! 대체 저 슬라임은 얼마나 강하기에 마왕이 직접 필살 마력으로 해치우는 건뎁쇼!

애초에 마왕 두 명이 함께 여행을 나설 정도로 위협적인 용왕은 대체 얼마나 사악하다는 설정인 거야?!

제발 부탁이니까 괜한 야망 품지 말고 산속 깊은 곳에서 은거나 하라고요! 당신을 해치우려고 강대한 힘을 지닌 존재가 두 명이나 행동을 개시했다고요! 뭐, 게임에 대고 이딴 소리를 하는 건 바보짓이라는 건 알지만 말이야!

빰빠바밤!

갑자기 하늘에서 경쾌한 팡파르 소리가 들려왔다! 무, 무, 무슨 일이야?! 나는 의아해 하면서 하늘을 올려다보았다. 그러자, 하늘에서 목소리가 들려왔다——.

『마법사와 놀이꾼의 레벨이 올랐다! 마법사와 놀이꾼은 레벨 5001이 되었다!』

레벨 업?! 겨우 슬라임을 잡고?! 잠깐만! 레벨 5천인 마왕 두 사람에게 방대한 경험치를 준 방금 그 슬라임들은 대체 얼마나 경험치가 풍부한 거야?!

『이걸로 레벨 업 끝.』

뭐어어어어어어어어어어엇! 레벨 5천인 마왕은 레벨이 올랐는데, 레벨 5인 용사와 20인 승려는 안 오른 거야?! 이 게임, 대체 어떻게 되어먹은 거야?! 쓰레기 게임 냄새가 풀풀 나는뎁쇼!

"이 파티에 저는 필요 없을지도 모르겠어요!"

아시아가 그렇게 말했다! 응! 맞아! 아시아는 나와 함께 견학이나 하자! 솔직히 말해, 일일이 딴죽을 걸지도 못할 만큼 상황이 골 때리다고!

"마법사와 놀이꾼은 상상 이상으로 강하군요! 저는 제가 얼마나 약해빠졌는지 통감했어요."

용사는 약간 기가 죽었다! 아냐, 처음 싸운 것 치고는 충분히 잘 싸웠어! 저 두 사람과 자신의 실력을 비교하면 안 돼! 저기 있는 놀이꾼과 마법사는 세계 최강급이라고!

첫 전투는 그렇게 심각한 인플레이션을 드러내며 끝났다. 그후에도 필드를 따라 나아감에 따라 마물들이 등장했지만, 용사의 풋풋한 공격과 놀이꾼, 마법사의 세계 파괴 레벨의 맹렬한 공격을 받고 격퇴 당했다——.

여행 도중에 마을에 들르기로 했다. 목조 건축물이 줄지어 세워져 있고, 검소한 복장을 한 마을 사람이 걸어왔—— 앗! 나는 그 마을 사람을 보고 경악했다!

"여기는 카라 마을이다."

그렇게 말한 사람은 바로 제노비아였던 것이다!

"제노비아! 너, 너, 마을 사람 역할인 거야?"

내가 그렇게 물었지만——.

"여기는 카라 마을이다, 하고 항상 말하라는 명령을 선생님에게 받았으니, 여기는 카라 마을이다, 하고 계속 말하는 것뿐이야. 여기는 카라 마을이다."

제노비아는 RPG게임의 NPC처럼 같은 대사만 계속 하고 있었다.

그레모리 권속이 마을 사람 역할이라니……. 잠깐, 손에 뒤랑달을 들고 있잖아! 왜 최강급 성검을 쥔 검사가 마을 사람으로서 마을 소개 대사만 하고 있는 거야?! 이런 녀석이 마을 사람이라면 웬만한 레벨의 몬스터는 이 마을을 공격할 엄두도 못내겠는걸?! 아니, 그냥 동료가 되어달라고!

"마을은 꽤나 본격적이네요. 저, 무기를 가지고 싶어요!"

우리의 소년 용사께서는 즐겁게 마을 안을 둘러보다, 검 마크가 그려진 간판이 걸려 있는 가게에 들어갔다. 무기를 살 돈이라면 있다. 몬스터를 쓰러뜨렸더니 그 자리에서 코인으로 변했던 것이다. 게임 시스템이겠지. 우리도 용사의 뒤를 이어 무기점 안으로——.

"어서 오십시오. 어떤 무기를 찾으시죠?"

우리를 마중한 이는—— 미남 가게 주인인 키바였다!

"그 어떤 성검이든, 마검이든, 다 준비해드리겠습니다."

키바는 그렇게 말하더니 다양한 검을 만들어내기 시작했다! 말도 안 되는 무기점이다! 각양각색의 성검, 마검을 만들어낼 수 있는 키바가 첫 마을에서 무기점을 운영하고 있잖아! 부탁만

하면 성마검도 만들어주지 않을까?!

"나는 얼음의 마검을 가지고 싶어☆ 무투파 마법사도 괜찮을 것 같아♪"

"그럼 나는 불꽃의 마검으로 하지. 요즘 몸을 영 쓰지 않아서 말이야. 공격력 부족을 통감하고 있었거든."

마법사 레비아땅과 놀이꾼 사탄레드는 그런 말도 안 되는 소리를 하면서 마검을 요구했다! 당신들, 그런 건 필요 없잖아요! 마검 같은 거 없어도 세계 붕괴시킬 수 있을 정도의 마력을 지녔지 않사옵니까! 거꾸로 공격력이 떨어질 거라고요!

이렇게, 용사 파티는 첫 마을에서 무기를 구입했다. 다시 필드에 나와 적을 해치우며 나아가다보니, 동굴이 나타났고, 그 안을 탐색하게 되었다. 동굴 안의 몬스터도 손쉽게 해치우며 나아갔다. ……마왕이 둘이나 있으니 여유롭게 플레이할 수 있네!

가장 우려해야만 하는 것은 놀이꾼과 마법사의 공격 때문에 동굴이 박살나는 것이다. 역시 붕괴사고로 이어지기 때문에 그것만은 피하고 싶었다.

"이렇게 조그마한 멸망의 구체를 만든 건 오래간만이군."

새끼손가락 끝에 조그마한 구슬만 한 구체를 만들어내서 적에게 날리는 사탄레드와──.

"힘 조절하는 게 좀 힘드네☆"

고개를 갸웃거리면서 적들을 얼려대는 레비아땅! 동굴 안에 있는 몬스터도 마왕들이 유린하고 있었다!

도중에 보물 상자 안에 들어있던 약초 같은 것도 획득했다. 하지만 아시아가 있으니 약초는 필요 없을 것이다. 그 이전에 마법사와 놀이꾼이 너무 강해서 파티 멤버 중 그 누구도 대미지를 입지 않았다! 선생님, 이 게임의 밸런스는 이미 붕괴됐다고요!

동굴 안쪽으로 들어간 우리는 약간 널찍한 장소에 도착했다. 보스가 등장할 것 같은 분위기인데⋯⋯. 그렇게 생각한 순간, 또 목소리가 들려왔다.

『리저드맨이 나타났다.』

적의 등장을 알리는 아나운스다! 리저드맨? 도마뱀 남자? 도마뱀 마물 같은 건가?

내가 머릿속으로 인간형 도마뱀 마물을 망상하고 있을 때, 동굴 안쪽에서 모습을 드러낸 건——.

쿠웅, 쿠웅.

땅이 뒤흔들리는 소리를 내면서 모습을 드러낸 이는 거대한 몸집을 지닌 몬스터였다! 커다란 팔과 다리, 웅장한 자태는 그야말로 드래곤! 리저드맨이 아니잖아! 같은 딴죽을 날리기 전에, 나는 이 리저드맨 역할의 드래곤이 눈에 익었다!

"⋯⋯리, 리저드맨⋯⋯이다."

부끄러워하는 듯한 목소리로 그렇게 말한 거대한 드래곤은——탄닌 아저씨였다!

"아, 아저씨! 마, 말도 안 돼, 왜 아저씨가 리저드맨 같은 걸⋯⋯!"

"오, 오래간만이구나, 효도 잇세이. 그게, 아자젤 총독에게서 의뢰를 받아서 말이다. 한 소년을 남자로 만드는 데 협력해줬으면 하다더군. 하지만 이곳에 와보니…… 이런 역할을 하라는 소리를 들었다."

너무 호화롭잖아! 리저드맨이 전직 용왕이라고! 이건 도마뱀 남자가 아니잖아! 완벽한 드래곤이야! 그것도 드래곤의 왕이라고!

『이건 용사가 혼자서 싸워야 하는 중요 이벤트다! 다른 자들은 절대 나서지 말도록! 자아, 용사! 리저드맨을 쓰러뜨려라!』

하늘에서 그런 내용의 목소리가 들려왔다! 맙소사! 졸개들을 마왕에게 상대하게 해놓고, 탄닌 아저씨는 용사 혼자서 상대하라는 거야?!

"……무, 무서워요! 하지만, 이 리저드맨도 지금까지 싸웠던 졸개와 마찬가지로 별것 아닐 거예요! 저는 용사로서 최선을 다하겠어요!"

용사 호데리 유키히코는 토츠카노츠루기를 뽑아들면서 돌격했다! 안 돼, 안 돼, 안 돼! 이 애, 파티 멤버가 너무 강한 바람에 자기도 강해졌다고 착각하고 있어! 그건 환각이야! 네 상대는 최강급 드래곤 님이라고!

하지만, 소년 용사는 생각했던 것보다 더 경쾌한 움직임과 검술을 펼치며 탄닌 아저씨를 상대로 건투했다. 아저씨도 호데리 유키히코의 검술을 보더니 「호오……」 하고 가볍게 탄성을 터뜨렸다.

"역시 영검, 성검을 다루는 혈족의 인간인가. 검술을 꽤 익힌 것 같군. ──하지만."

부우웅! 아저씨가 두꺼운 팔을 옆으로 휘두르자, 호데리 유키히코가 풍압에 날려가고 말았다.

"아직 실전 경험이 부족해. 좋다! 오늘은 내가 단련시켜주마! 드래곤의 공포가 어떤 것인지 마음에 똑똑히 새긴 후 돌아가거라!"

아아, 아저씨의 스위치가 켜졌어. 여름 방학 때 나는 산에서 아저씨에게 훈련을 받았기 때문에 잘 안다고. 저렇게 되면 상대가 죽으려고 하거나, 아니면 아저씨가 만족할 때까지 멈추지 않아.

"우에엥! 방금 드래곤이라고 말했어! 리저드맨이 아닌 거야~?!"

용사는 눈물을 줄줄 흘리면서 검을 휘둘렀다! 뭐, 도망치지 않는 것만으로도 다행이려나. 근성이 꽤 있잖아. 아저씨가 단련시킬 마음이 드는 것도 이해가 돼.

"음. 힘내라, 소년."

"탄닌 상대로 싸우는 건 좋은 경험이 될 거야☆ 전투 경험은 양보다 질이 중요할 때도 있거든♪"

놀이꾼과 마법사는 고개를 끄덕이면서 한 소년의 성장을 지켜보고 있었다. ……생각해 보니, 마왕 두 명이 동료이고, 전투 상대는 전직 용왕, 그리고 감시 역은 타천사의 총독인 건 꽤 호화로운 경험 아닐까……? 뭐, 저 애는 이형의 존재와의 배틀을 원했으니, 결과적으로는 귀중한 경험이 되었으리라. 이 게임 자체는 쓰레기라고 생각하지만 말이야!

"아시아, 유키히코가 위험해지면 회복시켜줘."

"예."

서포트 태세도 완벽했다. 수행 중인 내가 보기에도 지금 이 상황은 이 애가 단련하기에 좋아 보였기에, 나는 한 소년이 성장하는 모습을 지켜보기로 했다.

─ ○ ● ○ ─

"…………."

초등학생 검사는 혼이 빠져나간 것처럼 완전히 기절했다. 그 후, 호데리 유키히코는 한 시간 동안 탄닌 아저씨를 상대로 전투를 했다. 아저씨도 꽤 봐줬고, 아시아가 회복시켜주기도 했지만, 그래도 전직 용왕 상대로 한 시간이나 싸운 걸 보면 체력이 정말 좋은 것 같았다. 장래가 꽤나 유망해 보이네.

나는 이 녀석을 업은 후, 다른 이들과 함께 동굴을 빠져나왔다. 그리고 게임을 계속하며, 최종 보스인 용왕이 있다는 「용왕의 탑」으로 향했다.

뭐, 전투는 마왕 두 명이 있으니 어떻게든 될 것이다. 즐겁게 전투를 해주고 있으니까 말이다. 마왕님들, 꽤나 이 게임을 즐기고 있네.

산을 올라간 우리는 돌로 된 탑 앞에 도착했다. 탑에 있는 졸개 적들을 쓰러뜨리면서 탑을 올라가보니──.

"잘 왔다!"

적 네 명이 우리를 맞이했다.

"우리는 용왕님을 모시는 사천왕이다!"

그렇게 말하면서 나타난 이는── 이리나, 로스바이세 씨, 코네코, 종이상자였다! 머리 위에 있는 고리와 날개를 드러낸 이리나, 평소처럼 발키리 복장인 로스바이세 씨, 쿠오우 학원 교복을 입은 코네코, 그리고…… 종이상자 하나로 구성된 포진이었다. 저 종이상자는 분명 개스퍼일 것이다. 이리나는 엄청 흥이 난 듯한 목소리로 말했다!

"후후후! 용케도 여기까지 왔네! 나는 사천왕, 사랑과 희망의 천사 이리나!"

"저는 사천왕인 마신 발키리 로스바예요. 시급 5천 엔에 고용됐죠."

"……마찬가지로 사천왕, 백수(百獸)의 여왕 헤븐캣이에요. 참고로 저희가 맡은 캐릭터의 이름은 선생님이 지었어요."

"아우아우아우아우…… 저, 저도 사천왕답게, 어두운 밤의 흡혈 종이상자예요!"

사천왕은…… 전부 우리 부원이잖아! 게다가 네이밍 센스도 최악이네! 이리나는 악의 군단과 전혀 어울리지 않는 별칭을 지녔고, 개스퍼는 아예 종이상자라고! 어두운 밤의 흡혈 종이상자?! 도시괴담적인 공포가 느껴지는 이름이잖아!

하지만 개스퍼는 이런 이벤트에는 항상 종이상자를 뒤집어쓰고 출연하네!

"자아, 용사여! 용왕님과 싸우려면 우선 우리를 쓰러뜨…… 어, 어라라. 용사 소년, 기절한 거야?"

기운이 넘치던 이리나는 우리 사정을 알고 의아해했다. 용사 소년은 여전히 기절한 채 내 등에 업혀 있사옵니다.

"그리고 아무리 저희라도 마왕님을 상대하는 건 버겁다고나 할까……. 5천 엔 정도로는 수지가 맞지 않는군요."

우리 파티를 본 로스바이세 씨도 인상을 쓰면서 그렇게 말했다. 대체 얼마 주면 마왕과도 싸워줄 건데요?!

『아, 그럼 이번에도 용사 혼자서 싸우게 해.』

하늘에서 그런 될 대로 되라는 듯한 목소리가 들려왔다! 선생님, 약간 싫증났죠?! 진짜 못 말릴 개발자네!

하지만 모처럼 여기까지 왔으니 깨울까. 나는 소년 용사를 내려놓은 후, 볼을 찰싹찰싹 소리 나게 때렸다.

"어이, 용사. 최종 던전에 왔어~. 사천왕이 등장했다고~."

"…………아, 아우…… 어, 어라?"

어, 정신이 들었네. 상처는 아시아의 능력으로 고쳤으니, 남은 건 이 녀석의 기합과 체력에 달렸다. 뭐, 탄닌 아저씨 상대로 체력도 바닥났겠지만, 기왕 이렇게 됐으니 저 녀석들 상대로 칼이라도 한 번 휘둘러봐야겠지.

뭐가 어떻게 된 건지 안 용사는 검을 쥐더니, 울상을 지으며 돌격했다! 역시 지쳤는지 사천왕을 상대로 고전하고 있었다. 우리 부원들은 웬만한 악마보다 훨씬 강하지…….

"우에엥! 이형의 존재가 이렇게 강한 줄 몰랐다고요오오오!"

호데리 유키히코는 울며불며 고함을 질렀다. 아, 이형의 존재에게도 수준이라는 게 있거든. 네가 보스랍시고 상대하고 있는 이들은 전부 상위 클래스들이야.

하지만 그런 상위 클래스와 싸울 기회는 좀처럼 없기에, 호데리 유키히코에게 있어 좋은 기회일 거라고 생각한 우리는 그냥 그를 지켜보기로 했다.

"……………………."

완전히 혼이 빠져나가버린 듯한 소년 용사는 침을 질질 흘리고 있었으며, 눈 또한 뒤집혀 있었다. 이번에는 내가 볼을 때려도 전혀 반응을 보이지 않을 만큼 피폐해져 있었다. 뭐, 저 네 사람을 상대로 30분이나 싸웠잖아. 진짜로 잘 싸웠다고 생각해. 꽤 봐주기는 했지만 말이야. 그래도 초등학생이면서도 이 만큼이나 싸울 수 있다면 충분히 대단하다고 생각한다. 역시 전설의 영검을 보관하는 가문의 아이다.

남은 적은 최종 보스인 용왕뿐이지만……. 이 애가 의뢰한 통과의례—— 이형의 존재와의 전투 데뷔는 달성됐다고 봐도 되지 않을까?

그래도 모처럼 여기까지 왔으니 최종 보스의 얼굴 정도는 보기로 할까.

우리는 탑의 최상층까지 올라간 후, 화려하게 꾸며진 옥좌 앞에 도착했다.

옥좌에 앉아있는 이는 무시무시한 디자인의 갑옷을 걸친—— 사지?! 사지, 아니 용왕은 우리를 보더니 벌떡 일어서면서 웃음을 터뜨렸다.

"후하하하하! 내가 바로 암흑의 용왕 브리트라다! 후하하하핫!"

오오~, 흥 한 번 제대로 난 것 같네. 그런데 사지가 최종 보스구나. 암흑의 용왕 브리트라라니……

　"용사들이여! 용케도 이곳까지 왔구나! 하지만 나를 쓰러뜨리는 건——."

　기세 좋게 그렇게 외치던 사지는 이쪽의 파티 멤버—— 정확하게는 마법사를 본 순간, 눈알이 튀어나오는 것은 아닐까 싶을 정도로 놀랐다.

　"——어, 자, 잠깐만요! 왜 세라포르 님이 여기 계신 거예요?!"

　"예이~☆ 사지 군, 오래간만~♪ 오늘은 마법사 역할로 여기에 왔어☆"

　"그리고 여기 있는 놀이꾼 겸 전대 히어로는 서젝스 님이야."

　나는 보충설명을 해줬다. 놀이꾼 사탄레드도 즐거운 목소리로 용왕—— 사지를 손가락으로 가리켰다!

　"사악한 용왕! 네놈을 퇴치하러 왔다!"

　사지는 그 말을 듣더니 경악했다.

　"예에에에에엣?! 자, 잠깐만요! 아자젤 선생님한테서 들은 이야기와는 좀 다르거든요?! 달라도 너무 다르거든요?! 이건 완전 클리어 불가 게임이잖아! 나한테 있어서 완전 클리어 불가 게임이라고!"

　응, 클리어 불가 게임이야! 마왕 두 명이 상대라면 나도 그렇게 생각할 거야! 하지만 사탄레드와 레비아땅은 의욕이 넘쳤다!

　"용사가 쓰러졌으니 나와 마법사, 그리고 승려, 이렇게 셋이서 용왕을 쓰러뜨리는 수밖에 없어! 그렇지? 레비아땅!"

"응! 맞아, 사탄레드! 용사의 원수를 갚아주자구! 각오해, 용왕!"

두 사람은 용왕을 상대하기 위해 진지하게 전투태세를 취했다! 그 모습을 보고 울상을 짓던 사지도 각오를 다졌는지 검은 불꽃과 커다란 뱀을 출현시키더니 될 대로 되라 모드가 되었다!

"젠자아아아아아아아아아앙! 이렇게 된 세라포르 님을 말리는 게 불가능하다는 건 나도 안다고! 이렇게 된 거 죽을 각오로 갈 데까지 가보자고!"

사지는 브리트라 프로모션을 통해 거대한 드래곤으로 변했다! 그리고 두 마왕님이 그런 사지와 격돌했다!

느닷없이 마왕과 용왕의 극한 배틀이 벌어지자, 탑은 허무하게 파괴되었고, 용사를 업은 나와 아시아는 서둘러 탑에서 탈출했다! 장난이 아니잖아요! 나는 도망칠 거라고요!

5분 후——. 붕괴된 탑——의 파편 안에 사지가 쓰러져 있었다.

"이겼어! 이겼다고!"

"우리가 용왕을 쓰러뜨렸어!"

그리고 두 마왕님은 손을 맞잡은 채 환희에 빠져 있었다. 뭐, 이기는 게 당연하죠. 사지, 명복을 빌어주마…….

하지만 두 마왕님이 승리를 만끽한 건 잠시 동안에 불과했다.

""이게 대체 어떻게 된 거죠?""

느닷없이 제삼자의 목소리가 들려왔다. 목소리가 들려온 곳을 향해 고개를 돌려보니, 소나 회장님과 그레이피아 씨가 서있었다! 두 사람 다 분노에 사로잡혀 있었다! 그 모습을 본 두 마왕님 또한 겁에 질렸다!

"이, 이건 말이야. 아자젤이 게임에 참가하지 않겠냐고 해서……."

"그, 그래, 소나! 한 남자애를 용사로 만드는 중요한 일이라구!"

두 마왕님이 변명을 늘어놓기는 했지만, 회장님과 최강의 『퀸』이 납득할 리가 없었다——. 결국 두 마왕님은 목덜미를 잡힌 채 질질 끌려갔다.

"이야기는 마왕의 성에서 듣겠어요. 일을 내팽개치고 게임 같은 거나 하다니, 도저히 용서할 수가 없군요."

"언니, 오늘은 진지하게 앞으로의 미래에 대해 이야기하죠."

전이 마방진이 펼쳐지더니, 두 마왕님이 가족들에게 연행되었다. 최강의 존재라 할 수 있는 마왕의 약점은 가족이었다! 음, 소나 회장님도 그레이피아 씨도 화나면 엄청 무섭지…….

그리고 하늘에서 들려오던 목소리—— 모니터 룸에도 변화가 발생했다. 선생님 이외의 누군가의 화난 목소리가 들려온 것이다.

『아자젤, 이런 데서 뭘 하고 있는 거죠?!』

『우왓! 셈하자잖아! 부총독이 무슨 일로 이런 곳에 다 온 거야?!』

『그건 제가 할 말이에요! 이런 게임을 만든다는 이야기를 저는 한 마디도 듣지 못했다고요! 또 그리고리의 자금을 쏟아 부은 건가요?! 수상한 로봇, 아무짝에도 쓸모없는 UFO, 이 정체불명의 게임까지…… 왜 당신은 항상 이딴 것만 만드는 거냐고요!』

아무래도 선생님도 부하에게 잡혀갈 것 같았다. 그것보다, 몰래 만든 거예요?! 뭐, 그럴 줄 알았어요!

그 후, 게임이 종료되었기에 우리는 필드에서 벗어났다.

나중에 안 사실인데, 『아자젤 퀘스트』는 그 후에도 계속 개발이 진행되었다. 하지만 선생님은 이 프로젝트에서 빠지고, 다른 그리고리 간부가 이어받았다고 한다. 게임은 이형의 존재와 싸우고 싶어 하는 이능력을 소유한 인간들을 대상으로 연구가 진행되고 있는 것 같다.

참고로 회장님과 그레이피아 씨, 셈하자 씨에게 이 일을 알린 사람은 부장님이었다. 몰래 이 게임의 상황을 살펴보던 부장님은 자초지종을 알자마자 각계각층의 이들에게 연락했다고 한다.

의뢰인—— 호데리 유키히코는 이 체험을 통해 공포를 느끼기는 했지만 꽤 즐거웠는지 「고맙습니다! 저는 이 업계에 들어가는 걸 목표로 삼을까 해요!」 하고 말했다.

패배를 경험하기는 했지만 초월자들의 세계에 강한 흥미를 가진 것 같았다. ……그 정도의 강자들과 싸우고도 저런 생각을 할 수 있는 걸 보면 장래가 유망할지도 모른다.

그런데 나는 이번에 완전 조연이었네! 손해를 본 건지, 이득을 본 건지 감이 안 와! 아아, 엄청 피곤하옵니다. 선생님이나 서젝스 님과 얽히면 정말 당치도 않은 일만 겪는다니깐!

"어, 잇세! 이번에는 무기를 만들어서 몬스터를 사냥하는 게임을 만들 거다! 상대는 용왕과 전직 용왕, 그리고 천룡이지! 이번에는 적 역할을 맡아다오!"

선생님이 또 이상한 걸 만들려고 하는 것 같다! 당신, 전설의 드 래곤을 얼마나 혹사시킬 생각인 거야?! 이제 작작 좀 하라고요!

Life.4 받들어라☆용신소녀!

휴일 오후. 내 방에 다들(동거하고 있는 여자애들) 모여서 명계식 인생게임을 하고 있을 때였다.

이리나가 문득 입을 열더니…….

"그런데 오피스 씨를 모시는 신전이나 신사 같은 게 있어야 하지 않을까? 그녀는 용신이잖아."

……하고 말했다.

신전, 신사……?

맞아. 오피스는 우로보로스 드래곤이라 불리는 드래곤이다. 뭐, 앞에 「전직」이라는 말이 붙었지만 말이다…….

코네코는 룰렛을 돌리면서 말했다.

"……용, 즉 드래곤은 어디서나 힘을 상징하는 신으로 숭배되고 있어요. 평범한 드래곤도 웬만한 이형의 존재보다 훨씬 강하기 때문에 보통은 『용신』으로 모시고 있죠."

그 말은 리아스와 선생님한테서도 들은 적이 있다.

동서양의 드래곤은 하나같이 힘의 응축체 같은 것이며, 인간이나 다른 존재들이 보기에는 엄청난 위협이다. 그래서 경우에 따라서는 신에게도 필적하는 경이적인 존재라고 한다.

나도 하위 클래스의 드래곤부터 전설적인 드래곤까지 만나봤지만, 하나같이 무시무시한 녀석들이었다.

평범한 인간이나 하급 악마는 평범한 드래곤을 상대하는 것도 버거웠다. 뭐, 평범한 드래곤도 강하니, 세계 각지에서 신으로서 숭배받는 것도 이상하지 않으리라.

코네코의 뒤를 이어 아케노 씨가 설명했다.

"그 드래곤 중에서도 더욱 강하고 고결한 존재가 『용의 왕』——용왕이며, 그 『왕』들보다 더 고차원적인 존재가 바로 『용 중의 신』이 된 것 같아요."

『왕』은 오대 용왕을 가리킨다. 『신』은 이곳에 있는 무한의 용신 오피스와, 적룡신제 그레이트레드를 가리키는 것이리라. 그러고 보니 양쪽 다 이름에 『신』이라는 말이 들어있지. 뭐, 그레이트레드는 『용 중의 용』——『진정한 드래곤』, 『진룡』이라고도 불리지만 말이다.

하지만 고결한 존재……라. 나는 오피스를 쳐다보았다.

"음?"

로리 용신님은 내 시선을 느끼더니 머리에 의문부호를 띠우면서 고개를 갸웃거렸다.

오피스는 강하고, 특별한 드래곤이라는 건 알지만…….

믿음직한 파트너인 드래이그나 드래이그의 라이벌인 알비온을 제외하면, 내가 진심으로 존경할 만한 드래곤은 전직 용왕인 탄닌 아저씨뿐이라고…….

내가 아는 다른 용왕들은 잠꾸러기 용왕, 강한 저주를 거는 용왕, 드세 보이는 용왕—— 등, 고결한 드래곤은 하나도 없는뎁쇼! 용왕을 관둔 아저씨가 가장 용왕답다는 점만 봐도 선정기준에 의문을 품게 된다굽쇼!

"참고로 용왕 이상의 힘을 지녔지만 용의 신에는 한 걸음 미치지 못한다는 이유로 적룡제와 백룡황은『천룡』이 되었다고 들었어요."

레이벨이 보충 설명을 했다.

호오, 이천룡에게는 그런 사연이 있었구나.

내 옆에 앉아있던 리아스는 컵 안에 든 것을 한 모금 마신 후, 오피스에게 물었다.

"신사를 세우는 건 우리 신분을 생각하면 무리겠지만, 조그마한 사당 정도라면……. 저기, 오피스. 사당, 가지고 싶어?"

리아스가 묻자, 로리 용신님은 머리를 좌우로 흔들었다. 저 귀여운 동작은 오피스가 생각에 잠겼을 때 보이는 반응이다. 변함없이 무표정하기는 하지만 정말 귀여운 동작이옵니다!

그 반응을 본 리아스는 미소를 지으면서 고개를 끄덕였다.

"싫으면 딱 잘라 부정하는 오피스가 생각에 잠기는 걸 보면 흥미가 없지는 않나 보네. 마침 잘 됐어. 지금 맡고 있는 어떤 안건 때문에 상담을 받고 있었으니까, 그것과 연동해서 해보자."

리아스가 이때 한 말이 무슨 뜻인지 이때는 알지 못했지만……

이 일에 대한 이야기는 이쯤에서 끝내기로 한 우리는 명계식 인생게임을 재개했다.

그리고――.

휴일――.

우리는 손님을 맞이하기 위해 지하에 있는 거대 마방진 방에 집합했다(키바와 개스퍼도 왔다).

아무래도 일전에 리아스가 말했던 『어떤 안건』의 관계자가 이곳에 오는 것 같은데…….

그 관계자의 이름을 리아스에게 처음 들었을 때, 나는 놀랐어. 설마 그 애일 줄이야…….

내가 그런 생각을 하고 있을 때, 마방진이 반짝이더니 붉은색 *토리이가 모습을 드러내기 시작했다!

오옷! 토리이! 마방진에서 이런 게 나왔어! 하지만 이 토리이는 눈에 익어! 그래. 이건 교토에서――.

마방진의 빛과 함께 토리이의 중앙에 존재하는 공간이 일그러졌다. ――그와 동시에 도깨비불이 몇 개나 나타났다. 아아, 역시 그때 봤던 것과 똑같아.

내가 그런 생각을 하고 있을 때, 토리이에서 나타난 이는――.

"오래간만이구나! 야사카의 딸, 쿠노가 왔느니라!"

힘차게 토리이에서 나온 이는 무녀복을 입은 금발 여자애―― 쿠노였다!

쫑긋 선 짐승귀가 머리에 달린 애가 폭신해 보이는 꼬리를 흔

---

*토리이(鳥居) : 신사 입구에 세우는 기둥문.

들어대는 모습은 정말 귀여웠다.

쿠노── 나를 비롯한 쿠오우 학원 2학년들이 교토로 수학여행을 갔을 때 신세를 졌던 요괴 공주님이다. 그녀의 어머니는 교토의 요괴들을 이끌고 있는 구미호── 야사카 씨! 엄청난 미인에 가슴도 커서 아직도 똑똑히 기억하고 있다고!

쿠노는 시종으로 보이는 여우귀 무녀 누님들을 데리고 나타났다. 아마 교토에서도 만났던 여우 요괴 누님들일 것이다. 이야~, 여우귀 누님들도 끝내주는구만요!

나는 조그마한 공주님에게 말했다.

"잘 왔어, 쿠노. 여기서 이러고 있는 것도 좀 그러니까 위로 올라갈까?"

"음! 실례하겠노라!"

대답하는 목소리가 정말 활기찼다.

그 후, 우리는 쿠노와 시종으로 보이는 누님들을 효도 가의 VIP룸으로 안내했다. 그곳에 도착하자, 여우 요괴 누님들은 쿠노와 우리에게 인사를 한 후 「펑!」 하고 연기를 터뜨리면서 이 자리에서 사라졌다.

오늘 이곳을 찾은 이는 바로 쿠노였다.

리아스는 미소를 지으면서 쿠노에게 인사를 했다.

"만나서 반가워. 나는 리아스 그레모리라고 해. 교토에서 내 권속들이 신세를 많이 졌다고 들었어."

그러고 보니 쿠노와 리아스는 초면이다. 아니, 리아스만이 아니라 3학년인 아케노 씨, 그리고 1학년인 코네코와 개스퍼, 레이벨은 쿠노와 처음 만나는 것이다.

리아스와 인사를 건네자, 쿠노는 정중하게 고개를 숙이면서 대답했다.

"저야말로 만나서 반갑습니다. 쿠노라고 합니다. 앞으로 잘 부탁드립니다."

쿠노는 인사를 끝낸 후, 리아스의 얼굴과 온몸을 뚫어져라 쳐다보았다.

그 시선을 느낀 리아스는 자신에게 이상한 구석이 있는지 가볍게 살펴봤지만…….

쿠노는 갑자기 흥분한 듯한 목소리로 말했다.

"오옷, 역시 소문대로 아름다운 분이시구나! 역시 본처다워!"

뭐, 리아스는 아름답긴 하지. 나의 자랑스러운 주인님이라고!

리아스는 쿠노가 하는 말을 듣고 약간 당황한 것 같았다.

"매우 감사한 말이기는 한데, 보, 본처……?"

아무래도 리아스는 자신을 향한 호칭을 듣고 당황한 것 같았다.

쿠노는 고개를 끄덕이면서 말을 이었다.

"음! 잇세의 주인님이자 연인이라고 들었다! 그럼 나에게 있어 본처지! 어머님께서도 본처를 잘 모셔야, 천룡의 아이——."

쿠노는 거기까지 말한 순간, 방금 「펑!」 하면서 사라졌던 여우 요괴 누님들이 갑자기 다시 나타나더니 이 조그마한 공주님의 입을 막았다.

"쿠노 님. 그런 소리를 하기에는 아직 이릅니다!"

"우선 좋은 인상을 남기는 게 우선이에요! 본처 및 측실 분들과의 사이가 좋아지지 않으면 『교토 · 천룡 후손 계획』이 풍비박산 나고 말 거예요!"

쿠노도 입을 막힌 상태에서 연신 고개를 끄덕였다.

······우리가 미심쩍은 눈길로 쳐다보자, 그녀들은 「오호호호호」하고 웃으면서 얼버무렸다. 그 후, 그 누님들은 다시 사라졌다.

교, 「교토 · 천룡 후손 계획」이 대체 뭐지······. 교토 요괴들이 나한테 뭔가를 요구하고 있는 건가······? 게다가 본처와 측실 분들이라니······.

제노비아는 자신을 손가락으로 가리키면서 이리나에게 물었다.

"······아시아는 몰라도, 나도 측실인 걸로 괜찮은 거야?"

"일단 우선 리아스 씨를 잘 모셔야 해."

아무래도 그녀들도 방금 그 말을 듣고 생각하는 바가 있는 것 같았다.

레이벨과 코네코도 작은 목소리로 이야기를 나누고 있었다.

"······코네코. 현재 순서는 어떻게 되고 있죠?"

"······상위는 일단 제쳐두더라도, 참전할지 말지도 애매한 사람도 있기 때문에 여러모로 복잡한 상황이야. 게다가 보아하니 저 애도······."

······뭐야. 여자애들은 나를 무시한 채 자기들끼리 이야기를 하고 있잖아······.

뭐, 뭐어, 일단 그건 제쳐두자. 아무튼 쿠노는 교토에서 우리와 헤어진 후, 계속 우리를 만나러 가고 싶다고 응석을 부린 것 같았다. 쿠노는 교토 요괴들의 공주님이다. 그러니 함부로 우리 집에 놀러올 수도 없으리라.

야사카 씨와 주위의 요괴들은 난처한 나머지 리아스와 상담을 한 것 같았다…….

아무튼, 쿠노는 오늘 이곳에 단순히 놀러온 게 아니라 목적이 있어서 찾아온 것 같다.

마음을 다잡은 쿠노는 가슴을 쫙 펴면서 당당하게 말했다.

"용의 사당을 짓는다면서? 하지만 악마이기 때문에 그 방법을 모른다고 들었다! 하지만 다들 안심하도록! 구미호── 야사카의 딸인 이 쿠노가 왔으니까 말이다! 기초부터 차근차근 가르쳐주마!"

사당의 건조── 그것이 쿠노가 이곳에 온 「명목」이다. 그리고 리아스가 야사카 씨와 상담한 끝에 내놓은 결론이기도 했다. 일전에 화제가 되었던 「오피스의 사당」과 야사카 씨 쪽의 「쿠노의 응석」 문제를 한번에 해결할수 있는 나이스한 아이디어다.

쿠노는 우리를 둘러보았다. 그리고 오피스를 쳐다보았다.

"음. 잇세 이외에 용의 기가 느껴지는 건 이 여인 뿐이구나. ……그대도 용 맞지?"

오피스는 고개를 갸웃거리며 「?」 상태가 되었다. 그렇다고 「나, 오피스」하고 대답하면 골치 아팠다.

무한의 용신님은 이곳에 없는 걸로 되어 있으니까 말이다. 처지가 처지인 만큼 처신을 조심해야만 하는 존재다.

나는 오피스가 쓸데없는 소리를 하기 전에 허둥지둥 쿠노에게 말했다.

"그, 그래! 이 애는 오…… 아니, 피스라는 이름의 드래곤 여자애야! 피치 못할 사정이 있어서 우리 집에서 홈스테이를 하고 있지! 유명한 드래곤의 피를 이어받았다니까, 사당이라도 지어줄까~ 하는 이야기가 나왔어!"

나는 그냥 입에서 나오는 대로 주절대고 말았다!

"오호라, 사당을 지어 이 피스라는 용을 『용신』으로 모시고 싶다는 것이구나!"

아, 쿠노는 딱히 의심하지 않고 바로 믿어줬다. 다행이야.

"나는 잇세의 사당을 짓는 줄 알았다만…… 뭐, 좋다! 그런데 어디에 지을 것이냐?"

쿠노가 그 질문을 던진 후, 우리는 다 같이 이 집의 옥상으로 향했다.

옥상은 공중정원으로 되어 있으며, 화단과 조그마한 채소밭도 있다. 차를 마시기 위한 테이블과 의자도 있기에, 휴일에는 누군가 한 명쯤은 이 옥상에서 시간을 보내고는 했다.

이 옥상 한편에 아무것도 없는 공간이 있기에, 그곳에 사당을 짓기로 했다.

쿠노는 사당을 지을 예정인 공간을 보면서 연신 고개를 끄덕였다.

"어때?"

나는 물었다. 그러자 쿠노는 히죽 웃으면서 브이 사인을 했다.

"음! 이 정도 공간이면 조그마한 사당 정도는 지을 수 있을 것이다! 좋다! 모실 대상도 알았고, 장소도 파악했으니 서둘러 공구와 재료를 조달해볼까!"

쿠노는 손뼉을 두 번 쳤다. 그러자 「펑!」 하는 소리와 함께 연기가 나더니 아까 사라졌던 여우 누님들이 나타나서 쿠노에게 나무 상자를 건넸다.

광택을 지닌 그 나무 상자는 우아한 모양과 분위기를 지니고 있었다. 쿠노가 상자를 열자── 그 안에는 정과 대패, 나무망치, 톱 같은 공구가 들어 있었다.

"이것은 교토에 전해져 내려오는 유서 깊은 공구이니라. 이것들로 재료를 다듬어서 사당을 짓는 것이다!"

오호라, 오호라. 사당을 짓기 위한 재료를 다듬을 공구구나.

……아니, 하지만, 뭐랄까……. 나를 비롯한 악마들은 그 공구를 보자마자 몸을 부르르 떨었다. 괜찮아 보이는 이는 성검을 다룰 수 있는 키바, 제노비아, 이리나뿐이었다.

로스바이세 씨가 말했다.

"신성한 일에 쓰이는 공구라서 그런지 신성한 기운을 뿜고 있군요. 악마인 저희가 만졌다간 화상을 입을 것 같아요. 완화용 마술을 사용해도 괜찮지만…… 이 공구를 쓸지 말지에 대해 좀 생각해 보는 편이 좋을 것 같군요."

그렇다. 이 공구는 로스바이세 씨가 말한 것처럼 성스러운 기운 같은 것을 뿜고 있었다. 그래서 가벼운 한기가 느껴진 거구나. 성검이나 십자가 정도는 아니지만, 만졌다간 몸 상태가 나빠질 것 같았다. 악마는 이럴 때 불편하네.

그러고 보니 용신의 사당을 짓는 건 성스러운 일이구나.

쿠노는 그 말을 듣더니 당혹스러운 표정을 지었다.

"아, 거기까지는 생각이 미치지 못했구나……. 으음, 나는 들수 있다만…… 그러고 보니 내 동포 중에도 이걸 만질 수 있는이는 몇 안 되지."

쿠노는 아무렇지 않게 들 수 있지만, 우리가 들기에는 좀 그랬다.

이럴 때 아자젤 선생님이 계셨다면 조언을 해줬을 것 같은데말이야. 이런 일이라면 무조건 끼어들고 볼 것 같거든.

하지만 오늘은 어찌된 영문인지 이 트러블 메이커 선생님이보이지 않았다.

"이럴 때 선생님이 계시면 든든할 텐데……."

제노비아는 그렇게 말했다. 아케노 씨는 탄식 섞인 목소리로말했다.

"아자젤 선생님은 『제316회 타천사 간부 마작 대회』에 참가한다면서 자리를 비웠어요. ……정말, 저희 아버지까지 끌어들여서 마작 대회 같은 걸 벌이다니, 정말 못 말린다니까요……!"

아케노 씨는 약간 어이없어 하면서 말했다. 잠깐만, 마작 대회?! 게다가 타천사 간부의?!

……너무 평화로운 것 같다고나 할까, 300회 이상인 걸 보면화평회담 전부터 해온 것 같네……. 타천사 간부들 중에도 괴짜가 많으니 그런 게 유행할 것도 같아.

아, 마왕님들도 하나같이 괴짜지! 악마나 타천사나 상층부는전부 골 때린다니깐!

"이런 공구에 관해 옛 동료들에게 물어보고 올게요. 제 고향에는 이런 공구에 대해 잘 아는 부서도 있거든요."

로스바이세 씨는 소형 연락용 마방진을 전개했다.

역시 북유럽 주신을 수행하던 발키리! 생각해보니 이런 일을 가장 가까운 곳에서 봐온 사람은 바로 로스바이세 씨일 것이다.

로스바이세 씨는 통신 마방진으로 잠시 동안 연락을 취한 후 말했다.

"옛 동료에게서 전용 술식을 배웠어요. 장갑에 이 술법을 걸면 이런 공구를 하루 종일 쥐고 있어도 괜찮다고 하네요."

역시 대단한 마법사야. 배려심도 많아서 쿠노가 가지고 온 공구를 헛되이 하지 않았다고!

쿠노는 크게 고개를 끄덕인 후, 힘차게 손을 치켜들었다.

"음! 그럼 다음은 재료구나! 목재를 조달하러 가자꾸나!"

우리는 사당 건조를 위한 재료를 조달하기 위해 흩어져서 행동하기로 했다.

……과연 어떤 사당이 만들어지려나?

─○●○─

나, 리아스, 제노비아, 쿠노가 찾은 곳은 어느 숲속이었다. 마방진을 통해 이곳으로 전이하기는 했는데……

이 산에 있는 나무들은 하나같이 오랜 세월을 살아온 듯한 멋진 거목들이었다. ……쳐다보기만 해도 압도당할 만큼, 하늘

높이 치솟은 채 우리 앞에 서있었다.

……오오, 나무뿐만 아니라, 정적이 흐르고 있는 산 전체에서 영적인 분위기가 느껴지네. 악마라서 그런지 육감이 반응하고 있었다. 사람의 손길이 느껴지지 않기 때문일지도 모른다.

"목적지는 이곳 맞지?"

리아스가 쿠노에게 물었다.

쿠노는 고개를 끄덕이면서 한 걸음 앞으로 나섰다.

"예. 역시 본처님은 대단하시군요. 정확한 장소로 전이하셨습니다. 이 산의 신에게는 이미 이야기를 끝내놨으니, 나이 많은 삼나무 하나를 받아가도 됩니다."

호오, 이 산의 신과는 이미 이야기를 끝내놨구나. ——이 멋진 삼나무 중 하나를 가져가도 되는 거네. 그거 고맙다고나 할까, 뜬금없이 벌인 일에 쓰기에는 좀 아깝다는 생각이 들었다.

"이렇게 멋진 삼나무를 목재로 써도 괜찮을까?"

나는 무심코 그렇게 말했다. 그것도 그럴 것이, 나이를 많이 먹은 삼나무라면 의식이 존재하더라도 이상하지 않잖아? 나, 만물에 혼이 깃든다는 일본의 전통적인 사고방식을 가지고 있거든. 그래서 좀 황송하다는 생각이 들었다.

쿠노가 내 말에 대답했다.

"잇세, 안심하거라. 일전의 천재지변 때 두 동강이 난 삼나무가 있다고 한다. 그걸 이번에 특별히 받아가기로 했느니라."

아, 그렇구나.

그 삼나무가 있는 곳에 우리가 가보니…… 한 가운데 쯤에서 두 동강이 난 멋진 거목이 있었다.

"이 삼나무는 400년 정도 되었다고 들었다. 부러진 부분만 가져가고, 남은 부분은 그대로 놔둬달라고 하더구나."

400년! 어, 어, 엄청나네! 엄청 크고 멋진 녀석인걸.

제노비아는 부러진 삼나무에 손을 댔다.

"그럼 이걸 옮기기로 할까? 나는 이 산의 거목을 뒤랑달로 자를 줄 알았어."

"너는 여전히 사고방식이 호쾌하구나!"

나는 무심코 제노비아에게 딴죽을 날리고 말았다!

악마가 전설의 성검으로 영험한 산에 있는 몇 백 년 된 삼나무를 두 동강낸다니, 너무 특수한 일이라 한 번 정도는 볼 가치가 있을지도 모른다는 생각이 들었다!

"그럼 작업을 시작하자."

우리는 리아스의 지시에 따라 작업을 시작했다.

우선 쿠노가 산과 삼나무에 감사의 의식을 했다. 그 다음에는 내가 재빨리 밸런스 브레이크해서 갑옷을 걸쳤다. 그리고 내가 부러진 거목을 들자, 제노비아는 쿠노가 가지고 온 그림을 참조해가면서 특수의례를 끝낸 도검(이번 일을 위해 준비했다)으로 삼나무를 잘랐다.

그것을 리아스가 전송술식의 마방진에 집어넣었다.

전송 장소는 효도 가의 지하다. 그곳에는 목수일 담당 팀이 대기하고 있었다. 그곳에서 삼나무가 가공되는 것이다.

옥상에서는 콘크리트 기초 공사팀이 사당의 토대를 만들고 있을 것이다.

……자른 삼나무를 전송 마법진에 넣는 가운데, 나는 일말의 불안감을 느꼈다.

목수 일을 해본 적이 없는 우리가 제대로 된 사당을 만들 수 있을까? 간단한 구조의 오두막을 짓는 것과는 다른 것이다.

삼나무 자체를 목재로 가공해야 하는데다, 설령 재료가 완성되더라도 그것을 조립할 기량이 없다.

악마이니 마력으로 작업 과정을 간략화할 수 있겠지만, 기술적인 부분은 전문가에게 도움을 받아야 할 것 같은데…….

리아스가 쿠노에게 물었다.

"그 시종들은 이런 일의 전문가들이지?"

"예. 그들은 제대로 수행을 쌓아왔습니다. 설계도인 도면도 사전에 준비해뒀으니, 저희가 보낸 삼나무는 효도 가에서 목재로 가공되고 있겠죠."

아, 그렇구나. 그 여우 누님들은 이런 일의 전문가이기도 하구나. 그럼 안심해도 되겠네. 그녀들은 지금쯤 오컬트 연구부 멤버들에게 지시를 내리며 작업을 주도하고 있을 것이다.

그럼 나와 제노비아는 안심하고 삼나무를 저쪽으로 보내도 되겠어.

나와 제노비아가 묵묵히 작업을 하고 있을 때, 리아스와 쿠노의 대화가 들려왔다.

"쿠노는 본처 님이 어떻게 『나이스바디』를 유지하고 있는지 궁금합니다."

"딱히 특별히 하는 건 없어. 그것보다 쿠노 양. 저기⋯⋯『본처 님』이라고 부르니⋯⋯ 좀 불편하네."

"그렇습니까?! 시, 실례했습니다! ⋯⋯그럼 정실 님, 이라고 부르면 되겠습니까?"

쿠노가 깜짝 놀라자, 리아스는 작게 웃었다.

"그런 소리가 아냐. ──편하게 리아스라고 부르면 돼. 잇세도 편하게 이름으로 부르잖아? 나도 잇세처럼 당신을 『쿠노』라고 불러도 될까?"

쿠노는 그 말을 듣더니 환한 표정을 지었다.

리아스와 이야기할 때, 긴장한 듯한 표정을 짓고 있던 쿠노가 처음으로 긴장을 푼 것처럼 보였다.

"알았습니다, 리아스 님! 부디 저를 『쿠노』라고 불러주십시오!"

"응. 물론이야, 쿠노."

오오, 왠지 쿠노와 리아스가 단숨에 가까워진 것처럼 보여! 역시 내가 사랑하는 사람이라니깐. 구미호 공주님조차도 미소 한 방에 날려버렸다고!

두 사람 사이의 분위기가 부드러워지자, 제노비아가 한 마디 했다.

"⋯⋯역시 본처야. 저렇게 서열이 자연스럽게 생겨나는 거지. ⋯⋯일찌감치 참전하기 잘했어."

왠지 리아스에게 존경어린 눈빛을 보내고 있던 제노비아는⋯⋯.

"잇세! 나는 요즘 들어 더욱 여자력을 갈고닦아야겠다는 생각이 들어! 그래서 언젠가 벌어질 오컬트 연구부 여자전쟁에서 승리를 거머쥘 거야!"

제노비아는 그렇게 말하면서 힘차게 나무를 잘랐지만…… 여자력에 대해 착각하고 있는 것 같은뎁쇼?! 여자력은 완력을 말하는 게 아니거든!? 여성적인 매력을 말하는 거라고!

뭐, 제노비아답기는 하니 나는 충고하지 않겠어.

나는 파워 바보인 너를 싫어하지 않거든! 하지만 좀 적당히 하라고! 테크닉 타입의 중요성을 나와 제노비아에게 구구절절하게 이야기하는 키바가 울음을 터뜨릴 거란 말이다!

아무튼, 우리는 오피스의 사당을 짓기 위해 계속 밑 준비를 했다.

효도 가 지하 작업장에서는 삼나무가 목재로 깔끔하게 가공된 후, 파츠별로 바닥에 놓여 있었다.

산에서 돌아온 우리(나, 리아스, 제노비아, 쿠노)는 그 후 이 작업을 돕기로 했다.

쿠노가 데리고 온 시종 겸 전문가 누님 두 명이 상세하게 작업 과정을 설명해준 덕분에 뼈대는 어렵지 않게 맞췄다.

사당의 토대가 될 콘크리트 기초 공사도 이제 딱딱하게 마를 때까지 기다리기만 하면 된다.

남은 것은 토리이와 금줄 같은 거지만, 그런 것은 이미 발주를 해뒀기 때문에 도착할 때까지 기다리기만 하면 된다. 하루 만에 사당을 완성시키는 것은 무리이기에, 우리는 그 날의 작업을 끝낸 후, 집에서 쉬기로 했다.

평소 안 쓰는 근육을 쓴 탓인지 엄청 피곤하네.

저녁 식사는 1층 거실에서 쿠노 일행과 함께 했다.

"쿠노라고 합니다. 교토에서 어머니와 함께 효도 잇세이님께 신세를 졌기에, 이렇게——."

우리 부모님은 쿠노가 어린 외모와 어울리지 않게 정중한 인사를 건네자 깜짝 놀랐다. 이 애는 활기차고 저돌적인 면도 있지만, 요괴 세력의 공주님이라 그런지 예절 교육을 잘 받은 것 같았다.

게다가 선물도 가지고 왔다. ——교토풍 유부 초밥을 잔뜩 가지고 온 것이다.

쿠노 일행은 여우 귀와 꼬리를 숨기는 걸 깜빡했지만, 그걸 본 부모님은……

"어머, 귀여운 귀네! 꼬리 액세서리도 잘 어울리는 구나!"

"음, 무녀복도 나쁘지 않은걸."

뭐, 무녀 코스프레를 한 여자애들이 저런 액세서리를 하고 있다고 생각하는 것 같았다. 기이한 사고방식의 소유자들을 계속 만난 덕분에 우리 부모님의 감성은 터프해지고 있는 것 같았다…….

그런 식으로 쿠노가 부모님과의 인사와 저녁 식사를 끝낸 후, 우리는 위층으로 올라갔다.

"짜잔! 교복이니라!"

잠시 동안 모습을 보이지 않던 쿠노는 쿠오우 학원의 여자 교복을 입고 나타났다!

사이즈가 맞지 않은지 꽤 헐렁하기는 했지만, 쿠오우 학원의 교복이 틀림없었다!

"그거, 어디서 난 거야?"

내가 묻자, 여우 공주님은 가슴을 쫙 펴면서 대답했다.

"특별히 부탁해서 통신판매를 통해 구한 것이니라. 명계의 젊은 여성들 사이에서는 이게 유행하고 있다고 들었지."

그러고 보니 그런 이야기를 일전에 들은 적이 있었다.

리아스와 소나 회장님의 레이팅 게임 때 그레모리와 시토리가 이 교복을 유니폼처럼 썼기에, 텔레비전을 통해 그걸 본 명계의 젊은이들이 영향을 받아 이걸 입게 되었다고 말이다.

그레모리 가문 쪽에서 이 교복을 명계에 판매하더라도 이상하지 않아. 리아스의 본가는 이런 쪽 사업 하나는 끝내주게 하니까 말이야.

하지만 쿠노가 입은 교복은 가장 작은 사이즈일 테지만 그래도 소매가 꽤 남았다. 뭐, 그 덕분에 귀엽긴 하네!

"잘 어울리네. 조금만 더 크면 딱 맞을 거야."

내가 그렇게 말하자, 쿠노는 얼굴을 붉히면서 몸을 배배 꼬았다.

"으, 음! 이 교복이 딱 맞는 멋진 여성이 될 테니 기대하거라!"

"그래."

"그리고 『여고생』이 되면, 나는 쿠오우 학원 고등부에 입학할 거다! 어머님과도 그러기로 이미 약속했지!"

"쿠오우 학원에?"

대체 몇 년 후에 입학하게 될까. 나는 머릿속으로 여고생이 된 쿠노를 상상해봤다. ……그래, 엄청난 미소녀가 되었을 거야!
쿠노 어머니의 외모로 볼 때, 가, 가, 가슴도 어, 엄청 커질 거
야! 이야, 장래가 기대되는걸!

"……엉큼한 상상을 하고 있죠?"

으윽! 코네코가 날카로운 딴죽을 날렸다.

레이벨은 작게 웃었다.

"잇세 님도 참. 코네코 양보다 어린애를 건드리면 안 돼요."

"……나는 어린애가 아냐. 조금만 더 크면 언니처럼 가슴도
커질 거라구."

"어머, 언니가 글래머라고 여동생도 반드시 그렇게 될 거라고
단정할 수는…… 없을 텐데요?"

"으으으으, 반드시 커지고 말 거야! 레이벨보다 훨씬 커질 거
라구!"

어라라, 코네코와 레이벨이 또 말다툼을 시작했잖아.

뭐, 자주 있는 일인데다, 곧 화해하겠지.

"나도 입어봤다."

──용신님께서도 쿠오우 학원의 교복을 입고 있었다!

이쪽은 가장 작은 사이즈가 아슬아슬하게 맞는 것 같았다.

"나, 어울려?"

"그래. 어울려. 귀엽네."

머리를 쓰다듬어주자, 왠지 약간 기뻐하는 듯한 반응을 보였다.

"피스 님의 옷도 입어보고 싶구나."

"나도 무녀복 입고 싶어."

왠지 쿠노와 오피스는 죽이 맞는 것 같았다. 좋은 분위기였다.

구미호 공주님과 용신님의 옷 갈아입기 타임이 끝났을 즈음, 이리나는 커다란 상자를 들고 왔다.

"저녁도 먹었고, 두 사람의 교복 패션도 감상했으니까, 다 같이 게임하자! 쿠노 양의 환영회도 겸해 다 같이 놀자구! 명계식 인생게임도 있고, 천계식 인생게임도 준비했어!"

"트럼프와 *UNO도 있어."

"**카루타도 있어요!"

제노비아와 아시아도 게임을 들고 왔다!

그래. 쿠노가 모처럼 놀러 왔잖아. 남는 시간 동안 즐겁게 놀아보자고!

"그럼 효도가 게임 대회라도 개최해 볼갑쇼!"

내가 손을 치켜들면서 그렇게 외치자, 다들 『오~!』 하고 외치며 호응해줬다!

우리는 그대로 쿠노, 그리고 시종 누님들과 함께 게임 대회를 열었다.

……바로 그때, 아케노 씨가 핸드폰을 꺼내더니 한숨을 내쉬는데……

"……아무래도 타천사 간부의 마작 대회는 밤샘 모드에 돌입한 것 같아요."

저쪽도 꽤나 성황인 것 같군…….

---

*UNO : 숫자나 글자가 들어있는 108장의 카드로 하는 게임.
**카루타 : 일본의 전통적인 카드게임.

뭐, 이런 평화로운 나날도 소중하잖아!

— ○ ● ○ —

그리고 다음 날——.

토일 이틀 동안의 사당 건조는 최종 단계에 도달했다.

잘라둔 목재 파츠를 조립해, 조그마한 사당을 완성했다.

파츠는 정밀도가 꽤나 뛰어난지, 도면을 참고해 조립하기만 했을 뿐인데 소형 사당이 완성되었다. 드디어 완성된 사당을 단단하게 굳은 토대 위에 얹은 후 고정시켰다.

"일단 완성됐네."

키바가 휴우 하고 한숨을 내쉬며 쳐다본 곳에는—— 나무로 된 멋진 사당이 존재했다!

"""오옷!"""

다들 박수를 치면서 탄성을 터뜨렸다.

"토리이도 도착했어."

제노비아가 전송용 마방진에서 도착한 빨간색 토리이를 가지고 왔다. 사람 한 명이 겨우 지나갈 수 있을 정도로 작은 토리이였다. 그것을 사당 앞에 세운 후, 토리이와 함께 방금 도착한 금줄을 사당에 쳤다.

"남는 목재로 이런 걸 만들어봤어요."

시종 누님이 네모난 상자를 사당 앞에 놓았다.

——새전함이다! 이걸 놓으니 꽤 분위기가 사는걸!

점점 모양새를 갖춰가는 사당 주변을 마지막으로 꾸민 것은 조각상이었다.

*코마이누 대신 한 쌍의 용 조각상이 사당의 양옆에 놓였다. 한쪽은 붉은색 용 조각상이었고, 다른 하나는 하얀색 용 조각상이었다.

"이건 이천룡의 조각상이야?"

내가 묻자, 리아스가 대답했다.

"응. 조각상은 뭐가 좋겠냐고 오……가 아니라, 피스에게 물었더니, 빨간 드래곤과 하얀 드래곤이 좋겠다고 했어."

흐음, 나와 발리를 따온 건가?

내가 그런 생각을 하고 있을 때, 오피스가 붉은색 용 조각상을 찰싹찰싹 때렸다. 고개를 갸웃거리는 걸 보니 뭔가를 의심하고 있는 것 같았다!

"그레이트레드? 해치울 거야."

의문을 표시하면서 때리지 마! 그건 나와 드래이그라고! 나를 쓰러뜨리지 말란 말이다아아앗!

빨간색이면 전부 그레이트레드인 거냐?! 좀 봐달라고, 이 용신님아…….

그런 일들이 있기는 했지만, 쿠노가 최종적으로 신사(神事)를 한 후, 드디어 사당이 완성됐사옵니다! 사당에 선 오피스 님은 꽤나 기뻐보였다.

바로 그때, 쿠노가 말했다.

---

*코마이누(拍犬) : 신사의 절 앞에 놓인 사자 모양의 조각상.

"의식을 꽤 간략화하기는 했지만, 이쯤 하면 됐을 것이니라. 본격적인 의식을 치러서 완성시키면 신성한 힘이 너무 강해져서 악마인 그대들에게 악영향을 줄지도 모르니까 말이다. 이 정도가 딱 좋겠지."

쿠노의 말대로, 이 사당에서는 악마인 나를 두려움에 떨게 만들 것 같은 힘은 느껴지지 않았다. 이 정도라면 우리 집 옥상에 있어도 문제는 없을 것 같았다.

아케노 씨가 문득 뭔가가 생각난 것처럼 입을 열었다.

"우후후, 그럼 완성 기념으로 피스에게 소원을 빌어볼까요?"

오오, 그거 재미있겠네!

그런고로 완성 기념으로 용신님인 오피스에게 소원을 빌기로 했다!

아시아의 소원

"세상이 평화로워지게 해주세요."

"평화…… 세상의 평화, 평화는 어디에서 비롯되는 거지……?"

고차원적인 대답이라는 생각이 들었다.

코네코의 소원

"……잇세 선배가 덜 밝히게 해주세요."

"내세를 기대해."

현세에는 무리인 것이옵니까?!

제노비아의 소원

"여자력을 높이고 싶어."

"엑스 뒤랑달을 완벽하게 네 것으로 만들어."

그러니까 여자력은 그런 게 아니라고!

아케노 씨의 소원

"요리를 더 잘 하게 되면 좋겠어요."

"나도 기쁠 거야."

나도 엄청 기쁠 것이옵니다!

레이벨의 소원

"키가 조금 더 컸으면 좋겠어요."

"매일 우유 마셔."

그건 생활면에서의 단순한 어드바이스 아니옵니까?!

이리나의 소원

"크리스천인 내가 용신에게 소원을 빌어도 될까……."

"미카엘보다 내가 더 강해."

무슨 그런 어이없는 논리가 다 있어?! 그리고 왜 잘난 척 하듯 말하는 건데?!

키바의 소원

"으음, 악마 일이 더 많이 들어오게 해주세요."

"⋯⋯쿠우우우우우울⋯⋯."

자냐! 키바의 진지한 소원을 들어주라고!

로스바이세 씨의 소원

"애인과 돈이 생겼으면 좋겠어요."

"유감."

유감!

개스퍼의 소원

"으, 음, 여자력이 아니라 남자력을 쌓고 싶어요."

"미르땅."

뭐?! 오피스가 어떻게 그 사람을 아는 거야?!

쿠노의 소원

"소원은 잔뜩 있지만, 교토가 평화롭기만 하면 괜찮으니라!"

"사당, 고마워."

둘 다 참 잘했어요!

리아스의 소원

"아시아만큼 규모가 크지는 않지만, 이 마을에 있는 이들이 평화롭게 살 수 있으면 좋겠네."

"이 마을의 평화는 내가 지켜."

오피스가 그러기로 진짜로 작정한다면 아무도 이 마을을 건들지 못할 거야!

——뭐, 다들 소원을 빌고, 내 차례가 되었습니다요.

"……어차피 엉큼한 소원을 빌 게 뻔해요."

코네코는 감이 좋네! 여자애들과 에로에로한 짓이 하고 싶다고 소원을 빌 뻔했사옵니다! 그래도 일단 소원을 빌겠어.

"이런저런 사건에 휘말리고 있지만, 그래도 나는 모두와 함께 평화롭게 살고 싶어요!"

우리는 매번 별의별 일에 휘말린다. 그 탓에 우리의 일상은 간단히 무너지고 만다. 그렇기 때문에 나는 모두와 함께 평화롭게 사는 나날을 원하는 것이다. 그 연장선상에 에로에로한 게 있다면 완전 최고일 거라고!

"——걱정하지 마. 나, 잇세를 항상 지켜볼 거야. 언제나 도와줄게. 잇세는 내 친구."

——오피스는 나를 똑바로 쳐다보면서 주저 없이 그렇게 말했다.

……헤헷, 이거 든든하네. 하지만 오피스가 전선에 나서는 일이 벌어지지 않도록 노력하는 게 『친구』인 내 역할이겠지.

그런 생각을 하고 있을 때, 누군가가 옥상에 나타났다.

"하암~. 밤샘한 후에 쬐는 햇볕은 너무 강렬하다니깐……."

그 사람은 바로 아자젤 선생님이었다! 아무래도 밤샘 마작 대회는 끝난 것 같았다.

"대회 결과는요?"

내가 묻자, 선생님은 「바라키엘이 우승했어」하고 분통을 터뜨리며 말했다. 근처에 있던 아케노 씨는 어이없어 했다.

"오오~, 이게 용신님의 사당이냐. 꽤 잘 만들었는걸. 역시 쿠노는 어엿한 구미호 공주님이군."

선생님이 칭찬해주자, 쿠노도 「당연하지」하고 말하며 가슴을 폈다.

"다 같이 용신에게 소원을 빌고 있었어요."

내가 그렇게 말하자, 선생님도 오피스 앞에 서더니 양손을 맞댔다.

"그럼 나도 소원을 빌어볼까! 으음, 셈하자 녀석이 좀 유연한 사고방식을 지니게 해주세요. 바라키엘에게 융통성이 생기게 해주세요. 귀여운 천사가 타락하게 해주세요. 간부 중에 여자가 없으니 세라프인 가브리엘이 타락해주면 정말 고마울 것 같아요. 미카엘 자식이 자기 쪽에서 해도 될 일까지 우리 쪽에 떠넘기고 있으니 천계 전체가 타락해버리면 좋겠다니깐. 그리고 천제(天帝)는 엄청 짜증나는 녀석이니 길가다 엎어져서 코나 깨져버려라!"

밤샘 직후라 그런지 가슴 속에 쌓여 있던 것들을 전부 토해내듯 선생님은 말을 늘어놓았다!

가브리엘 씨가 타락한다, 라. 그건 꽤 끝내줄지도 모른다! 그 나이스바디에 얼빠진 구석이 있는 미녀 세라프 님이 요염한 타천사가 된다면 그 갭이 끝내줄 거야!

나는 선생님의 소원을 듣고 망상의 나래를 펼쳤다.

바로 그때 하늘에 먹구름이 끼더니, 번개가 쳤다. 이윽고——.

쿠웅! 하늘에서 한 줄기 뇌광이 떨어졌다!

악질적인 소원을 빈 선생님에게 번개가아아아아앗! 아, 그 여파가 나한테까지이이이잇!

번개가 온몸을 꿰뚫고 지나갔다!

"으갸갸갸갸갸갸갸갸갯!"

"끼아아아아아아아아아아앗!"

나와 선생님은 번개를 맞고 그대로 통구이가 되고 말았다…….

"음?"

하지만 오피스는 고개를 갸웃거리면서 그런 우리를 이상하다는 듯이 쳐다보고 있었다.

……하늘이 선생님에게 항의를 한 것이리라. 그리고 마음속으로 음흉한 생각을 한 나한테까지 불똥이 튄 것이다…….

나와 선생님이 통구이가 되기는 했지만, 오피스의 사당은 완성됐다.

작별의 순간이 찾아왔다.

사당 건조라는 구실이 사라졌고, 우리 집에 하룻밤 묵기도 한 쿠노는 드디어 돌아가게 되었다. 지하실의 마방진이 있는 방에 우리 모두가 모였다.

선물이 잔뜩 든 보따리를 쿠노 일행에게 넘겨줬으니 준비도 끝났다.

"고마워, 쿠노."

"쿠노, 또 놀러오렴."

나와 리아스가 쿠노에게 작별 인사를 했다. 쿠노 또한 아쉬워하면서도 「음. 정말 즐거운 시간이었다! 신세 많이 졌습니다」하고 힘찬 목소리로 말했다.

마지막으로 오피스가 한 걸음 앞으로 나서더니, 쿠노에게 말했다.

"또 나와 놀아주면 좋겠다."

쿠노는 그 말을 듣더니 환한 미소를 지었다.

"음! 나와 피스 님은 친구지 않느냐! 또 같이 놀자꾸나!"

오피스에게 또 친구가 생겼다. 그건 정말 멋진 일이라는 생각이 들었다.

구미호 공주님, 쿠노. 왠지 앞으로도 자주 놀러올 것 같네.

다음에는 어떤 「명목」으로 오려나.

Life.5 네코마타☆인법첩

　이것은 리아스가 루마니아로 떠나기 전, 마법사와의 계약 때문에 이러쿵저러쿵 하고 있을 때의 일이었다.

　나는 눈앞의 광경을 보며 경악하고 있었다.

　——쿠로카가 내 방에서 텔레비전 게임을 하고 있었다.

　검은색 기모노를 흐트러지게 입은 섹시한 이 누님은 머리에 고양이 귀, 엉덩이에 꼬리가 달린—— 코네코의 친언니이자 네코마타다.

　옆에 앉아있는 꼬마 마녀 스타일의 금발 미소녀—— 르페이는 나를 보더니 "죄, 죄송해요!" 하고 사과했다.

　이 녀석들은 원래 내 라이벌인 발리와 함께 행동하고 있지만, 코네코의 요청으로 이 효도 가에 지내게 되었다.

　코네코가 미숙한 선술을 수련하기 위해, 아직 응어리가 남아 있지만 언니인 쿠로카에게 기댄 것이다.

　……이 집에 하숙하게 된 쿠로카는 뭐랄까, 행동 하나하나가 무례하기 그지없다고나 할깝쇼…….

　냉장고 안에 있는 것을 멋대로 먹고, 세탁은 르페이나 코네코에게 시키며, 요리나 청소 당번도 안 하는데다. 내 방에서 무단으로 게임까지 하고 있다.

……코네코에게 수행을 시킬 때 외에는 정말 최악이라고, 이 악당 고양이야!

그에 반해 르페이는 인사도 잘 할 뿐만 아니라 청소와 요리도 도왔다.

쿠로카 녀석, 내가 들어왔는데도 별다른 반응을 보이지 않으면서 게임을 계속하고 있었다……! 뒹굴거리면서 게임이나 하고 있다고!

……이제 와서 화내봤자 고칠 리가 없지만……. 나는 탄식을 터뜨리면서 침대에 걸터앉았다.

마침 잘됐다. 요즘 들어 계속 신경 쓰이던 것에 대해 물어볼까.

"저기, 쿠로카."

"무슨 일이야. 나는 지금 소재 모으느라 바쁘다구냥."

……텔레비전을 보니, 캐릭터의 장비가 꽤 충실했다! 이, 이 녀석! 주인인 나보다도 플레이 시간이 긴 거 아냐?! 우리가 학교에 간 사이에도 게임만 해댄 게 틀림없어!

참고로 우리 집에서 텔레비전 게임을 하는 사람은 주로 나와 코네코지만, 뜻밖에도 리아스나 로스바이세 씨도 플레이하기도 한다. 두 사람 다 기분전환 삼아 하기에 텔레비전 게임만 한 것이 없다고 말했었지. 대전 게임을 다 같이 시끌벅적하게 하기도 하지만 말이야.

뭐, 본론에 들어가자. 나는 질문을 던졌다.

"요즘 들어 너와 르페이가 밤중에 몰래 집을 나가는 것 같던데…… 마을에서 나쁜 짓을 하고 있는 건 아니지? 르페이가 그런 짓을 할 것 같지는 않지만, 너라면 그러고도 남을 것 같거든."

그렇다. 쿠로카와 르페이는 한밤중에 이 마을을 어슬렁거리는지, 악마 영업을 끝내고 돌아와 보면 집에 없을 때가 종종 있었다. 뭐 했는지 물어보니 「산책했어냥」 하고 대답했지만, 전직 테러리스트인 악당 고양이가 뭔가를 꾸미고 있는 건지는 아닌가 싶은 생각이 들었다. 뭐, 르페이도 함께 행동하고 있으니 딱히 악행은 하지 않겠지만, 그래도 살짝 못된 짓이라면 할 것 같거든.

쿠로카는 내 말을 듣고 콘트롤러를 내려놓더니, 불만을 표시하듯 입술을 삐죽 내밀었다.

"무례해냥. 내가 나쁜 짓을 할 리가 없잖아?"

과연 그럴까……. 엄청 할 것 같은데? 솔직히 말해 장난삼아 독 안개를 만들어내고도 남을 것 같았다.

"……잇세 선배 말이 맞아요. 언니는 수상해요. 솔직히 말해 엉큼한 생각을 할 때의 잇세 선배에 버금갈 만큼 신용할 수 없어요."

——어느새 내 방에 들어온 코네코가 언니인 쿠로카에게 그런 소리를 했다. ……으음, 코네코는 엉큼한 생각을 할 때의 나를 신용하지 않는구나!

"……언니, 솔직하게 대답해 주세요. 이 마을에서 나쁜 짓을 하는 건 부장님과 이곳에 사는 분들에게 폐를 끼치는 거나 다름없어요. 저는…… 여차할 때는 언니를 막아야만 해요."

코네코는 날카로운 눈빛으로 쿠로카를 쳐다보며 그렇게 말했다. 언니를 신뢰하고 싶은 마음과 배신당했던 과거 때문에 심경이 복잡한 것 같았다. 자매이기 때문에 여차할 때는 자신이 직접 그녀를 막아야만 한다는 결의를 품고 있는 것 같았다.

코네코는 책임감이 강하고, 동료를 아끼기에 이런 태도를 취하는 것이다.

여동생에게서 이런 소리를 들었기 때문일까, 쿠로카는 르페이와 시선을 마주한 후 이야기를 시작했다.

"실은 나와 르페이는 요즘 인법을 배우고 있어냥."

"……이, 인법?"

나는 뜻밖의 대답을 듣고 그대로 되묻고 말았다. 인법……? 잘못 들은 것은 아닐까 하고 생각했지만, 르페이는 쓴웃음을 지으면서 쿠로카의 말을 긍정했다.

"……으음, 예. 쿠로카 씨가 방금 한 말은 사실이에요."

인법이라고? 어? 그게 무슨 소리야?

나와 코네코는 아직 이해하지 못했다. 바로 그때, 이번에는 옷장 문이 열리더니 우리의 마스코트님께서 등장하셨다!

"나도 배우고 있다."

옷장에서 나온 이는 닌자 복장을 한 조그마한 용신 님이었다!

복장이 그게 뭐야?! 그것보다, 언제부터 거기 있었던 건데?! 아, 아니, 그것보다 더 큰 문제가 있잖아!

"오피스도?! 어이어이어이, 이 애를 집밖으로 데리고 가지 말라고. 큰 문제가 발생할 수도 있단 말이야."

오피스가 이곳에 있다는 사실은 극비다. 전직 테러리스트의 두목이 이 마을에 있다는 사실이 알려지면 큰일이 날 수도 있는 것이다.

쿠로카는 쓴웃음을 지었다.

"알아냥~. 걱정하지 마. 이 마을 밖으로는 안 나가고, 몰래 데리고 가는 건 특기거든."

몰래 데리고 가는 게 특기라고 자랑하면 곤란한데…… 진짜로 곤란하다굽쇼!

"인법~ 인법~."

참고로 용신 님은 손으로 인(印)을 맺으며 즐거워하고 있었다. 용신이 인법을 쓴다, 라…….

"대체 뭐가 어떻게 된 거야?"

내가 이마를 짚으면서 쿠로카에게 물었다. 인법이 대체 무슨 소리야?

"이 마을에 닌자가 살고 있어냥."

"…………뭐?"

나는 뜻밖의 대답을 듣고 당황했다. ……니, 닌자? 뭐, 인법 하면 닌자이고, 닌자에게 배우는 게 당연할지도 모르지만……. 그래도, 느닷없이 닌자라니…….

"그~러~니~까~, 닌자가 있다구. 진짜야, 진짜."

쿠로카는 진지하게 말했다. 그녀의 표정은 뜻밖이라고 말하고 있었다. 르페이를 쳐다보니…….

"사실이에요."

……하고 대답했다. 르페이가 저렇게 말하는 걸 보면 사실이

틀림없으리라.

……으음, 닌자에게서 인법을 배우고 있다고? 쿠로카와 르페이, 그리고 오피스가?

나와 코네코는 고개를 갸웃거렸다. 뭐라고 말하면 좋을지 고민하고 있을 때, 뒤편에서 목소리가 들려왔다.

"NINJA라구? 뭐가 어떻게 된 건지 자세하게 가르쳐주지 않겠어?"

리아스였다. 그녀는 흥미로 가득 찬 표정을 짓고 있었다. 리아스는 사무라이나 닌자를 비롯한 일본의 옛 문물에 엄청 관심이 있었다.

아마 서젝스 님의 권속인 오키타 소지 씨에게서 일본에 대해 배웠기 때문이리라. 애초에 일본에 온 이유도 이 나라에 관심이 있기 때문이니까 말이다.

──바로 그때, 이번에는 교회 트리오까지 등장했다. 그녀들도 우리 이야기를 듣고 있었던 것 같았다.

"NINJA?! NINJA라면 그거지? 일본에서 가장 강한 전사에게 주어지는 칭호잖아!"

제노비아는 흥분한 듯한 목소리로 말했다. 어, 어라? 좀 착각하고 있는 것 같네.

이리나는 한숨을 쉬었다.

"아냐, 제노비아. NINJA는 일본의 어둠속 역사를 지배해온 사람들이라구."

그것도 틀렸어! 어이어이어이, 이리나는 일본인이잖아! 닌자에 대해서는 좀 알아두라고 말하고 싶었지만, 어릴 적에 외국으로 건너갔기 때문에 일본에 대해 어중간하게 착각하고 있는 구석이 있는 걸지도 모른다.

"NINJA 씨라면 각국의 뒷 세계에도 있다고 들었어요. ……아, 뮤턴트 맞죠?"

아시아도 잘못 알고 있잖아?! 그건 영화나 아메리칸 코믹스 같은 데서나 나오는 내용이라고!

로스바이세 씨는 우리의 이야기를 들더니 기묘한 표정을 지으면서 말했다.

"북유럽에 있던 시절에 들었어요. NINJA가 사용하는 인법은 마법을 능가한다면서요?"

그것도 잘못된 지식이거든요?!

외국 사람들의 닌자 지식은 왜 하나같이 잘못된 거지?! 닌자는 첩보활동과 암살을 하던 사람들의 총칭일 뿐…… 만화나 영화에서 나오는 것 같은 이능력자 집단이 아니거든요? 아무래도 일본에서 태어나서 자란 나와 외국에서 자란 이들은 닌자에 대한 이미지가 꽤나 다른 것 같았다.

"……다들 완전 착각하고 있네."

내가 한숨을 내쉬며 그렇게 말하자, 어느새 나타난 아케노 씨가 쿡쿡 웃었다.

"우후후, 외국 분들에게 있어서 닌자는 특별한 존재인 것 같아요."

그, 그럴지도 모르겠네요. 엄청 인기 있는 것 같기도 하고요.

"명계에서도 NINJA는 초능력자 같은 존재로 여겨지고 있어요. 그쪽에서도 엄청 인기죠."

레이벨이 아케노 씨의 뒤를 이어 그렇게 말했다. 맙소사. 악마도 인간계의 외국인과 비슷한 이미지를 가지고 있는 것이옵니까.

리아스는 눈동자를 반짝이면서 쿠로카에게 말했다.

"쿠로카, NINJA가 있는 곳으로 안내해줘. 꼭 만나보고 싶어. 이 마을에 사는 악마로서 NINJA를 꼭 만나봐야만 해."

……분명 개인적 관심이 엄청 섞여 있는 게 분명해!

이렇게 우리는 쿠로카와 르페이의 안내로, 이 마을에 산다는 닌자를 찾아가기로 했다――.

―○●○―

우리가 한밤중에 찾아간 곳은―― 마을 외곽에 있는 폐허 중 하나였다.

떠돌이 악마가 숨어 있어도 이상하지 않을 만큼 음산한 분위기를 지닌 폐허였다.

이야기를 듣고 서둘러 이곳에 온 키바가 말했다.

"나도 스승님이 가르쳐주기 전까지는 신비의 존재라고 믿고 있었어."

키바는 오키타 씨에게서 닌자에 대해 들었기 때문에 제대로 알고 있는 것 같았다.

그런 키바의 뒤를 이어 코네코도 말했다.

"……실은 평범해요."

그렇지요? 나처럼 제대로 된 인식을 가진 사람이 권속 안에 있어서 정말 다행이야.

"저도 이곳에 오기 전까지는 착각을 하고 있었지만, 조사를 통해 어느 나라에나 존재하는 암살집단 중 하나라는 사실을 알았어요."

레이벨도 닌자에 대해 제대로 알고 있었다.

폐허에 들어간 후 잠시 동안 나아가자, 문이 눈에 들어왔다.

쿠로카가 그 문에 다가가더니 몸을 붙였다. 그러자 안에서 목소리가 들려왔다.

『암구호, 산.』

그 말에 쿠로카가 대답했다.

"감자."

……아, 암구호가 「산」에 「감자」?! 내가 마음속으로 딴죽을 날리고 있을 때였다.

『음, 들어오시오.』

묵직한 소리를 내면서 문이 열렸다. 그딴 암구호로 괜찮은 거야?!

안에 들어가 보니── 전통적인 일본가옥이 존재했다. 우리가 들어온 곳이 현관이었으며, 현관 턱 너머에는 거실이 존재했다. 거실 중앙에는 화로가 있으며, 그 너머에는 방이 있었으며, 그곳에는 족자도 걸려 있었다.

사방등(四方燈)의 으스름한 불빛이 비추고 있는 이 공간은 닌자가 살아도 이상하지 않을 듯한 분위기를 지니고 있었다.

벽에는 일본도와 사슬낫, 표창, 수리검 같은 게 걸려 있었다.

진짜로 닌자가 이 마을에 살고 있었던 거야?! 아니, 평범한 닌자 마니아일 가능성은 아직도 존재해!

"NINJA가 이곳에 사는 구나!"

완전히 흥분 상태인 리아스와 교회 트리오는 신기하다는 듯이 실내를 두리번거리고 있었다. ──바로 그때, 우리는 등 뒤에서 생겨난 기척을 감지했다.

고개를 돌려보니── 그곳에는 새하얀 닌자복을 입은 닌자가 서있었다!

맙소사! 닌자야! 두건으로 얼굴을 가리기는 했지만 남성인 것 같았다.

"쿠로카 님, 이게 어떻게 된 것이오? 다른 사람을 이곳에 데리고 오면 안 된다고 했지 않소이까."

오오, 말투도 특이해! 조금, 아니, 꽤 수상쩍어 보여!

새하얀 닌자에게 그런 소리를 들은 쿠로카는 볼을 긁적였다.

"뭐, 꼭 닌자를 만나보고 싶다고 해서 말이야~."

쿠로카의 태도를 보고 닌자는 불만을 표시했지만, 이리나를 보더니 놀란 것처럼 눈을 치켜떴다.

"음, 에이스 이리나 님인가."

"어, 아, 예. ……누구시죠?"

닌자는 대번에 이리나의 정체를 눈치챘다. 네코마타인 쿠로카, 그리고 마법사인 르페이와 알고 지내는 걸 보면 특수한 입장이기는 하겠지만, 그래도 이리나의 정체까지 알고 있는 건 좀 놀라웠다.

이리나는 상대를 알아보지 못하는 것 같은데……. 의아하게 생각하고 있는 우리가 보는 앞에서—— 닌자의 등에 새하얀 날개가 생겨났다!

열두 개나 되는 천사의 날개를 펼친 그 닌자는 이렇게 말했다.

"소인, 메타트론이올시다."

그 이름을 들은 이리나——뿐만 아니라, 나 이외의 오컬트 연구부 멤버들의 표정이 딱딱하게 굳었다.

"…………."

그리고 다음 순간——.

"""메타트론?!"""

오컬트 연구부 멤버들이 일제히 경악했다.

"……메, 메, 메메메메메메메메메, 메타트론 니이이이이이임?! 말도 안 돼! 어째서, 이런 곳에서, 이런 짓을……?!"

이리나는 그야 말로 패닉 상태에 빠진 것 같았다.

"이리나, 진짜야?! 이 분이 메타트론 님인 거야?!"

제노비아도 닌자의 정체를 알고 깜짝 놀란 것 같았다.

"누, 누군데?"

다른 이들과 마찬가지로 깜짝 놀란 듯한 아시아에게, 내가 물었다.

"메타트론 님은 주님의 가르침에 의하면 세라프 중 한 명이신 분이에요!"

세라프?! 세라프라면 미카엘 씨와 가브리엘 씨가 소속되어 있는 천계 측의 요직이잖아!

그러고 보니 4대 세라프 이외에도 세라프는 존재한다는 이야기를 들은 적 있는데…… 이 닌자 천사가 그 중 한 명이라는 거야?!

새하얀 닌자는 경악을 금치 못하는 우리를 보더니, 고개를 끄덕이면서 자기소개를 시작했다.

"음, 소인은 세라프인 메타트론이올시다. 앞으로 잘 부탁하오."

……세라프이자 닌자라니……. 대체 어떤 반응을 보이면 좋을지 감을 잡지 못한 우리는 일단 메타트론 씨에게서 자초지종을 듣기로 했다——.

거실에 들어간 우리는 화로에 둘러앉았다. 메타트론 씨는 사방등의 불빛을 받으면서 말했다.

"오랜 세월을 살아온 소인의 마음을 유일하게 빼앗은 것이 바로—— 이 NINJA이올시다. 영화, 텔레비전, 만화, 그 모든 것에서 화려하면서도 용감하게 싸우는 그 모습에 매료되고 만 것이오."

……어쩌지. 방금 한 말조차 이해가 안 돼……. 이 세라프, 대체 무슨 소리를 하는 거야?!

"삼대 세력이 화평을 맺은 후, 소인은 이곳에 거주하고 계신 고명한 선생님 밑에서 NINJA 수행을 받고 있소이다."

말도 안 돼. 이 마을에 고명한 닌자가 살고 있는 거야?! 나, 전혀 눈치채지 못한 채 17년 동안 살았다고!

"······미카엘 씨가 허락해줬나요?"

나는 그렇게 물었다. 아무리 닌자를 동경한다고 해도 이 사람은 천계의 요직—— 세라프의 일원이다. 엄격한 미카엘 씨가 간단히 그런 걸 허락해줄까?

나는 문득 그 점이 신경 쓰였다.

"음."

메타트론 씨는 고개를 끄덕였다. 미카엘 씨, 허락해줬구나······.

미카엘 씨는 자초지종을 들은 후, 이렇게 말했다고 한다.

『NINJA······ 그 고명한 전사 집단에 제자로 들어가겠다는 건가요. 메타트론의 자기 자신을 연마하려는 자세는 존경스러울 정도군요. 좋습니다. 천계를 위해, 신도들을 위해, 열심히 수련해 주십시오.』

""오오······."""

리아스, 교회 트리오, 로스바이세 씨는 그 말을 들더니 탄성을 터뜨렸다.

어째서야?! 미카엘 씨, 허락해주면 안 되는 거 아니에요?!

"······이상해! 다들 이상하다구! 왜 NINJA가 오케이인 거야?!"

나는 머리를 감싸 쥐었다. 바로 그때, 옆에 있던 제노비아가 콧김을 뿜으며 몸을 일으켰다.

"미카엘 님께서도 NINJA를 높이 사는 구나······. 나도 인법을 배우고 싶어졌어! 이리나, 너도 그렇지?!"

이리나도 벌떡 일어나더니 힘차게 고개를 끄덕였다.

"응! 메타트론 님이 NINJA가 된다면 미카엘 님의 에이스인 나도 NINJA가 되어야 할 거야! 주님! 저도 인법을 익히겠습니다!"

천사의 필수항목에 인법이 들어가는 건갑쇼?!

교회 관계자의 반응을 본 리아스는 자리에서 일어났다. 그런 그녀의 눈동자는 결의로 가득 차 있었다.

"천계가 인술을…… 악마로서 그냥 두고 볼 수만은 없어. 명계도 인술을 도입해야겠네. 언젠가 NINJA의 기술도 필요할 때가 올 거야."

──천사도, 악마도, 닌자를 너무 과대포장하고 있는 거 아냐?!

나도 인술을 배워야 하는 건지 심각하게 고민하고 있을 때, 또 문이 열렸다.

그리고 들어온 이는── 일본 전통 옷차림을 한 초로의 남성이었다. 그는 한 손에 편의점 비닐봉지를 들고 있었다.

"메타트론 님…… 꽤 어수선한 것 같소만?"

메타트론 씨는 자세를 바로하면서 정중하게 그 남성을 맞이했다.

"마스터. 쿠로카 님께서 새로운 제자 지원자를 데리고 왔사옵니다."

마스터라고 불린 남성은 우리를 쳐다보았다.

"호오, 제자 지원자라."

그 남성은 턱에 손을 댄 채 약간 당혹스러워 했다.

남성은 우리와 마주보고 앉더니 자기소개를 했다.

"여러분, 만나서 반갑습니다. 나는 이가 류 인술을 전하는 자── 모모치 탄몬이라고 합니다. 일단은 직계에 속하는 일족 출신이지요. 편의점에 다녀오느라 잠시 자리를 비웠습니다."

진짜 닌자인 거냐! 그것도 이가 류! 이 마을에는 악마, 요괴, 마물에 닌자까지도 살고 있었구나! 게다가 닌자가 편의점을 이용하고 있어!

나, 진짜 놀랐다고! 내가 태어나서 자란 마을은 완전 마굴이네!

키바는 보충 설명을 했다.

"이가 류. 금전적 계약을 중시하는 닌자라고 들었어. 반대로 코가 류는 한 군주에게 충성을 다했대."

호오, 악마 같은 계약을 하는 닌자구나.

리아스는 몸을 앞으로 쑥 내밀면서 말했다.

"IGA류! 들은 적 있어! 유우토가 방금 말한 것처럼 악마와 비슷한 삶을 살아온 것 같네!"

엄청 기뻐하네! 이런 리아스는 좀처럼 본 적이 없어! 그, 그래. 리아스 일본 전통의 풍습, 문화에 관한 것을 이렇게 좋아하는구나. 그러고 보니 작년에 교토로 수학여행을 갔을 때도 엄청 좋아했다고 아케노 씨가 말했었지.

가까운 시일 안에 일본 민속촌에서 데이트라도 할 수 있으면 좋겠네. ……아, 엄청 흥분한 리아스에게 휘둘리는 바람에 완전 뻗어버릴지도 몰라.

제노비아는 남성── 모모치 씨를 향해 몸을 쑥 내밀면서 말했다.

"NINJA 마스터! 부디 우리를 제자로 삼아줘!"

"저, 저도 부탁해요! NINJA가 되면 진실 된 신앙에 더욱 다가

갈 수 있을 거예요!"

"그럼 저도 부탁할게요. 회복 능력에 인술을 접목시킨다면 여러분에게 더 도움이 될 수 있을지도 모르니까요."

이리나와 아시아도 애원했다!

당혹스러워하던 모모치 씨는 체념했는지 「예, 알았습니다」하고 대답했다.

이렇게 우리 마을에 사는 닌자는 천사만이 아니라 악마까지 가르치게 되었사옵니다.

다 같이 인술을 배우기로 했는데…….

지금 바로 해보기로 했기에, 우리는 이 건물 1층에 있는 넓은 공간——홀에 집합했다.

어찌된 영문인지 우리 모두 닌자복을 입고 있었다. 남성들은 메타트론 씨와 같은 닌자복 차림이었고, 여성들은——.

"이게 KUNOICHI 복장이네."

리아스는 여성용 닌자복을 입고 있었다! 흔히 『쿠노이치』라고 불리는 이들의 복장인데…… 피부가 꽤나 노출되는 의상이었다! 새하얀 피부가 꽤나 드러나네요. 좀 격렬하게 움직였다간 바로 중요 부위가 드러날 것만 같은 복장이라굽쇼!

"우후후, 이건 잇세 군과의 플레이 때 입으면 딱 좋을지도 모르겠어요."

그렇게 말하는 아케노 씨 또한 가슴이 꽤나 강조되는 복장을 하고 있었다! 눈보신 한 번 제대로 하고 있사옵니다!

"음, 움직이기 편하네."

"그, 그래. 역시 NINJA의 복장다워."

전사인 제노비아와 이리나는『쿠노이치』의상의 기능성을 실감하고 있는 것 같았다. 왠지 이 두 사람은 닌자복이 엄청 잘 어울렸다. 타고난 전사라서 그런 걸까? 뭐, 예전에 입었던 전사복도 꽤나 에로하긴 했지!

"조, 좀 부끄러워요!"

"그, 그러네요. 이건 좀……."

아시아와 레이벨은 몸을 배배 꼬고 있었다.『쿠노이치』의 관능적인 의상 때문에 저러는 것 같았다.

"저는 야한 복장은 안 입을 거예요. 평범한 옷으로 충분해요."

"동감이에요."

로스바이세 씨, 코네코는 피부가 심하게 노출되지 않는『쿠노이치』복을 입고 있었다! 오피스도 평범한『쿠노이치』스타일이었다. 뭐, 집에서부터 이런 복장이었지만 말이다.

약간 아쉬운 마음을 느끼고 있을 때, 내 등에 끝내주게 부드러우면서 탄력적인 무언가가 닿았다.

내 등에 달라붙어 있는 이는── 에로틱한『쿠노이치』복을 입은 쿠로카였다!

"우후후 ♪ 기왕 쿠노이치가 되었으니, 의상도 맞춰야하지 않겠냐구냥~."

에로틱한 네코마타 누님의 닌자 복장도 너무 요염한지라……가, 감사하옵니다!

"……적당히 해요."

코네코는 인정사정없이 나와 쿠로카를 떼어놓으려 했다! 여전히 엄격하네!

"서, 선배!"

개스퍼의 목소리가 들려서 고개를 돌려보니, 종이상자가 눈에 들어왔다.

"봐, 봐주세요! 인법, 종이상자 은둔술이에요!"

그, 그건, 그냥 종이상자에 숨어있는 것 뿐 아냐? 평소와 다름없잖아!

뭐, 다들 준비가 끝나가는 가운데, 메타트론 씨가 우리에게 수리검을 나눠주었다. 드디어 본격적인 연습이 시작되려는 것 같았다.

"뭐, 수리검은 이런 식으로 던지면 됩니다."

모모치 씨는 들고 있던 수리검 몇 개를 고속으로 표적을 향해 던졌다! 그가 던진 모든 수리검은 정확하게 인간형 표적의 급소에 꽂혔다.

오오, 손놀림도 그렇고, 본격적이네! 리아스를 비롯한 다른 이들도 수리검 투척을 보고 박수갈채를 보냈다.

……하지만 닌자 수행이 나에게 도움이 될까? 그래도 뭐든 경험해보는 게 중요해! 상급 악마가 되기 위해서는 인술이 필요할지도 몰라!

오늘은 다른 사람들과 함께 즐겁게 인술을 배우자고!

내가 긍정적으로 생각하고 있을 때, 모모치 씨가 말했다.

"그럼 여러분에게도——."

말을 이으려던 순간—— 갑자기 건물 밖에서 격렬한 폭발음이 들려왔다.

——윽! 뭐, 뭐야?! 폭발이라도 일어난 거야?!

우리는 서로의 얼굴을 쳐다보았다! 한편, 모모치 씨와 닌자 천사 메타트론 씨는 무슨 일이 일어난 것인지 안다는 듯한 표정을 지으며 한숨을 내쉬었다.

일단 건물 밖으로 나가보니——.

"""그윽!"""

검은색 전신 타이츠를 입은 전투원들이 기괴한 소리를 내면서 나타났다! 이 외침! 이 옷차림! 엄청 눈에 익었다! 이 녀석들은——.

"크하하하하하핫! NINJA여, 오늘이야말로 우리 그리이이이고리이이이이에 들어와줘야겠다!"

귀에 익은 호쾌한 웃음소리가 주위에 울려 퍼졌다. 우리의 눈앞에 나타난 이는 갑옷, 투구, 그리고 망토를 걸친 괴짜 아저씨였다!

안대에 수염! 손에는 도끼와 방패! 마치 옛날 특촬 히어로 방송에 나오던 적 간부 같은 꼴을 한 변태였다! 알아! 나, 이 특촬 간부 씨를 안다고! 그건 그리고리의 시설에 갔을 때였다! 이 아저씨—— 그리고리 간부인 아르마로스 씨와 거기서 만났었다!

아르마로스 씨가 왜 이런 곳에 있는 거지?! 그것도 전투원까지 데리고 말이야!

아르마로스 씨는 닌자 천사 메타트론 씨를 향해 도끼를 들면서 말했다.

"크하하하하핫! 겸사겸사 네놈의 목숨도 받아가겠다, NINJA 천사 메타트로오오오오오온!"

"아르마로스! 또 그대인가!"

메타트론 씨도 아르마로스 씨를 보더니 검을 뽑아들었다!

아르마로스 씨는 도끼를 휘두르며 고함을 질렀다.

"당연하지! 네놈은 위대한 그리이이이이이고리이이이이와 악연으로 얽힌 자! 오늘이야말로 결판을 내주겠다앗!"

아, 악연? 나는 리아스에게 물었다.

"……저 닌자 천사 씨, 선생님네 조직과 악연 관계인가요?"

"……응. 성서에 적혀 있는 내용에 따르면 말이야. 노아의 방주——대홍수 때부터 악연이 있었나 봐."

성서니, 노아의 방주니 할 때부터 악연으로 얽혀 있는 거야……?!

아르마로스 씨와 내 시선이 마주쳤다.

"앗! 찌찌드래곤?! 오호라~! 네놈들도 NINJA를 노리고 있는 거지?!"

맞지도 않지만 그렇다고 틀린 소리도 아니옵니다! 닌자를 찾아왔다 두 번 다시 만나고 싶지 않은 특촬 간부와 재회하다니, 완전 너무하잖아!

아르마로스 씨는 패기로 가득 찬 목소리로 외쳤다.

"뭐, 좋다! 메타트로오오오오오오온! 그리고리의 힘으로 분쇄시켜주마! 그리고 NINJA여!"

아르마로스 씨는 도끼로 모모치 씨를 겨눴다.

"그리고리의 초청에 응해다오! 우리 조직이 발전하기 위해서
는 네놈의 인술이 필요하다아아앗!"

그리고리도 닌자를 노리고 있는 거야?! 한편, 모모치 씨는 그
말을 듣더니 한숨을 내쉬었다.

"……하아, 천사도 타천사도 밤낮없이 찾아오는군. 요즘 들
어 매일 같이 이렇습니다. 어디서 들은 건지 모르겠지만 천사와
타천사가 찾아오더니…… 오늘은 악마 여러분까지 왔군요."

꽤나 난처해하고 있는 것 같았다. 하긴 그럴 만도 해. 천사, 타
천사한테서 오퍼가 들어오더니, 악마에게도 인술을 가르치게
됐으니…….

삼대 세력은 대체 얼마나 닌자를 특별시하고 있는 거야?!

아르마로스 씨는 모모치 씨의 고민 같은 건 전혀 관심 없다는
듯이 호쾌하게 웃었다.

"쿠하하하하하핫! 오늘도 그리고리가 자랑하는 괴인을 데리
고 왔다!"

아르마로스 씨는 그렇게 말하더니, 손가락을 튕겼다.

어, 괴인은 관둬! 그리고리의 괴인이라는 말만 들어도 소름이
돋는다고! 그리고리는 이런 특촬간부 아저씨와 아자젤 선생님
이 소속된 변태조직이잖아?! 그런 곳의 괴인이 제대로 된 녀석
일 리가 없어!

"우선 이 녀석이다! 와라, 설남(雪男) 괴인!!!"

내 마음의 외침이 부질없이 울려 퍼지는 가운데, 아르마로스 씨의 말에 따르듯 어둠속에서 괴인이 모습을 드러냈다.

……설남? 내 머릿속에 불길한 이미지가 떠올랐다! 그것은 바로 설녀 고리스티 자매의 공포다! 또냐! 또 눈 고릴라가 등장하는 거냐! 이걸로 세 마리째거든?! 나는 크리처와의 조우율이 얼마나 높은 거야?! 이 마을에는 정말 고릴라 천지네! 고릴라의 가슴 치기에는 이미 질렸다고! 눈물마저 맺힌 내 눈에 비친 것은——.

"훗. 설마 내가 NINJA를 상대하게 되다니……. 정말 엘레강트하지 않군."

시니컬한 미소를 머금고 있는—— 흰색 턱시도(G라는 각인이 새겨져 있음) 차림의 백발 미청년이었다!

저게, 괴인? 저게, 설남? 턱시도 차림의 평범한 미남 아냐? 그런 의문이 생기는 게 당연하겠지만, 그런 것보다 먼저 내 마음속에서 소용돌이치고 있는 게 있었다!

"——크으윽!"

나는…… 너무 분한 나머지 말문이 막힌 채 얼굴을 분노로 일그러뜨렸다. 분노에 떠는 나를 본 코네코와 아시아는 의아해 하면서 말을 건넸다.

"……선배?"

"잇세 씨, 왜 그러세요?"

왈칵. 나는 오열을 흘리며 외쳤다!

"부, 불합리해애애애앳! 왜야!? 왜냐고! 왜 설녀는 고릴라인데, 설남은 끝내주는 미남인 건데?! 이상하잖아! 이상하다고! 대체 이 세상의 시스템은 어떻게 되어먹은 거야?!"

정말 이상해! 왜 설녀가 고릴라인데, 설남은 평범한 미남인 거야?! 보통은 반대잖아! 아니, 반대로 해주시옵소서!

"잇세, 진정하렴. 아무 것도 잘못되지 않았단다."

리아스는 정신을 차리라는 듯이 내 어깨를 흔들면서 그렇게 말했다!

"잘못됐다고요! 리아스, 설남하면 털북숭이 눈 고릴라라고요! 그 고리스티 스타일이어야 한단 말이에요! 그래야 어엿한 설남이라고 할 수 있어요!"

이제 싫어! 이딴 세계, 완전 잘못됐어! 누가 나를 아름다운 설녀와 고릴라 설남이 있는 세계에 데려가 주시와요! 부탁이에요! 부탁이옵니다!

쇼크를 받고 울음을 터뜨린 나를 무시한 아르마로스 씨는 다음 괴인을 소개했다.

"그리고 다음은 이 녀석이다! 그리고리의 개조수술을 받고 탄생한──캇파 괴인이다아아아앗!"

특촬 간부의 외침에 호응하듯 등장한 이는──녹색 피부와 접시가 놓인 머리, 그리고 새의 부리, 거북이 등껍질을 지닌 캇파 같은 괴인이었다.

양쪽 사이드가 뾰족한 선글라스가 인상적이었다. 유심히 보니 배에 「G」의 각인이 새겨져 있다! 그리고리는 자기가 관여한 것에 저걸 새기지! 사지의 등에도 있었어!

"훗. 설마 이 마을에 돌아오게 될 줄이야."

캇파 괴인은 자조 섞인 웃음을 터뜨렸다. 그 캇파를 보고 가장 놀란 이는 뜻밖에도 코네코였다!

"──윽! 샐러맨더 토미타 씨!!! 살아있었나요?!"

언제나 차분하던 코네코는 그 캇파를 보더니 경악을 금치 못했다.

"……코, 코네코? 너 지금 한 번도 본 적 없는 분위기를 띠고 있는데……."

내가 그렇게 중얼거렸을 때, 리아스가 눈을 가늘게 뜨면서 말했다.

"그가 돌아오다니…… 아무래도 파란이 벌어질 것 같네."

"샐러맨더 토미타 씨가 돌아오다니…… 정말 뜻밖이군요."

──아케노 씨도 그렇게 말했다.

"코네코와 샐러맨더 토미타 씨는 친구 사이예요."

개스퍼도 자초지종을 알고 있는 건가?!

"대, 대체 누구야? 오컬트 연구부 초기 멤버들은 다들 아는 것 같은데……."

아무래도 나 이외의 초기 멤버── 리아스, 아케노 씨, 코네코, 키바, 개스퍼는 저 캇파를 아는 것 같았다.

키바는 미간을 찌푸린 나에게 말했다.

"전에 했던 부활동 대항 테니스 승부를 기억하지?"

"응. 아베 선배와 했던 거 말이지?"

"그때 부장님이 보고서를 작성했잖아? 그러면서 마을 외곽에 사는 박식한 캇파에 대한 이야기를 했었던 걸 기억해?"

아, 기억났다! 1학년 때 일이잖아. 그리운걸. 제노비아가 들어온 직후에 있었던 일이잖아.

"그러고 보니 래퍼가 되고 싶었는데, 본가에서 하는 오이 재배를 이어받기 위해 시골로 돌아갔다던……!"

나는 그때 들었던 정보를 떠올리며 말했다.

래퍼가 꿈이지만 오이 재배를 하러 고향으로 돌아간 캇파에 대한 이야기는 꽤 기억에 남아 있었다. 뭐, 캇파가 래퍼가 되려는 걸 이해할 수가 없었지만 말이다.

"그런데 샐러맨더 토미타라는 이름은 뭐야?! 캇파는 물속 요괴이고, 샐러맨더는 불꽃의 요정 아냐?!"

키바는 내 말을 듣더니 말했다.

"그게 그의 이름이야. 코네코가 팬이라는 건 그때 설명했었지?"

"아, 그러고 보니 코네코가 랩을 흥얼거리고 있었지. 드문 일도 다 있어서 기억하고 있어. 코네코가 랩을 하는 게 신기했거든.

캇파는 쿨한 미소를 지으면서 코네코에게 말했다.

"여어, 코네코. 오래간만인걸."

운명적인 재회를 했기 때문일까, 코네코의 눈가가 촉촉히 젖기 시작했다.

"……샐러맨더 토미타 씨. 흑흑, 접시가 마를 듯한 도회의 빛
——."

코네코가 갑자기 랩을 흥얼거렸다. 캇파도 그것을 듣더니 미소를 머금으면서 랩을 읊조렸다.

"전해지지 않는 나의 분노——."

"——네 엉덩이구슬을 난 빼보네."

두 사람은 그리움에 사로잡힌 채 정체불명의 랩을 읊어댔다!

바로 그때, 키바가 고함을 질렀다!

"이게—— 그의 곡인 『엉덩이구슬 랩소디』! 하천부지 정상결전 때도 이랬어!"

하천부지 정상결전이 뭐야?! 대체 무슨 일이 있었던 건데?!

"……그리워. 그 시절이 생각나네. 저기, 아케노. 코네코는 그때도——."

리아스는 그윽한 눈빛을 머금었다. 뭔가를 떠올리고 있는 것 같았다.

"예. 그때도 더운 여름이었죠. 코네코에게 있어 잊을 수 없는 기억——."

아케노 씨는 뭔가를 그리워하듯, 그리고 덧없어하는 듯한 목소리로 중얼거렸다.

"무슨 소리를 하는 건지 모르겠네요! 언제 적 여름에 무슨 일이 있었던 건데요?!"

나는 왕따를 당하고 있는 듯한 느낌이 들었다! 젠장! 기억을 공유하고 있는 오컬트 연구부 초기 멤버가 부러워! 누가 좀 하천부지 정상결전에 대해 가르쳐달라고!

코네코는 눈물을 닦으면서 중얼거렸다.

"……샐러맨더 토미타 씨. 정말, 정말 만나고 싶었어요."

"후홋. 미안해, 코네코. 고향에 있던 아버지가 쓰러지셔서 오이 농사를 이어받아야만 했거든. 캇파에게 있어 오이 재배는 생사가 걸린 문제야."

캇파는 코네코에게 물었다.

"──그런데 좋아하는 사람은 생겼니?"

"……예. 덕분에요."

코네코는 나를 힐끔 쳐다보면서 고개를 끄덕였다. 왠지 볼이 약간 빨개진 것 같았다.

캇파는 그 반응을 보더니 고개를 들었다.

"쳇……. 땀이 눈에 들어갔군. 그 조그마한 레이디가 드디어 사랑에 빠진 건가……."

……캇파는 감격에 겨워하면서 울고 있었다. 나는 대체 어떤 표정을 지으면 좋으려나…….

하지만 캇파는 마음을 다잡듯 코네코와 대치했다.

"코네코, 미안하지만── 나는 네 적인 것 같아. 지금의 나는 어찌된 건지 NINJA 천사를 쓰러뜨리기 위해 다시 태어난 그리고리의 괴인이야."

정말?! 어쩌다 그리고리의 괴인이 된 건뎁쇼?! 오이 재배는 어쩌고?!

"……예. 제가 당신의 접시를 깨겠어요."

코네코도 파이팅 포즈를 취했다!

"좋아. 캇파의 래퍼 살법을 보여주지──."

어이어이, 네코마타 VS 캇파 요괴 배틀이 시작되려고 하고 있거든?! 쓸데없는 짓 하지 말고 오이 재배나 하러 돌아가! 이곳은 꽤 평화롭다고! 그리고 래퍼 살법이 뭐야?!

"흐흥♪ 기다려냥."

바로 그때, 쿠로카가 둘 사이에 끼어들었다.

"시로네, 네가 이 캇파를 상대할 필요 없어냥. ——이 언니에게 맡기렴."

쿠로카가 그렇게 말하자, 코네코는 진심으로 놀랐다.

"——읔! 언니! 이건 저와 샐러맨더 토미타 씨 사이의 문제예요!"

"너, 싸울 수 있겠어? 이 캇파를 동경했었지? ……때로는 이 언니에게 기대라구."

"……언니."

어……? 뭐야? 캇파 덕분에 자매가 화해 무드에 들어가고 있잖아……!

쿠로카를 본 캇파가 웃음을 흘렸다.

"홋, 네가 그 소문 자자한 코네코의 언니인가? 보아하니 드디어 만난 것 같군."

"우리 사정을 알고 있나 보네. 하지만 괜한 소리는 하지 마. 새롭게 배운 인법을 보여주겠어냥!"

쿠로카는 인을 맺었다! 그러자 캇파도 몸을 날렸다!

"재미있군!"

우리가 보는 앞에서—— 네코마타 누님과 캇파가 엄청난 배틀을 벌이기 시작했다! 캇파가 입으로 강력한 물줄기를 뿜자, 쿠로카는 분신술로 그걸 피했다!

저 캇파, 최상급 악마급인 쿠로카와 대등하게 싸우고 있잖아!

"오이 재배와 랩만으로 저렇게 강해질 수 있는 겁니까?!"

나는 이제 아무래도 좋다는 생각이 들기 시작했다! 한편, 캇파 때문에 완전히 묻히고 말았던 잘생긴 설남이 폼을 잡으면서 물었다.

"홋, 내 상대는 어느 애지?"

으음, 뭐, 일단 한 방 먹여서 퇴장시킬까. 이 괴상망측한 분위기에 휘말리고 싶지 않으니, 나는 마음을 다잡을 겸 나서려 했지만…….

"나도 싸울 거야. 인법, 그레이트레드 죽이기."

갑자기 오피스가 뛰어오더니, 설남 괴인에게 한 방 먹였다!

철써어어어어어억!

작렬하는 인법……이 아니라, 따귀?!

──인법이 아니잖아아아앗! 세계 최강의 따귀라고!

"끼아아아아아아아아아아아아아아악!"

초월적인 일격을 맞고 만 설남은 절규를 지르면서 밤하늘 저편으로 튕겨져 날아갔다! 아, 방금 별이 빛났어!

"닌닌, 천벌이올시다, 하고 나는 말해."

오피스는 인을 맺었다. 용신님이 그런 소리 하면 안 된다고!

그리고 아무와도 싸워선 안 되옵니다! 오피스와 싸운 상대는 무시무시한 꼴을 당할 거야! 설남 괴인을 격퇴하고, 쿠로카와 캇파가 싸우고 있을 때, 메타트론 씨와 아르마로스 씨의 대결이 시작되려 했다.

"크하하하하핫! 오늘이야말로 결판을 내주마, 메타트로오오오오오온!"

아르마로스 씨는 도끼를 호쾌하게 휘둘렀다! 엄청난 위력을 지닌 도끼가 지면을 쪼갰다! 역시 뇌까지 근육으로 된 간부! 완력 하나는 엄청나네!

"흥! 받아라, 인법 세라프 수리검!!"

메타트론 씨도 광력(光力)으로 만든 수리검을 아르마로스 씨를 향해 던졌다!

그런데 동맹 관계인 세라프와 그리고리 간부가 이렇게 대결을 펼쳐도 괜찮은 걸까? 그런 의문이 머릿속이 떠올랐……

"때로는 이런 기분전환이 필요할지도 몰라요. 분명 천계와 아자젤도 이 사실을 알고 있겠죠."

아케노 씨는 쓴웃음을 지으면서 그렇게 말했다.

뭐, 문제가 있다면 바로 처벌을 했겠지. 메타트론 씨도, 아르마로스 씨도 왠지 즐거워보였다.

닌자 천사와 특촬 간부의 대결을 지켜보고 있을 때──느닷없이 전방에 마방진이 생겨났다.

저 문양은…… 루시퍼?! 빛과 함께 나타난 이는 사탄레드 복장을 한 서젝스 님이었다! 세라프, 그리고리 간부 다음은 마왕님이 등장하신 것이옵니까?!

"NINJA가 이곳에 있다는 극비 정보를 입수하고 왔다! 미안하지만 난입하도록 하지! 나는 마왕전대 사탄레드의 레드──."

다음 순간 마방진에서 나온 이는 그레이피아 씨였다! 그레이피아 씨는 그대로 사탄레드를 제압했다!

"자아, 돌아가죠. ──그리고 적당히 하지 않으면 진짜로 화낼 거야, 서젝스!"

"잠깐만, 그레이피아! 명계에도 NINJA가 필요해! 그러니까, 부탁——."

사탄레드가 끝까지 말을 잇기도 전에, 격노한 그레이피아 씨가 펼친 전이 마방진의 빛이 마왕님을 강제 송환시켰다.

그것은 순식간에 벌어진 일이었다.

……대체 삼대 세력의 높으신 분들은 닌자를 얼마나 좋아하는 거야……?!

이가 류 닌자인 모모치 씨는 한숨을 내쉬었다.

"흠…… 천계나 타천사, 요괴는 닌자보다도 더 이상야릇하군요."

맞아요. 폐를 끼쳐 정말 죄송합니다……. 모모치 씨를 노리는 이들은 하나같이 우리의 가족이나 지인이라고. 완전 고개도 들 수 없는 상황이야…….

마음을 다잡은 듯한 모모치 씨는 우리에게 말했다.

"여러분은 수행을 계속 하겠습니까?"

우리는 서로를 쳐다본 후, 고개를 끄덕였다.

"""예."""

이렇게 메타트론 씨 대 아르마로스 씨, 쿠로카 대 캇파의 싸움에서 눈을 뗀 우리는 인술 수행을 계속하기로 했다——.

닌자 소동이 어느 정도 가라앉은 후, 인술을 배운 오컬트 연구부 멤버들은 한동안 집에서 수리검 투척 같은 걸 즐겼다.

"자아, 나는 또 닌자한테 놀러가야지냥."

쿠로카와 르페이는 그 후에도 모모치 씨와 메타트론 씨를 만나러 가는 것 같았다.

그러고 보니 전직 테러리스트인 쿠로카를 가만히 놔두는 걸 보면, 메타트론 씨도 꽤나 마음이 넓은 것 같네. 뭐, 인술을 배우느라 정신이 없어서 쿠로카를 전혀 신경 쓰지 않는 걸려나…….

"……저도 갈게요. 언니를 혼자 다니게 할 수는 없거든요."

쿠로카가 어딘가에 나가려고 하면, 코네코가 가능한 한 따라다니게 되었다.

쿠로카는 약간 귀찮아하는 것 같지만──.

"뭐, 어쩔 수 없지냥."

왠지 기뻐 보이기도 했다.

이 두 사람이 언젠가 진심으로 화해했으면 좋겠다고 나는 생각했다. 그러기 위해서라면 나도 최선을 다할 것이다. 이 두 사람이 나란히 서있으면 평범한 자매로밖에 안보이니까 말이다──.

여담이지만, 모모치 씨는 그 후, 천계, 명계에 VIP로 초대되었다. 그리고 명계에서는 엄청 인기 있는 탤런트가 되었다. 명계에 세운 닌자 도장도 엄청 인기 있다고 한다.

왜 외국인도, 이형의 존재도, 닌자를 이렇게 좋아하는 거냐고!

Life. 6 마니아의 전당

겨울 방학이 코앞까지 다가온 어느 날의 일이다.

"음, 정말 순조롭네 ♪"

그렇게 말한 나는 휘파람을 불면서 손을 놀렸다. 이곳은 효도가 상층부에 있는 빈방이다. 이곳에서 내가 하고 있는 것은——프라모델 제작이었다. 제작 공정은 도색 단계에 접어들었으며, 사포 작업 끝낸 후 파츠를 씻고 있었다.

요즘 들어 그레모리 권속은 미친 듯이 바빴다. 학교생활뿐만 아니라 악마 쪽 업무도 해야 하고, 테러리스트도 상대해야만 한다. 게다가 미증유의 위기에 대처하기 위한 몸만들기——단련도 거를 수 없다. 솔직히 말해 고교생의 할 일을 벗어나고 있었다.

하지만 어쩔 수 없다. 나는 힘을 지닌 자——현 적룡제다. 할 수 있는 일은 전부 하고 싶다. 동료 중 누군가가 다치는 건 싫으니까 말이다.

하지만 나도 때로는 느긋하게 개인적인 시간을 보내고 싶을 때가 있다. 게다가 홀로 뭔가에 열중하고 싶은 것이다. 평소 많은 이들과 함께 지내서 그런지 때때로 고독감을 갈구하게 되었다. 그래서 남는 시간에 하는 것이——프라모델 제작이었다.

이 빈방은 내 개인적인 공간이다. 필요한 공구를 책상 위에 뒀고, 아자젤 선생님에게 받은 낡은 컴프레서와 에어브러시도 있다. 이곳에서 나는 마음 편히 열심히 프라모델을 만들고 있었다.

내가 만드는 프라모델은 로봇이다. 어릴 적에는 자주 『기동기사 던감』의 프라모델에 완전히 반해서 만들기도 했었다. 나이를 먹으면서 그다지 만들지 않게 됐지만, 고교생이 되고도 때때로 만들어보고 싶어졌다. 뭐, 뭐어, 빈 상자에 에로 DVD를 숨기는 용도로만 활용하고 있다고도 할 수 있지만……

그래도 기왕 선생님에게 비싼 컴프레서를 공짜로 받아놓고 쓰지 않는 것도 좀 그랬다. 어릴 적에는 가지고 싶지만 너무 비싸서 엄두도 못 냈던 것을 이렇게 공짜로 얻다니…… 삼대 세력의 화평이 성사되어서 다행이야!

에어브러시로 도장을 시작하고 한 시간 정도 지났을 즈음이었다. 문 쪽에서 노크 소리가 들리더니, 아시아가 안으로 들어왔다.

"잇세 씨, 방해해서 죄송해요. 저기, 리아스 언니를 찾아온 손님이 있으니, 권속 전원이 인사를 했으면 한대요."

리아스의 손님? 으음, 아시아의 어조로 볼 때 VIP급인 것 같네……. 그렇다면 나도 가봐야만 할 것이다. 적룡제가 되니 「일단 만나뒤라」, 「만나뒤도 손해될 것 없다」 같은 말을 자주 들었다.

"오케이."

나는 프라모델 제작을 중단한 후, 아시아와 함께 손님이 있는

VIP룸으로 향했다.

효도 가를 기습적으로 방문한 이는—— 우리와 비슷한 또래로 보이는 여성 악마였다.

옅은 녹색을 띤 긴 블론드를 지녔고, 아름다운 두 눈에 안경을 꼈으며, 쿨하다기보다 차가운 인상을 상대에게 주는 분위기를 자아내고 있었다. 처음 만났던 소나 회장님보다 엄격한 듯한 아우라가 느껴졌다.

몸에 걸친 것은 귀족이 입을 법한 옷이었다. 화려한 디자인과 아가레스의 문장이 들어간 장식이 고급스러운 느낌을 자아내고 있었다. 여성인데도 드레스 차림이 아니었다. 미니스커트, 그리고 무릎 위까지 오는 부츠를 신고 있었다. 우리와 비슷한 또래로 보이는 이 소녀는 귀족다운 복장이 끝내주게 어울렸다.

"다들 반가워요. 이렇게 갑작스럽게 찾아와서 미안해요."

쿨한 목소리로 인사를 건네며 미소를 지은 이는 대공 차기 당주—— 시그바이라 아가레스 씨였다! 그녀의 뒤편에는 집사복 차림의 젊은 흑발 남성이 서있었다. ……저 사람은 아가레스 권속의 남성 『퀸』이다.

그런데, 시그바이라 씨가 효도 가를 방문하다니 정말 뜻밖이다! 뭐, 그녀 또한 테러리스트 대책 팀 『DxD』의 멤버이고, 리아스, 소나 회장님, 사이라오그 씨와 동기인 『루키즈 포』 중 한 명이니 면식은 있다. 하지만 그녀가 이곳을 개인적으로 방문한 것은 처음이었다.

사전에 설명을 들어둔 듯한 리아스가 설명했다.

"시그바이라는 아자젤── 정확하게는 그리고리에게 볼일이 있어서 이 쿠오우초에 온 거야."

아자젤 선생님에게 볼일이 있다고? 뭐, 그 사람은 평소에 이 마을에 있기는 해. 선생님을 만나고 싶다면 이 마을에 오는 편이 좋겠지.

시그바이라 씨는 아케노 씨가 건네준 홍차를 한 모금 마신 후 말했다.

"전 총독님과 만나기로 한 시간보다 꽤 일찍 도착했기에 이곳에 들렀어."

겸사겸사 온 건가. 으음, 홍차를 마시는 동작도 우아하고, 매끄러웠다! 귀족 아가씨의 본보기를 보고 있는 것만 같네! 그리고 무서워 보이는 분위기를 지니기는 했지만, 엄청난 미소녀잖아! 몸매도…… 엄청 좋아보였다!

(……잇세 님, 너무 뚫어져라 쳐다보는 건 무례한 행동이에요.)

레이벨이 작은 목소리로 주의를 줬다! 확실히 그렇기는 하겠지……. 하지만 미인을 보고 있으니 눈보신이 된단 말이옵니다!

리아스는 온화한 표정으로 말했다.

"당신과 이렇게 차를 마시는 건 오래간만이네. 어릴 적에는 때때로 만났었잖아."

"나나 당신이나, 가문의 차기 당주니, 시간이 맞지 않는 것도 무리는 아니야. 게다가 지금은 테러리스트 대처 임무를 맡고 있잖아."

때때로 짓는 옅은 미소를 보니, 처음 봤을 때 받았던 인상이 약간 희미해졌다. ……그것도 그럴 것이, 여름 방학 때 명계에서 그녀와 만났을 때는 그 양아치 같은 악마—— 제파돌 글라샬라볼라스와 싸우고 있었으니까 말이야.

「죽여 버려도 윗분들에게 처벌은 안 받겠지?」 같은 무시무시한 소리를 했었다고! 무서워하는 것도 무리는 아니잖아. 당시에 나와 같이 그 자리에 있었던 아시아는 긴장한 듯한 표정을 짓고 있다고. ……화나게 했다간 큰일 나는 사람인 건 틀림없겠지……. 뭐, 명계에서도 중요한 위치에 있는 대공 아가레스 가문의 공주님이니 엄격할 만도 해…….

우리가 딱딱하게 굳어있는 가운데, 『킹』 간의 우아한 대화가 들려왔다.

시그바이라 씨가 놀리는 듯한 목소리로 말했다.

"리아스 양, 예전에 나를 한 번 『시 양』이라고 불렀던 적이 있지? 지금도 그렇게 불러도 돼."

그 순간, 리아스의 귀까지 새빨개졌다.

"차암, 예절도 제대로 알지 못했던 어린 시절의 이야기 좀 그만해……."

이야, 귀여운 반응이네. 내가 모르는 리아스에 대한 이야기는 정말 신선한 느낌이라니깐. 더 듣고 싶어져!

바로 그때, 시그바이라 씨는 둘의 대화를 듣기 위해 귀를 쫑긋 세우고 있는 나를 쳐다보았다.

"……적룡제, 효도 잇세이 씨."

"아, 예, 옙!"

시그바이라 씨가 느닷없이 말을 걸어오자, 나는 당황한 목소리로 그렇게 말했다.

시그바이라 씨는 말을 이었다.

"긴장하지 않아도 돼. 우리는 동기 악마이고, 앞으로 오랫동안 알고 지내야할 테니까 말이야. 아무튼, 당신은 『DxD』에서 중요한 역할을 맡고 있는 구성원이야. 그러니 나는 내 포지션을 최대한 활용해 당신을 지원할게. 혹시 필요한 게 있다면 주저하지 말고 말해."

"예. 감사합니다."

내 말을 듣고 미소를 지은 시그바이라 씨는 이 자리에 있는 다른 이들을 둘러보면서 말했다.

"당신들도 대공 차기 당주인 나를 이용하도록 하세요. 저희는 동료이니 서로의 힘을 활용하도록 하죠. 서로를 이용한다…… 후후후, 등가교환의 사상을 지닌 악마다우니 그 편이 편할 것 같네."

"""예."""

다들 한 목소리로 대답했다. 대공가를 이용하라니…… 지금은 딱히 생각나는 게 없지만 머지않아 의지하게 될 것이다. 세대적으로 볼 때 우리가 가장 신세를 지게 될 대공 아가레스는 이 사람일 테니까 말이다.

──바로 그때, 시그바이라 씨가 내 손을 쳐다보며 중얼거렸다.

"당신의 손에 묻은 건……."

손? 양손을 쳐다보니—— 형형색색의 프라모델 도료가 손에 묻어 있었다! 우와~, 서두르는 바람에 도료가 완전히 지워지지 않았구나! 이거, 한심한 모습을 보여주고 말았다!

"앗! 죄, 죄송합니다……. 방금까지 오시는 걸 몰랐던지라, 취미생활을…….."

레이벨이 건네준 물티슈로 닦아보려 했지만, 래커 도료라서 그런지 물로 씻어야 완전히 제거할 수 있을 것 같았다!

경멸당하거나, 상대방이 쓴웃음을 지어도 이상하지 않을 상황에서 시그바이라 씨는—— 흥미를 보였다. 그리고 질문을 던졌다.

"취미생활…… 혹시 모형, 프라모델 같은 거야?"

"아, 예. 로봇 프라모델을 만들고 있어요. ……아까 전까지 도색을 하고 있었죠."

시그바이라 씨는 그 말을 듣더니 눈을 반짝였다. 쿨한 눈빛이 순식간에 사라지더니, 그녀의 눈이 환하게 빛났다.

"로봇. 그럼…… 던감? 아니면 마로크스?"

……설마 대공가의 공주님의 입에서 이런 단어가 튀어나올 거라고는…… 꿈에도 생각 못 했다. 『던감』은 내가 만들고 있는 프라모델 『기동기사 던감』을 말하는 것이리라. 그리고 『마로크스』는 비행기로 변형하는 로봇 애니메이션—— 『진시공성채 마로크스』가 틀림없다.

시그바이라 씨의 분위기가 느닷없이 달라지자, 나뿐만 아니라 다른 이들도 놀란 것 같았다.

"던감이에요. 어릴 적부터 때때로 만들었거든요……."

내가 그렇게 대답하자, 시그바이라 씨는 손뼉을 치며 만면에 미소를 지었다!

"어머, 이런 우연도 다 있네. 실은 나도 던감을 좋아해!"

그리고 시그바이라 씨는 나를 향해 얼굴을 쑥 내밀면서 물었다!

"그런데 좋아하는 시리즈는 뭐야? 퍼스트? 제트? 어나더? 아니면 OVA? 만화 오리지널일지도 모르겠네."

"으, 으음……."

시그바이라 씨가 순진무구한 소년처럼 눈을 반짝이며 그런 질문을 던지자, 나는 당황해서 제대로 대답할 수 없었다! 어이어이어이, 이 공주님! 던감에 완전 훤하네! 던감에 대해 모르는 게 없는 듯한 눈치잖아!

리아스도 변모한 시그바이라 씨를 보고 놀랐는지 입을 벌린 채 아무 말도 하지 못했다! 리아스도 몰랐던 측면이 드러난 것이리라. 게다가 그 측면은 예상을 완전히 벗어나고 있는 것이다!

우리는 어떤 반응을 보여야 좋을지 감이 오지 않았다. 하지만 대기하고 있던 시그바이라 씨의 집사── 아가레스 직속의 『퀸』이 『킹』을 말렸다.

"시그바이라 님, 적룡제 님이 곤란해 하고 있습니다. 리아스 님의 피앙세인 분이시니 자중해 주십시오."

그 말을 듣고 퍼뜩 정신이 든 듯한 시그바이라 씨는 손으로 입가를 가렸다.

"아, 실례했네. 우후후, 던감 이야기만 나왔다하면 이야기가 옆으로 샌다니깐."

……나는 그녀의 급격한 변화에 따라가지 못했다. 여전히 당혹스러워하는 나에게 시그바이라 씨의 집사가 다가오더니, 귓속말을 했다. 낮은 미남 보이스가 귀안으로 스며들어왔다.

(죄송합니다. 시그바이라 아가씨는 로봇 애니메이션 마니아십니다. 특히 던감에 범상치 않은 열정을 품고 계시죠)

……그, 그런가요?! 아가레스의 차기 당주님이…… 로봇 애니메이션 팬?! 으, 으음, 이건 예상도 못했다고나 할까, 일전에 만났을 때 느낀 이미지가 지워져버릴 만큼 충격적이네요. 바로 그때, 「아, 실례했습니다」 하고 말한 후, 나를 향해 정중하게 인사를 했다.

"만나서 반갑습니다, 적룡제 님. 저는 시그바이라 아가레스 님의 집사 겸 『퀸』인 아리비앙 이라고 합니다."

아가레스 권속의 『퀸』── 아리비앙 씨. 으음, 확실히 그런 이름이었던 것 같다. 내가 이 사람에 대해 알게 된 것은 동료들과 함께 시트리 대 아가레스의 레이팅 게임 기록 영상을 봤을 때였다. 항상 시그바이라 씨의 곁에서 다른 권속들에게 지시를 내리고 있었다.

시트리 팀을 마지막까지 애먹게 만든 이가 바로 이 아리비앙 씨다. 그는 공수 양면에서 뛰어나고, 육탄전과 마력전도 가능한 올라운더다. 궁지에 몰린 사지가 브리트라로 변할 수밖에 없었던 것도, 이 아리비앙 씨에게 대항하기 위해서였다. 아리비앙 씨는 강제적으로 변화한 사지를 맞상대해야 했고, 그 틈에 소나 회장님은 시그바이라 씨를 직접 몰아붙이는 데 성공했던 것이다.

리아스와 비평가의 의견에 따르면, 사지가 폭주하지 않았어도 소나 회장님은 장기전 끝에 타개책을 찾았을 거라고 한다.

　나는 다시 아리비앙 씨에게 인사를 했다.

　"소문은 많이 들었어요."

　"감사합니다."

　바로 그때, 드래이그가 입을 열었다.

　『파트너, 이 자는…… 드래곤이군. 몸에 깃든 아우라의 질로 볼 때 동유럽…… 즈메이인가. 희귀한 드래곤이군.』

　그렇다. 드래이그가 말한 것처럼, 정보에 따르면 이 사람은 평소 인간 형태로 변해 있는 드래곤이다.

　"아리비앙 씨는 드래곤이죠?"

　"예. 즈메이라는 드래곤 종족 출신입니다. 원래 모습이 되는 걸 주인님께서 금지하셨기에 평소에는 이런 모습으로 지내죠."

　아리비앙 씨는 밝은 목소리로 그렇게 말했다. 나쁜 사람은 아닌 것 같았다.

　아리비앙 씨는 주인님에게 다시 말했다.

　"시그바이라 님, 아자젤 전 총독님과 만나기로 한 시간이 다 되었습니다."

　"그렇구나. 그럼 리아스 양, 여러분, 이만 실례……."

　말을 하다 만 시그바이라 씨는 나를 쳐다보면서 이렇게 말했다.

　"좋은 기회일지도 모르겠네. 여러분도 같이 가지 않겠어? 재미있는 걸 볼 수 있을 거야."

나와 리아스는 서로를 쳐다보았다.

시그바이라 씨와 선생님이 어떤 거래를 했는지 신경 쓰였기에, 우리는 아가레스 일행을 따라가기로 했다.

−○ ● ○−

우리는 효도 가 지하에 있는 거대 전이형 마방진을 통해 이 마을에 있는 그리고리 시설로 점프하기로 했다.

전이한 곳은—— 마을 지하에 설치된 실험 시설이다. ……타천사 측의 전 총독님께서는 별의 별 곳에 이런 걸 설치해뒀네. 그것도 심심풀이 삼아서 말이야!

……이 연구시설에서도 어이없는 걸 만들고 있는 건 아닐까? 그런 생각이 드는데…….

이 시설의 복도를 걷고 있을 때, 『퀸』인 아리비앙 씨가 입을 열었다.

"실은 저희 아가레스 령에도 캐릭터 비즈니스를 준비하고 있습니다. 그레모리 령의 『찌찌드래곤』처럼 미디어 전개를 노리고 있죠."

시그바이라 씨는 고개를 끄덕이면서 말을 이었다.

"캐릭터 비즈니스를 하찮게 볼 수는 없다니깐. 윗분들은 『찌찌드래곤』을 하찮게 여기고 있지만, 현재 명계 전토에서 『찌찌드래곤』을 모르는 사람이 없을 정도로 유명하잖아. 덕분에 그레모리의 주머니 사정도 꽤 좋아졌을 것 같은데?"

리아스는 「응. 덕분에 말이야」 하고 짤막하게 대답했다. 물론 시그바이라 씨의 말대로 그레모리 령은 「찌찌드래곤」의 판권으로 상당한 수익을 올리고 있었다. 내 계좌에 믿기지 않는 금액이 매달 입금될 정도로 말이다. 뭐, 그건 그레이피아 씨가 관리하고 있기 때문에, 내가 함부로 그 돈에 손댈 수는 없다.

들자하니 「찌찌드래곤」에 등장하는 캐릭터의 밑바탕이 된 키바(다크니스나이트 팽 역할)와 코네코(헬 캣 역할) 같은 다른 이들의 계좌에도 거금이 입금되고 있다고 한다. 그래서 「찌찌드래곤」이 얼마나 엄청난지 실감하고 있는 것 같았다. 즉, 「찌찌드래곤」만으로도 그레모리 권속은 부자가 될 수 있는 것이다.

……뭐, 악마는 수명이 길다. 그러니 인간에게 있어 「평생 쓰고도 남을 돈」은 악마로 환산하면 100분의 1에도 미치지 못한다고 하니 더 벌어야만 할 것이다. 1만년 동안의 인생설계라, 끝이 안 보이네…….

내가 그런 생각을 하고 있을 때, 아리비앙 씨가 입을 열었다.

"그래서 저희도 캐릭터 비즈니스를 시작하기로 했습니다. 하지만 『찌찌드래곤』과 비슷한 걸 만들어서는 민중의 지지를 얻지 못하겠죠. 아가레스 령에서 히어로 물을 만들어도, 그건 『찌찌드래곤』이나 다른 작품의 카피—— 나쁘게 말하면 표절에 지나지 않아요."

그렇겠지. 남을 따라 해서 마찬가지로 성공하는 것은 의외로 어렵다. 그레모리의 흉내를 낸 특촬 히어로를 만든 영주도 있지만 「찌찌드래곤」만큼 성공하지는 못한 것 같았다.

복도를 빠져나가자── 격납고 같은 장소가 존재했다. 그곳에는 다양한 병기들이 놓여 있었다. ……전차와 항공기, 명계에서 봤던 마력구동 병기도 있었다.

이 마을 지하에 이런 게 있는 거야?! 이게 전부 그리고리의 소유물인 거냐……. 흉흉하기는 하지만, 이 정도는 있어야 테러리스트로부터 이 마을을 지킬 수 있겠지…….

병기 앞에 선 시그바이라 씨가 우리를 향해 돌아서면서 말했다.

"표절 같은 건 엘레강트하지 않아. 하지만 캐릭터 비즈니스에 도전하고 싶어. 그래서 그레모리에서도 하지 않는 걸 하자고 생각한 거야."

시그바이라 씨는 당당한 목소리로 그렇게 말했다. 그레모리에서도 하지 않는 것? 그게 뭐지?

고개를 갸웃거리는 우리 앞에 눈에 익은 남성이 나타났다.

"아, 왔구나."

손을 들어 보이면서 나타난 이는 아자젤 선생님이었다. 선생님은 연구원처럼 흰색 가운을 걸치고 등장했다.

선생님은 시그바이라 씨와 악수를 하더니, 만족스러운 미소를 지으며 이렇게 말했다.

"이야, 실은 오늘 아침에 완성됐으니 납품에는 조금 더 시간이 걸리겠지만, 살펴보는 데는 문제없을 거야."

시그바이라 씨는 그 말을 듣더니 「감사합니다」 하고 말했다.

그 후, 선생님은 우리에게 이렇게 말했다.

"하하하, 너희도 딱 좋은 타이밍에 왔구나. 뭐, 잘 보라고."

대체 뭘 보라는 건지 몰라 미심쩍어 하고 있을 때, 안쪽에서 철컹철컹 하고 기계가 작동하는 소리가 들려왔다. 그리고 모습을 드러낸 것은── 6미터 정도 되는 인간형 로봇이었다! 우와~, 로봇 애니메이션에 나오는 인간형 로봇이다!

　"훗훗훗, 여러분. 오늘 이 자리에 와줘서 고맙다."

　그렇게 말하면서 로봇 옆에 선 이는 타천사 간부인 사하리엘 씨였다. 뱅뱅이 안경을 쓴 매드 사이언티스트! 일전에 아케노 씨, 개스퍼와 함께 다른 그리고리 시설에 갔던 나는 저 사람에게 신세…… 아니, 지독한 꼴을 당했지…….

　아자젤 선생님은 사하리엘 씨와 나란히 서더니 가슴을 펴면서 말했다.

　""오늘은 그리고리가 개발한 로봇 군단을 잘 봐두는 것이다!""

　……로, 로봇 군단?! 시설 안쪽에서 철컹철컹 하는 소리가 더 들리더니, 다양한 로봇이 등장했다! 하반신이 탱크인 것과, 유기적인 형태를 지닌 것도 우리 앞에 모습을 드러냈다!

　나를 비롯한 오컬트 연구부 멤버들은 로봇을 보고 얼이 나가버렸다! 특이한 마물이나 괴인이라면 몇 번이나 봤지만, 로봇은……. 아, 일전에 선생님이 「마오우가」라는 걸 만든 적이 있긴 해. 그것의 연장선상에 존재하는 게 이거구나……!

　"……와아, 엄청 멋져!"

　로봇을 본 시그바이라 씨는…… 입가에 손을 댄 채 감동에 젖어 있었다. 쿨한 분위기는 깔끔하게 사라진 그녀는 순수한 소년 같은 눈길로 로봇을 쳐다보고 있었다.

아리비앙 씨가 옆에서 그 모습을 보며 말했다.

"아가레스에서 하려는 비즈니스는 실사 로봇물입니다. 하지만 이런 쪽으로 서툰 저희는 제대로 된 걸 만들지 못했죠. 그래서——."

그래서 아가레스의 기획부는 다양한 문물을 조사 및 개발하고 있는 그리고리에게 특촬방송용 로봇 개발을 의뢰했다고 한다. 아무래도 마왕 서젝스 님이 아자젤 선생님에게 전용 로봇(마오우가)을 받았다는 소문을 듣고, 의뢰를 결심했다고 한다.

"물론 우리 쪽에도 거절할 이유가 없지. 돈만 준다면 뭐든 만들어주겠어!"

"뭐든 만드는 것이다!"

선생님과 사하리엘 씨는 엄지를 치켜들면서 그렇게 말했다! 둘 다 만면에 미소를 짓고 있었다!

뭐~, 이 사람들이라면 만들고도 남지! 선생님과 그리고리는 이런 걸 만드는 걸 좋아하잖아! 괴인을 준비할 정도이니 로봇도 즐겁게 개발할 거라고!

그래. 아가레스가 하려는 건 실사 로봇 방송이구나.

……CG로 충분하지 않아? 같은 소리를 하는 건 실례일 것이다. 의뢰인이자 장본인인 시그바이라 씨는 로봇을 우러러보고 있으니까 말이야!

하지만, 나도…… 좀 동경할 것만 같았다! 솔직히 말해, 로봇도 좋잖아? 투박한 히어로물 메카같은 로봇도 좋고, 리얼하면서 공업적인 디자인의 로봇도 좋다! 아아, 이런 걸 보고 흥분할 때면 남자로 태어나 다행이라고 진심으로 생각하게 돼! 아까까지 프라모델을 만들고 있어서 그런지 더 마음이 타오르는 것 같아!

"어이, 키바! 개스퍼! 로봇도 정말 끝내주지?!"

나는 눈을 반짝이면서 물었다! 이 마음, 다른 남자들과 공유하고 싶다!

키바는 난처한 표정을 짓더니 볼을 긁적이면서 말했다.

"뭐, 인간형일 필요가 있냐는 생각이 들기는 하지만 말이야."

정말 뭘 모르는 녀석이라니깐! 인간형이기에 생겨나는 낭만이라는 걸 모르는 거냐!

하지만 개스퍼는 흥미로워하면서 로봇을 만져봤다.

"이런 관도 괜찮을 것 같아요~."

관?! 로봇 안에서 잠이나 잘 것이옵니까?! 으음, 흡혈귀의 가치관은 독특한 건가……. 로봇 콕피트에서 은둔형 외톨이 흡혈귀가 나온다면 그걸 판타지로 봐야할지, SF로 봐야할지, 감이 오지 않았다.

"선배, 저는 이런 걸 좋아해요."

코네코는 엄지를 치켜들면서 그렇게 말했다! 오오, 코네코는 이해해주는구만요!

"오라버니도 좋아할 것 같아요."

레이벨이 그렇게 말했다. 그래. 라이저라면 이런 걸 좋아할 것 같긴 해.

"로봇 같은 건 잘 이해가 안 되는군요……."

"그래요. 이걸 만들 돈으로 다른 편리한 걸 만들 수 있을 것 같아요."

아케노 씨, 로스바이세 씨 같은 누님 분들은 잘 이해가 되지 않는 것 같았다.

이리나와 제노비아는 재미있다는 듯이 각종 로봇을 보고 만져봤다.

"……천계에서도 도입했으면 좋겠어."

"일본은 로봇에 엄청난 정열을 품고 있다고 들은 적은 있지만…… 아자젤 선생님이 관여하면 이렇게 되는 구나. 이 정도면 육체를 잃더라도 사이보그화가 가능할 것 같아."

"어머, 육체를 잃으면 아이를 낳을 수 없잖아. 나는 싫어."

"그것도 그래. 잇세와 아이를 만들지 못하게 되면 안 되지. 하지만 이리나. 사이보그화 이야기가 나오자마자 바로 그런 생각부터 하다니…… 너는 천사면서도 성욕이 넘치는 구나."

"제, 제노비아! 사사건건 나를 엉큼한 애로 몰아가지 말라구! 마치 내가 에로에로한 것만 생각하는 발정난 천사 같잖아!"

"──아니었어?!"

"왜 눈알이 튀어나올 것 같을 정도로 놀라는 건데?! 어?! 나, 그런 애로 여겨지고 있는 거야?!"

……저 두 사람은 로봇 앞에서 무슨 소리를 하는 거야…….

──바로 그때, 아시아의 놀란 듯한 목소리가 들려왔다.

"파브니르 씨?!"

아시아는 깜짝 놀란 목소리로 그렇게 말하면서 한 곳을 쳐다보았다. 그곳을 향해 고개를 돌려보니── 눈에 익은 황금색 드래곤이 전차 위에 타고 있었다!

파브니르가 전차에 타고 있어! 저 녀석, 뭘 하고 있는 거야?!

우리가 경악을 금치 못하고 있을 때, 사하리엘 씨가 안경을 고쳐 쓰며 말했다.

"아, 이건 팬티 드래곤과 전차를 합친── 용왕전차다. 하이브리드한 로봇인 것이다. 팬티만을 연료로 삼는 저연비 로봇인 것이다."

팬티 판처.

……요즘 들어 들은 것 중에서 최악의 명칭이라는 느낌이 들어! 그게 뭐야?! 과장스러우면서도 언어유희적인…… 최악 그 자체잖아!

"……파브니르 씨, 요즘 안 보인다고 했더니……."

변해버린 파트너를 본 아시아는 비애에 찬 표정을 지었다. 아, 어떤 반응을 보여야할지 감이 오지 않아서 당황한 것에 가까우려나.

파브니르는 전차 캐터필러를 빙글빙글 돌리면서 움직이고 있었다. 어떤 원리로 움직이는 건지는 알 수 없지만…… 동력은 팬티일 것이다.

파브니르는 잘난 척하는 듯한 표정을 지으며 아시아에게 말했다.

『아시아땅, 이 몸, 판처가 됐다.』

"……너, 그 말이 하고 싶어서 그딴 모습이 된 거 아냐?!"

무심코 딴죽을 날리고 말았지만…… 뭐, 됐다. 한시라도 빨리 잊자. 이 녀석은 그냥 내버려두자. 아니, 선생님에게 이 녀석의 머릿속도 좀 뜯어고쳐 달라고 부탁할까?

　"……밀리캐스에게 한 대 선물하고 싶네."

　리아스는 그렇게 말했다. 밀리캐스라. 그래. 이걸 보면 좋아할 것 같아.

　각자가 로봇에 다양한 반응을 보이는 가운데, 시그바이라 씨는 아자젤 선생님과 진지한 토크를 하고 있었다.

　"전 총독님, 이 비행기는── 변형하죠?"

　"……응? 변형? 아, 이건 단순한 지원용 항공기다. 서포트메카라고 할 수 있지."

　"예? 비행기 형태를 하고 있잖아요? 그런데 변형해서 로봇이 되지 않는다니, 거짓말이죠? 일본의 전투기는 전부 변형을 한단 말이에요."

　──안 하거든요?!

　나는 마음속으로 딴죽을 날렸다! 일본이라는 나라에 대해 엄청난 착각을 하고 있는 악마를 한 명 더 발견했다! 다들, 일본을 너무 이상한 눈으로 보고 있잖아! 일본에는 사무라이도 없고, 닌자는 엄청난 능력을 지니지 않았으며, 전투기도 로봇으로 변형하지 않는다고!

　순혈 악마 여러분이 지닌 일본에 대한 이미지 때문에 나는 말문이 막혔다. 바로 그때, 내 마음속 목소리를 대변하듯 아리비앙 씨가 말했다.

"방금 마음속으로 『이 사람은 왜 이렇게 로봇을 좋아하는 거지?』하고 생각하셨죠?"

"아, 예……. 대공가의 공주님치고는 좀 지나치게 집착하시는 것 같아서요……."

뭐, 내 마음속에서는 완전히 캐릭터가 붕괴됐다고요. 화나면 무서운 쿨뷰티에서, 로봇 오타쿠 여자애로 변해가고 있었다.

아리비앙 씨는 이야기를 시작했다.

"……시그바이라 님은 어릴 적부터 매우 똑똑한 아가씨였습니다. 매사를 차분하고 정확하게 파악하는 모습은 아가레스 가문의 다음 대 또한 걱정할 필요가 없다고 생각하게 했죠."

즉, 매우 뛰어난 아가씨였다는 것이리라. 그것은 그녀의 모습만 봐도 상상이 되었다. 리아스나 소나 회장님처럼 귀족 아가씨의 본보기라는 생각이 들었다.

아리비앙 씨는 말을 이었다.

"하지만 대공의 딸―― 차기 당주로 태어났으니, 장래에는 마왕님과 대왕 바알 가문 사이에서 정사에 참여해야만 합니다. 자유주의적인 마왕파와 옛날부터 전해 내려오는 격식을 중시하는 대왕파, 상반된 주의를 지닌 2대 파벌―― 그 사이에 서는 것은 웬만한 정신력으로는 불가능하죠. 현 당주인 시그바이라 님의 아버님께서는 고지식한 성격을 지닌 딸을 걱정하셨습니다. 고지식하기만 해서는 중요한 선택을 내려야만 하는 상황에서 몸과 마음이 그 중압감에 짓눌려버리고 말 테니까요."

대공이 얼마나 스트레스를 받고 있는지에 대해서는 자주 들었다.

아리비앙 씨는 손가락을 하나 세우면서 말했다.

"그래서 현 당주님께서는 마음에 여유를 가지는 방법——즉, 적절한 기분전환, 릴렉스 방법을 시그바이라 님에게 가르쳐주셨습니다. 그 릴렉스 방법이—— 일본의 로봇 애니메이션 시청이죠."

....

……응? 왜 거기서 로봇 애니메이션이 튀어나오는 거야?!

나는 의문에 사로잡혔지만, 아리비앙 씨는 개의치 않으면서 계속 이야기했다.

"그것은 존경하는 아버님이 추천해준 릴렉스 방법입니다. 그러니 고지식한 시그바이라 님이 그걸 거절할 이유가 없죠. 그래서 수많은 일본 로봇 애니메이션 작품을 시청하셨습니다. 그 결과——."

아리비앙 씨의 시선은——.

"……이대로는 안 됩니다. 양손의 교환 파츠는 드릴로 해주세요. 1970년대 느낌이 물씬 나는 겉모습을 지닌 로봇에게 드릴이 하나도 없다니 말도 안 돼요. 『얏타 로보』나 『금강 제크』를 본 적 없는 건가요?"

"으, 음……."

"……나는 90년대 이후의 로봇 애니메이션을 좋아한다……."

아자젤 선생님과 사하리엘 씨, 타천사 간부 두 명에게 로봇에 대한 자신의 주관을 주장하고 있는 대공 차기 당주님을 향

하고 있었다.

아리비앙 씨는 힘찬 목소리로 말했다.

"평소에는 차분하고 적절한 판단력을 지니고 있지만, 개인적인 시간에는 로봇 애니메이션을 매우 사랑하는 시그바이라 아가레스 공주님이 탄생하신 겁니다!"

"실패한 거죠?! 대공 님은 딸 교육에 제대로 실패한 거죠?!"

완전히 방향성이 잘못됐잖아! 소중하기 그지없는 대공 아가레스의 차기 당주거든?! 왜 자기 딸을 로봇 애니메이션 마니아로 만들어버린 것이옵니까?!

──내가 마음속으로 또 딴죽을 날려대고 있을 때, 아리비앙 씨는 귓가에 전개된 소형 연락용 마방진에 귀를 기울였다.

"──아, 잠시 실례하겠습니다. 이건……."

방금 자신에게 전달된 정보를 들은 아리비앙 씨는 진지한 표정을 지었다.

"이럴 수가! 시그바이라 님!"

아리비앙 씨는 자신의 주인을 향해 뛰어가더니, 방금 전달받은 정보를 전했다.

로봇에 대해 열변을 토하던 시그바이라 씨는 갑자기 쿨한 표정을 지었다.

"뭐라고요? 떠돌이 악마?"

──윽! 그 말을 들은 순간, 이 자리에 있는 전원이 긴장했다.

떠돌이 악마라. 이럴 때도 그런 일이 벌어지는구나. 게다가 항상 지령을 내리는 대공 쪽과 같이 있을 때 이런 일이 벌어지니 꽤 신선했다.

시그바이라 씨는 리아스에게 말했다.

"이건 범상치 않은 사태네. 리아스 양. 미안하지만 함께 토벌
＿＿＿."

말을 이으려던 시그바이라 씨는 뭔가를 떠올린 것 같았다.

"아, 잠깐만. ……그래."

시그바이라 씨는 아자젤 선생님에게 말했다.

"전 총독님, 이것들은 지금 발진 가능한가요?"

시그바이라 씨는 줄지어 서있는 로봇을 쳐다보며 그런 소리를
했다!

어이어이어이어이어이! 로봇으로 떠돌이 악마를 토벌할 거야?!
그것도 대공이 직접?!

선생님은 시그바이라 씨의 제안을 듣더니 장난기 섞인 미소를
지었다! 아, 안 돼! 저런 표정을 짓고 있는 선생님은 폭주에 가
까운 짓들을 해댄다고!

"호오, 어쩔 속셈인지 알겠군. 사하리엘, 출격 가능해?"

선생님이 묻자, 사하리엘 씨는 자신만만한 미소를 지었다.

"훗훗훗, 이런 일이 벌어질지도 몰라, 언제든 발진 가능하도
록 해뒀다. 겉모습만 멀쩡한 게 아니다. 언제든지 긴급 출격이
가능한 것이다아아아앗!"

사하리엘 씨는 호주머니에서 스위치를 꺼냈다. 그리고 그 스
위치를 누른 순간, 이 격납고 전체에서 붉은 램프 빛이 몇 개나
빛나더니, 곳곳에서 철컹철컹하는 소리가 난 후, 캐터펄트 덱

이 출현했다!

『스크램블, 스크램블.』

경보음과 함께 긴급 상황을 알리는 목소리가 시설 전체에서 울려 퍼졌다!

지상으로 이어져 있는 듯한 발진구가 열리더니, 로봇이 자동으로 캐터펄트를 향해 옮겨졌다! 그 중에는 판처 드래곤――아니, 파브니르도 있었다! 발진해! 팬티 용왕도 발진한다고!

선생님이 시니컬한 미소를 지으면서 시그바이라 씨에게 물었다.

"――갈 건가? 시운전조차 하지 않았거든? 언제 작동을 멈춰도 이상하지 않은 상태다. ……그런데도 저걸 타고 적을 쓰러뜨릴 건가?"

"예. 이곳에 로봇이 있고, 적이 쳐들어 왔으며, 제가 이 자리에 있습니다. ――그야말로 최고의 시추에이션이군요. 출격하죠!"

마치 로봇 애니메이션의 한 장면에 나올 법한 대사를 시그바이라 씨가 입에 담은 후, 우리와 로봇은 떠돌이 악마가 있는 곳으로 향했다.

― ○ ● ○ ―

우리가 전이한 곳은―― 옆 마을 외곽에 있는 폐공장이었다.

이미 주위는 어두웠다. 떠돌이 악마가 활동을 시작해도 이상하지 않을 때였다. 이 폐허도 잠복 장소로 적당해 보였다.

시그바이라 씨는 앞장서면서 당당하게 말했다.

"주인의 곁을 떠나, 자신의 욕구를 충족시키기 위해서만 살고 있는 부정한 무리여. 그 죄는 만 번 죽어 마땅합니다. 대공 아가레스의 이름으로 당신들을 벌하겠습니다! 모습을 드러내세요!"

대공 차기 당주께서는 폐허를 향해 그렇게 외쳤다. 잠시 후, 불온한 아우라가 주위를 휘감았다. 폐공장에서 모습을 드러낸 것은 외눈 거인, 멧돼지 같은 머리를 지닌 짐승인간, 인간 형태를 지닌 점액질 마물이었다. 셋 다 주인의 곁을 떠난 전생 악마다. 몸에 두른 아우라에서 사악한 기운이 느껴졌다.

"……쳇, 대공이 직접 나선 거냐."

"빌어먹을!"

"이렇게 되면 죽을 각오로 싸울 수밖에 없어!"

이쪽의 정체를 안 떠돌이 악마들은 각오를 다졌는지 위험한 아우라를 뿜기 시작했다! 살기가 주위를 지배하기 시작한 가운데, 밤하늘에 존재하는 점 하나가 반짝였다. 다음 순간, 폭음을 내면서 로봇 군단이 차례차례 폐공장에 착륙했다!

속속 등장하는 로봇을 본 떠돌이 악마들은 깜짝 놀란 것 같았다.

"뭐, 뭐야…… 이거, 로봇이야?!"

"대공이…… 로봇이라고?! 뭐가 어떻게 된 거야?!"

떠돌이 악마들은 믿기지 않는 광경을 보고 놀라고 말았다. 그런 그들에게 시그바이라 씨가 당당하게 말했다!

"악마도 하루가 멀다 하고 진보하고 있어. ——명계가 자랑하는 경의적인 메커니즘을 두 눈으로 똑똑히 봐!"

시그바이라 씨의 그 말을 신호삼아, 로봇 군단이 떠돌이 악마들에게 달려들었다! 등 뒤에 달린 버니어가 불을 뿜었고, 손에 든 라이플에서 괴광선이 발사됐다!

"이게 뭐야아아아아앗!"

"토벌자가 오늘 밤에 나타날 거라고 생각하고는 있었지만……!"

"로봇일 줄은 꿈에도 몰랐다고오오오오!"

떠돌이 악마들은 절규를 지르며 차례차례 제거 당했다!

……우리, 악마 맞지? 이 녀석들도 악마지? 하지만 눈앞에서 벌어지고 있는 건 완전 로봇 액션인데…….

두둥, 하고 상공에서 커다란 폭발음이 들렸다! 고개를 들어보니 뭔가가 격추당한 것처럼 연기를 뿜고 있었다.

"로봇 중 딱 한 대만 공중에서 폭발한 것 같은뎁쇼?!"

나는 그것을 손가락으로 가리키며 고함을 질렀다! 그러자 연락용 마방진이 우리 앞에 나타나더니, 사하리엘 씨의 모습이 그 마방진에 투영됐다. 안경을 쓴 그 간부는 말했다.

『팬티 판처다. 구조적인 결함이 있었던 건지도 모르겠다.』

──전차 위에 올라타고 있었을 뿐인데!? 아니, 드래곤을 태운 전차를 공중 출격 시킨 것 자체가 이상하다굽쇼! 아니, 뭐, 드래곤 자체에 결함이 있다는 건 인정하겠어!

"파브니르 씨이이이이이이!"

아시아는 하늘에서 스러지고 만 파브니르의 이름을 외쳤다! 제노비아가 그런 아시아를 끌어안았다.

"아냐, 아시아. 차라리 잘 된 거야. 파브니르의 희생을 헛되이 하지 말자."

이리나도 오열을 하면서 아시아의 어깨에 손을 얹었다.

"그래! 전차가 된 용왕은 분명 파브니르 군이 처음일 거야!"

사하리엘 씨가 덧붙여 말했다.

『그가 최후의 순간에 한 말은 「나, 이 싸움이 끝나면, 아시아 땅을 태울 거야. 그리고 판처 포라고 말해달라고 할 거다」였다. 지금 생각해보니 사망 플래그였던 것 같다.』

나는 하늘을 우러러 보았다!

······그 녀석, 진짜로 바보였어······! 너무 바보라서 말도 안 나온다고!

"파브니르의 원수를 갚자!"

제노비아는 뒤랑달을 한 손에 들고 떠돌이 악마를 향해 돌격했다! 그리고 이리나가 그녀의 뒤를 따랐다.

"응, 좋아! 돌아가면 팬티를 관에 넣어주자!"

뭐, 살아있겠지만 말이야! 그 팬티 용왕이 겨우 이 정도로 죽을 리가 없거든!

이 광경을 본 리아스는 한탄하듯 땅이 꺼져라 한숨을 내쉬었다. 옆에 있는 아케노 씨도 「어머어머」 하고 말하며 쓴웃음을 짓고 있었다.

"······자아, 다들 일하자."

리아스가 약간 의욕이 가신 듯한 목소리로 그렇게 말하자, 우리는 그 말에 따랐다.

우리는 떠돌이 악마를 죽이지 않고 제압한 후, 명계로 보냈다.

밤하늘이 서서히 밝아오고 있는 가운데, 아침햇살과 로봇을 등지고 선 시그바이라 씨가 결의에 찬 표정으로 자신의 『퀸』에게 말했다.

"결심했어, 아리비앙. ──아가레스 령의 중요거점에 로봇 병기를 배치하자."

아리비앙 씨는 어깨를 으쓱했다.

"그게 현실화되는 데는 몇 년이나 걸릴까요."

아리비앙 씨는 주인의 이런 행동에 익숙한 것 같았다.

시그바이라 씨는 갑자기 나를 향해 고개를 돌렸다.

"그런데 효도 잇세이 씨. 그러고 보니 어느 던감 시리즈를 좋아하는지 아직 듣지 못했네. 혹시…… 게임으로 나온 걸 좋아하는 거야? 레드 포츈은 확실히 명작이야. 그것보다 좋아하는 돌 아머를 가르쳐줘. 나는 고기동형 젬Ⅱ의 후기형을 좋아해."

우, 우오오오오오오오오오! 마니악! 너무 마니악해! 나 같은 건 상대가 안 된다고! 그런데, 시그바이라 씨는 같은 취미를 지닌 동지와 만난 마니아 같은 얼굴로……!

말문이 막힌 나는…… 도움을 요청하는 듯한 눈빛으로 리아스를 쳐다보았다. 그러자 리아스는 가볍게 웃었다.

"우리 세대의 시그바이라와 가장 말이 잘 통할 것 같은 사람은…… 아무래도 잇세인 것 같네."

정말?! 아무리 미소녀님일지라도, 이런 로봇 마니아는 나도 도저히……! 하지만 대공 차기 당주의 질문을 무시할 수도 없잖아……!

"저, 저기! 이, 이제 아침이니까, 돌아갈게요!"

"응, 좋아. 집에 돌아가서 편하게 이야기를 나누자. 다른 로봇 작품에 대한 의견도 듣고 싶네."

시그바이라 씨가 그렇게 말한 순간, 아리비앙 씨가 나를 움켜 잡았다!

그 후, 나는 효도 가에서 이 날 밤까지 시그바이라 씨와 로봇 토크를 해야 했다……. 일단 리아스와 아케노 씨도 『킹』과 『퀸』으로서 참가하기는 했지만…… 중간부터 정신적으로 지치고 말았는지 고개를 푹 숙였다!

대공은 나하고 완전 안 맞는 것 같아! 나한테는 대왕이 최고라고, 사이라오그 씨!

Life.EX 백귀야행과 판데모니엄

3학기가 시작되고 얼마 지나지 않았을 즈음의 일이다.

이 날 한밤중에 소변이 마려웠던 나는 침대 밖으로 나갔다. 그리고 화장실의 문을 열었는데—— 눈앞에 나타난 것은 변기가 아니라, 핑크색의 음란한 공간이었다.

천계에서 만든 예의 그 『에로방』이다! 그 방을 보고 당황한 내 손을 잡아끈 이는——.

"자아, 잇세. ——오늘이야말로 나와 애 만들기 연습을 하자!"

투명하고 하늘하늘한 네글리제를 입은 제노비아였다! 그리고 침대 위에서는 아시아와 이리나까지 대기하고 있었다. 제노비아와 마찬가지로 투명한 네글리제를 입고 있었으며, 브래지어도 하지 않았다! 네글리제 너머로 보이는 끝내주는 꼭지 부분이 눈에 확 들어왔다! 아시아, 나 몰래 먼저 침대에서 빠져나왔던 거냐!

평소 같았으면 기뻐했겠지만, 공교롭게도 나는 화장실에 가기 위해 침대에서 빠져나왔다. 세 사람의 가슴을 뚫어져라 쳐다보고 있기는 하지만…… 솔직히 말해 아무 짓도 할 수가 없었다! 나는 성욕이 폭발하기 전에 방광이 폭발할 것 같단 말이다!

나는 제노비아에게 말했다.

"인마, 제정신이야?! 화장실 문에 그걸 붙이면 어떻게 해!"

제노비아는 내 불평을 한 귀로 흘리면서 네글리제를 벗었다! 제노비아의 가슴이 내 눈앞에서 모습을 드러냈다! 제노비아는 관능적인 손길로 자신의 몸을 쓰다듬었다! 그런 거, 어디서 배웠어?! 리아스냐?! 아케노 씨냐?! 아냐, 키류가 가르쳐준 게 분명해!

"후후후, 리아스 전 부장님과 아케노 전 부부장님에게서 잇세를 탈취하려면 이런 기발한 방법을 쓸 수밖에 없지!"

"인마! 학생회장이 될 거라기에 정신 좀 차렸나 했더니……역시 근본적인 데는 변함이 없는 거냐!"

"그렇기 때문이야. 책임이 뒤따르는 위치에 서고 싶으면서도, 한편으로는 같은 또래 여자애들처럼 놀아보고도 싶거든. 내 청춘을 꽃피게 해줘, 잇세!"

제노비아는 그렇게 말하더니, 나를 침대 쪽으로 밀쳐버렸다! 침대에 있던 이리나는 나를 꼭 끌어안으면서 말했다.

"달링을 겟하고 싶지만, 요즘은 레이벨 양도 눈에 불을 켜고 있어서 좀처럼 함정을 설치할 틈이 없다구."

함정?! 내가 무슨 사냥감이냐?! 뭐, 이 녀석들에게 있어서는 사냥감일지도 모르지만……! 이런 예상조차 하지 못한 상황에서는 나도 당황한다고!

하지만 이리나의 가슴 감촉은 끝내줬다! 하지만 흥분보다도 빨리 화장실에 보내달라는 생각이 더 강했다!

"잇세 씨……."

침대 구석에 있는 아시아가 안타까운 눈길로 나를 쳐다보고 있었다!

"아시아! 이 녀석들을 말려! 나는 그저 화장실에 가고 싶을 뿐이야! 이런 건 다음 기회에 하자! 지금은 생리현상 때문에 죽겠다고!"

아시아라면! 아시아라면 내 마음을 이해해줄 것이다!

바로 그때, 제노비아가 내 몸 위에 올라탔다!

"하지만 엉큼한 반응도 생리현상이라고 하잖아! 어느 쪽이 이길지 승부해보는 것도 재미있지 않을까?"

폼 잡으면서 그런 소리 하지 말라고! 그, 그러고 보니 이 에로방에도 화장실이 있잖아! 우선 거기에 가자! 그 다음에 너희 도전을 받아주겠어!

"저, 저도 할래요!"

바로 그때, 아시아까지 내 위에 올라탔다! 제노비아, 아시아가 함께 내 위에 올라탄 것이다! 게다가 이리나는 허벅지로 내 머리를 조르고 있었다! 허벅지의 탄력적인 감촉이 정말 끝내주지만……! 그래도 여자애 한 명이 올라탔을 때는 기분 좋아도, 두 명이 되니 좀 괴롭다고!

제노비아 앞에 탄 아시아는 촉촉한 눈동자로 내 얼굴을 쳐다보면서 말했다.

"……저도 아기가 가지고 싶어요. ……안 될까요?"

………….

……그, 그건 반칙이라고, 아시아! 이 오래비, 아시아에게 그런 말을 들으니 코피가 날 것 같다굽쇼!

아시아의 뒤편에 있는 제노비아가 말했다.

"아시아가 이렇게 나오잖아! 이제 그만 결심을 해, 잇세! 한번에 여자 셋을 동시에 안을 정도의 기량이 없으면 하렘왕이 될 수 없다구!"

이리나도 내 머리를 허벅지로 조르면서 기도하기 시작했다!

"천계를 위해! 미카엘 님을 위해! ……그, 그리고, 나를 위해 우물우물우물……."

아아, 나는 작은 볼일을 참으면서, 여자애 셋에게 엉망진창으로 당하고 마는 건가! 가능하면 베스트 컨디션일 때, 내 쪽에서 너희에게 도전하고 싶었다고……!

대담하게도 아시아가 나를 향해 입술을 내밀기 시작했다──.

최악의 상황을 고려하며 마른 침을 삼킨 나는 각오를 다지려 했다. 바로 그때였다.

"호오, 꽤나 즐거운 시간을 보내고 있는 것 같구나."

──윽! 갑자기 제삼자의 목소리가 실내에서 울려 퍼졌다.

하던 걸 일단 멈춘 우리는 목소리가 들려온 곳을 쳐다보았다.

기모노 차림의 노인이 방구석에 놓인 의자에 앉아있었다! 이, 이 할아버지는 누구지?! 머리카락이 하나도 없고, 주름투성이인 얼굴에는 미소가 어려 있었다. 하지만 한 번도 본 적이 없는 할아버지다! 그것보다, 악마를 비롯해 여러 종족이 살고 있는 이 집에 아무에게도 들키지 않고 들어온 것만으로도 평범한 사람이 아냐!

"……하, 할아버지?! 다, 당신, 대체 어떻게 여기에……."

내가 묻자, 그 할아버지는 빙긋 웃으면서 말했다.

"아, 차 한 잔 얻어 마실까 해서 말이야."

"차, 차아? 아, 아니, 그것보다, 어떻게 이 방에——."

나는 수상쩍기 그지없는 그 할아버지에게 딴죽을 날렸지만…… 내 위에 올라탄 아시아는 미소를 지으면서 말했다.

"차 말이죠? 금방 준비할게요."

나한테서 떨어진 아시아는 이 방에 구비되어 있는 온수포트 쪽으로 향했다.

아시아에 이어 이리나도 나에게서 떨어지더니, 과자를 꺼내 할아버지에게 건넸다.

"할아버지는 어디서 온 거야? 참, 양갱밖에 없는데 괜찮아?"

이리나가 묻자, 그 할아버지는 여전히 웃으면서 말했다.

"물론 괜찮지, 아가씨."

그리고 제노비아까지 할아버지의 등 뒤에 서더니 어깨를 주무르기 시작했다.

"어깨가 결리나 보네. 내가 주물러주지."

"하하하, 이거 고마운걸."

그 할아버지는 아시아에게서 차를 건네받으면서 나에게 말했다.

"형씨도 같이 한 잔 하지 않겠어?"

유심히 보니, 이 할아버지는 뒤통수가 이상할 정도로 길었다! 인간이 아닌 게 분명해!

"저, 저기, 당신은 대체——."

수상하기 그지없는 할아버지를 보고 벌떡 일어선 나는 그를 손가락으로 가리키면서 캐물으려고——.

………….

벌떡 일어선 나는 갑자기 비틀거리기 시작했다. ……어, 어라, 갑자기 의식이 멀어지는데……. 눈앞에 있는 할아버지를 다시 쳐다본 순간…… 왜, 왠지 이 할아버지가…… 남처럼 느껴지지 않는데……. ……응, 이 할아버지. 아는 사람, 아냐, 모르는 사람…… 뭐, 그런 건 아무래도 상관없지 않아? 이 할아버지에게 잘 해주고 싶어졌으니까 말이야…….

이 할아버지의 말대로 같이 차를 마시기로 한 나는 아시아에게서 차를, 이리나에게서 과자를 받았다.

"……응. 같이 마시자고!"

그래! 이 할아버지를 만난 덕분에 야한 짓도 딱히 하고 싶지 않아졌고, 무엇보다 이 할아버지를 잘 대접해주고 싶어졌어!

나와 교회 트리오는 이 멋진 할아버지와 유익한 시간을 보내기 위해, 즐겁게 대화를 나누기 시작했다!

그래도 볼일을 계속 참을 수 없었기에, 나는 도중에 이 에로방에 있는 화장실로 향했다. 화장실에서 나와 보니—— 어느새 그 할아버지는 모습을 감췄다.

그와 동시에 머릿속에 드리워져 있던 안개 같은 것이 사라지는 듯한 느낌이 들었다. 다른 애들도 마찬가지인지 「어머? 저희는 왜 이런 짓을 한 거죠……?」, 「그 할아버지는 어디 간 거야?」 같은 소리를 하며 혼란스러워했다.

……그 할아버지, 대체 뭐야?

의문투성이인 밤이 흘러가고 있었다——.

"——그런 일이 있었어요. ……그거, 꿈이었으려나? 정신이
들고 보니, 나는 내 방에서 자고 있었는데……."

　다음날은 휴일이었기에, 나는 어젯밤에 체험(?)한 일을 효도 가
의 거실에서 동료들(오컬트 연구부 멤버 중심)에게 이야기했다.

　그러자 아시아도 손을 들면서 동의했다.

"저도 그 꿈을 꿨어요. 기모노를 입은 할아버지에게 차를 끓
여주는 꿈이었어요."

　오오, 아시아도 나와 같은 꿈을 꾸었구나!

　이리나도 손을 들었다.

"어~, 나도 같은 꿈을 꿨어!"

"으음, 나도 그래. 이상한걸. 어젯밤에는 잇세를 예의 그 방으
로 끌어들여 성교를 할 준비를 했었는데……."

——제노비아는 고개를 갸웃거리며 그렇게 말했다. 하지만
제노비아가 한 말을 들은 리아스, 아케노 씨, 레이벨이——.

"그 이야기."

"좀 더 자세하게."

"들려주면 좋겠군요."

　묘한 박력을 띠면서 무시무시한 목소리로 그렇게 말했다. 제
노비아 녀석, 아무렇지도 않게 폭탄 발언을 했잖아!

　리아스는 한숨을 내쉬면서 턱에 손을 댔다.

"환술일까? 아니면 이 집에 있는 누군가가 무의식적으로 마력, 마술 같은 것을 발현시킨 걸까?"

이미 그것은 꿈이 아니라, 어떤 현상에 휘말린 것으로 가정하며 이야기되고 있었다.

레이벨도 고개를 갸웃거리면서 말했다.

"잇세 님의 새로운 필살기가 망상의 영역을 초월해 폭주한 건 아닐까요? 하지만 그런 기술을 개발 중이라는 이야기는 못 들었지만요."

응. 내가 새로운 필살기를 개발하더라도, 그런 할아버지가 나오는 기술은 만들지 않을 거야.

옆에 앉아있던 키바가 귓속말을 했다.

(하지만 잇세 군. 현재 지닌 기술의 새로운 사용법을 시도해보고 싶다고 때때로 말했었잖아?)

나는 어깨를 으쓱하면서 작은 목소리로 말했다.

(뭐, 그건 기회가 되면 시험해볼거야)

뭐, 새로운 필살기라기보다는 발전형을 생각해보고 있지만……. 아무튼 그 할아버지와는 전혀 상관없었다.

자아, 문제는 그 할아버지가 잘 생각나지 않는다는 거군……. 분명 얼굴을 봤는데 전혀 생각이 나지 않았다. 그야말로 꿈같은 일이었다.

로스바이세 씨는 고개를 끄덕이면서 말했다.

"나중에 저도 세라프 특제 방에 들어가 보죠. ……음란한 생각을 하고 있는 건 아니에요! 그 방에 아우라나 술식의 잔재가

남아있다면 해석해보려는 것뿐이에요! 결코, 에로방에 흥미가
있다는 건 아니란 말이에요!"

얼굴을 새빨갛게 붉히면서 언성을 높이는 걸 보니…… 로스
바이세 씨, 혹시 그 방에 관심 있어?

로스바이세 씨의 얼굴이 벌겋게 변한 가운데, 리아스와 아케
노 씨의 표정이 굳었다.

"……이런 현상 들은 적이 있어. 하지만 그렇다면…… 이건
우리의 권한을 벗어난 일일지도 몰라."

"예. 저도 짐작 가는 데가 있어요. 쿠로카 양과 아자젤 선생님
이 계시면 명백해질 텐데 말이죠……."

두 사람 다 짐작 가는 데가 있는 눈치였다. 쿠로카나 선생님이
이 자리에 있었다면 이 수수께끼가 단숨에 풀렸을까? 하지만
──.

나는 볼을 긁적이면서 말했다.

"코네코와 쿠로카는 산에 틀어박혀 있고, 아자젤 선생님과도
연락이 안 되잖아."

그렇다. 코네코와 쿠로카는 선술 수행을 위해 산에 틀어박혀
있었다. 둘은 정기적으로 이런 수행을 했다. 아자젤 선생님은
전화를 해도 받지 않았다.

리아스가 내 말을 듣더니 대답했다.

"코네코에게 연락을 했으니 곧 돌아올 거야. 아자젤은 오라버
니와 함께 행동 중이야. 일본에 사는 자── 이능력을 지닌 다
섯 가문, 그리고 요괴 세력의 수장들과 비밀 회담 중이거든. 그

리고 『대형 프로젝트』라는 것의 회의에 참가하고 있어."

선생님은 회담 중인가. 그 사람, 정말 바쁘네. 하지만 틈만 났다 하면 민폐 덩어리가 되니……. 그래도 요즘은 선생님보다도 임팩트 있고 특이한 이들과도 마주치기도 했다. 정말 세상은 넓다니깐.

하지만 요괴 세력과의 회담? 쿠노의 어머니—— 야사카 씨도 그 회의에 참가하고 있는 걸까?

키바가 이어서 말했다.

"듈리오 씨와 슬래시 독 이쿠세 씨가 경호를 위해 자리를 함께하고 있대."

롱기누스 소유자 두 명이 경호를 한다니 어마어마하지만, VIP들이 모이는 자리이니 당연할 것이다.

나는 방금 이야기 중에 신경 쓰이는 점이 하나 더 있었기에 리아스에게 물었다.

"……그런데 『대형 프로젝트』는 뭐야?"

"커다란 레이팅 게임 행사를 개최하나 봐. 이야기 자체는 작년 여름부터 나오고 있었는데, 작년 말에 본격적으로 조율되기 시작하더니, 급속도로 추진되고 있어. 뭐, 허사가 될 가능성도 크지만 말이야."

커다란 레이팅 게임 행사? 이벤트? 설마 대회 같은 건가? 악마만이 아니라 삼대 세력 전체가 참가하는 『대형 프로젝트』인 것 같았다. ……전부터 가능성만 시사되었던 타 세력 간의 시합 같은 걸까. 리아스의 말투로 볼 때 아직 확정된 것은 아닌 것 같았다.

　바로 그때, 이리나도 입을 열었다.

　"아, 그거! 전생 천사 사이에서도 소문이 돌고 있어! ······그거, 진짜야?"

　이리나가 묻자, 리아스는 어깨를 으쓱했다.

　"글쎄, 아직 뭐라고 말할 단계는 아니지만 윗분들은 꽤 진심인 것 같아. 하지만 지금은 그런 것에 정신이 팔려있을 때가 아냐. 우선 이 집에서 일어난 현상을 해명하지 않으면 발 뻗고 편안하게 잘 수 없을 거잖아. ······아, 마침 잘 된 걸지도 모르겠네."

　리아스는 몸을 일으켰다.

　"마침 잘 됐다니?"

　내가 묻자, 리아스는 미소를 지었다.

　"──떡은 떡집에 맡기라잖니? 곧 놀러올 애한테 물어보도록 하자."

　나는 나중에야 그 말의 의미를 이해했다.

──○ ● ○──

　그날 오후, 효도 가 지하에 있는 거대 마방진 방에 토리이가 출현했다. 그것을 통과해 나타난 이는── 짐승귀와 폭신폭신해 보이는 꼬리를 지닌 금발 소녀, 쿠노였다!

　"다들 오래간만이구나! 정월 이후로 처음 보는 것이지? 이렇게 다시 만나서 정말 기쁘다!"

리아스가 오전에 말했던 『곧 놀러올 애』란 바로 쿠노였다.

쿠노와 친한 오피스는 한 걸음 앞으로 나서더니 재회의 기쁨을 나눴다.

"쿠노, 쿠노."

"피스 님! 가을 이후로 오래간만이구나! 만나고 싶었다!"

두 사람은 서로의 손을 잡더니 폴짝폴짝 뛰었다. 오피스의 이런 모습은 흔히 볼 수 있는 게 아니다. 항상 무표정하지만, 오늘은 왠지 기뻐 보였다.

쿠노는 우리에게 말했다.

"어머님께서 이곳에 볼일이 있다고 하시기에 나도 따라왔느니라! 한동안 신세 좀 지겠노라!"

쿠노가 방금 말한 것처럼, 쿠노의 어머니이자 교토 요괴의 수장인 『구미호』 야사카 씨는 현재 아자젤 선생님, 서젝스 님이 참가한 회담에 출석하고 있다고 한다. 리아스의 설명에 따르면 야사카 씨가 회담을 하는 동안, 쿠노는 우리 집을 방문하기로 한 것 같았다.

원래 쿠노가 이곳에 올 예정은 없었다고 한다. 하지만 야사카 씨가 이곳에 간다는 사실을 알고 「나도 갈 거야!」라면서 응석을 부린 결과, 회담 직전에 우리 집에 방문하기로 결정되었다고 한다.

거실에 온 쿠노는 선물로 가져온 교토 과자를 우리에게 나눠줬다. 전통 있는 가게에서 만든 앙금 잔뜩 든 화과자에, 교토 고사리떡 등, 버라이어티한 선물들을 본 여자애들은 특히 기뻐했다.

"맛나맛나."

달콤한 걸 좋아하는 오피스는 입안에 화과자를 잔뜩 집어넣더니 진심으로 기뻐했다.

잠시 동안 잡담을 나눈 후, 우리는 쿠노에게 어제 체험한 불가사의한 일에 대해 이야기했다. 한밤중에 느닷없이 나타난 정체불명의 할아버지에 대한 이야기를 듣더니, 쿠노는 진지한 표정을 지으며 생각에 잠겼다.

"……으음, 내, 내가 알기로 그런 일을 일으키는 건 그 자 뿐이지만……. 하지만 이곳에 있는 이들은 하나같이 특수하니 단언하기는 어렵구나. 하지만, 너희들에게 그런 짓을 할 수 있는 자는 역시……."

쿠노는 내 말을 듣고 짐작 가는 곳이 있는 것 같았다.

리아스와 아케노 씨도 서로의 얼굴을 쳐다본 후, 고개를 끄덕였다.

"아마 우리와 쿠노의 생각은 같을 거라고 봐."

"예. 교토 요괴 세력의 공주인 쿠노도 생각이 같다면, 이건 틀림없다고 봐도 되겠죠."

──두 사람은 그렇게 말했다.

쿠노는 더욱 굳은 표정을 지었다.

"……하지만 리아스 님. 그렇다면 이건 큰일──."

쿠노가 거기까지 말한 순간이었다.

"오~, 이 집에는 귀여운 아가씨가 많아서 좋구나."

갑자기 제삼자의 목소리가 들려왔다! 우리 모두의 시선은 그 목소리가 들려온 곳을 향했다!

한 소파에── 나이 지긋한 남성이 앉아 있었다! 물론 생판 남이다! 하지만 이 주름투성이 얼굴과 머리카락이 하나도 없는 머리는 본 적이 있었다! 뒤통수가 길쭉한 저 사람은 어젯밤에 봤던 그 할아버지가 틀림없다!

"어젯밤에 본 할아버지가 바로 이 사람이야!"

나는 손가락으로 이 할아버지를 가리키면서 외쳤다.

젠장! 왜 지금까지 이 할아버지의 얼굴과 모습을 잊고 있었던 거지?! 눈앞에 다시 나타나고서야 겨우 생각나다니, 진짜로 환술에라도 걸린 건가?!

다들 일제히 긴장했다! 당연했다! 이런 불가사의한 일이 벌어질 리가 없다! 이곳에 있는 이들은 하나같이 목숨이 오고가는 싸움을 몇 번이나 경험한 강자들이다! 자랑하는 건 아니지만, 누군가가 방에 들어온다면 눈치챘을 것이다! 하지만 아무도 눈치채지 못했다는 건 이 할아버지가 평범한 사람이 아니라는 걸 뜻했다! 우리가 경계 태세를 취하는데도 전혀 개의치 않는 이 할아버지는 히죽히죽 웃으면서 차를 홀짝이고 있었다!

이 할아버지의 얼굴을 본 쿠노는 경악을 금치 못했다. 그녀는 상기된 목소리로 말했다.

"──마, 맙소사, 그, 그대…… 아, 아니, 당신은……! 하지만, 말도 안 돼, 설마!"

나는 당황할 대로 당황한 쿠노에게 물었다.

"쿠, 쿠노, 왜 그래? 이 할아버지는 대체 누구야?"

하지만 대답을 듣기도 전에 이 할아버지가 쿠노에게 말을 걸었다.

"이거 재미있군. 아가씨는 서쪽 여우 공주의 딸이지? 어릴 적의 그 공주를 쏙 빼닮았는걸."

이 할아버지, 야사카 씨를 아는 거야?

쿠노는 고개를 깊이 숙이면서 할아버지에게 인사를 했다.

"──누라리횬 님, 처음 뵙겠사옵니다."

"""──뭐?!"""

쿠노가 그렇게 말한 순간, 우리는 말문이 막혔다!

리아스와 아케노 씨는 짐작을 하고 있었으면서도 놀라움을 금치 못했다.

나도 그 이름을 알아! 만화나 요괴 대사전에 실려 있었다고! 어느새 집에 들어와 가정에 녹아든 후, 그 집 사람들에게 의심받지 않으며 차와 과자를 멋대로 먹는 요괴잖아! 그건 나와 교회 트리오가 어제 경험했던 일이라고!

나는 리아스에게 물었다.

"누라리횬이라면, 그 누라리횬이야? 어느새 집에 들어와서 그 집에 녹아든 후, 어느새 사라지고 만다……. 하, 하지만, 어째서, 다들 그렇게 놀라는 거야?"

키바는 마른침을 삼키면서 말했다.

"잇세 군, 누라리횬은 말이야. 구미호와 마찬가지로 요괴들을 이끄는 수장 중 한 명이야."

──뭐?! …………정말?! 이 뒤통수 큰 할아버지가 요괴의 수장?! 그러고 보니 키바의 스승인 오키타 소지 씨의『홀로 백귀야행』이 신경 쓰여서 조사해봤을 때, 누라리횬이라는 이름이 나왔었지! 즉 이 할아버지는 백귀야행의 대명사 같은 거구나!

……아무에게도 들키지 않고 멋대로 들어올 수 있었던 것도, 누라리횬의 특성 덕분이었던 거야! 우리 중 그 누구도 눈치채지 못한 걸 보면 엄청난 실력자인 게 분명해!

──내가 놀라움을 금치 못하고 있을 때, 코네코의 목소리가 들려왔다.

"……서쪽에 구미호가 있다면 동쪽에는 누라리횬이 있다는 말이 있을 정도의 분이에요."

고개를 돌려보니, 리아스에게 연락을 받고 막 돌아온 듯한 코네코, 쿠로카 자매가 눈에 들어왔다.

쿠로카는 누라리횬을 보더니 겸연쩍은 표정을 지으며 손으로 얼굴을 가렸다.

"아차~. 좋지 않은 타이밍에 돌아온 것 같네……."

할아버지── 누라리횬은 네코마타 자매를 보더니, 얼굴에서 웃음기를 지우면서 말로 형용하기 힘든 위압감을 뿜기 시작했다!

"오래간만이구나, 쿠로카. 아무래도 동생과는 재회한 것 같군."

누라리횬이 그렇게 말하자── 쿠로카는 몸가짐을 고치며 무릎을 꿇더니, 깊이 고개를 숙였다!

"오래간만에 뵙습니다, 두령님. 덕분에 동생과 무사히 재회했어요. 시로네, 인사드리렴."

쿠로카는 평소와 달리 진지한 태도를 취했다.

그런 언니를 본 코네코는 무릎을 꿇고 고개를 깊이 숙이며 말했다.

"처음 뵙겠습니다. 토죠 코네코라고 해요. ……예전에는 시로네라는 이름을 썼습니다."

코네코가 인사를 하자, 누라리횬은 입가에 미소를 머금었다.

"흐음, 동생은 어미 고양이를 쏙 빼닮았구나. 그것보다 둘 다 그렇게 딱딱한 태도를 취할 필요 없다. 이곳은 타인의 집이니까 말이다. 자아, 일어서거라."

나는 몸을 일으킨 쿠로카를 방구석으로 끌고 간 후, 작은 목소리로 물었다.

(평소와 태도가 너무 다른 거 아냐?! 너, 평소 같으면 VIP 상대로도 건방지다 못해 무례한 태도를 취하잖아!)

그렇다. 아자젤 선생님, 혹은 다른 높은 분 앞에서도 항상 무례했던 이 녀석이 누라리횬 앞에서는 생전 처음 보는 태도를 취하며 경의를 표한 것이다.

쿠로카는 어깨를 으쓱했다.

(……뭐, 나도 고개를 제대로 들 수 없는 상대가 한 명 정도는 있다구. 아무튼, 동쪽 요괴 세력에 소속되었던 적이 있는 나한테 있어서, 두령님은 마왕이나 신보다 무서운 존재야)

나는 쿠로카의 말을 듣고 누라리횬을 쳐다보았다. ……그냥 차를 홀짝이고 있을 뿐인데……. 뭐, 서젝스 님이나 아자젤 선생님과는 다른 위압감이 느껴지긴 해. 요괴에게는 요괴만이 이해할 수 있는 세계, 룰이 있는 거겠지. 그런 것에 비춰봤을 때, 누라리횬이라는 존재는 네코마타인 쿠로카에게 있어 그만큼 대단한 것이리라.

이제 우리가 어떤 태도를 취하면 좋을지 생각하고 있을 때, 리아스가 손을 들었다. 그것은 경계 태세를 풀라는 신호다. 리더 격인 리아스가 그런 지시를 내리자, 우리도 경계를 풀었다.

그 모습을 본 누라리횬은「껄껄껄」하고 작게 웃었다.

"붉은 머리카락의 공주님은 말이 통하는군. 역시 마왕의 여동생인가."

리아스는 한 걸음 앞으로 나서더니, 누라리횬에게 인사를 했다.

"다시 인사를 하는 편이 좋겠지. 만나서 반가워요. 저는 리아스 그레모리. 그레모리 가문의 차기 당주예요."

누라리횬은 찻잔을 테이블에 내려놓더니, 인사에 응했다.

"이거, 자기소개가 늦어서 미안하구나. 나는 이 나라의 동쪽—— 주로 간토 일대의 요괴들을 이끄는 자다. 쿠로카와 시로네 자매의 어미와 조금 면식이 있기도 하지."

인사를 끝낸 후, 리아스는 물었다.

왜 느닷없이 효도 가를 찾았는가——에 대해서 말이다.

"동쪽 요괴 세력의 총대장이나 되는 당신이 어째서 이 집에 들어온 거죠? 이곳은—— 아니, 이 지역 일대는 동맹을 맺은 삼대 세력이 관할하고 있는 장소이자……."

말을 멈춘 리아스는 잠시 동안 생각에 잠기더니, 뭔가를 눈치챈 듯한 표정을 지었다.

"지금 오라버── 마왕님들께서 개최한 회담과 관계가 있는 건가요?"

리아스가 그렇게 말하자, 누라리횬은 의미심장한 미소를 지었다.

아마 그것이 리아스가 한 질문에 대한 대답이리라. 즉, 누라리횬의 행동은 아자젤 선생님과 야사카 씨가 참가한 회담과 관계가 있는 것이다.

리아스는 말을 이었다.

"당신은 현재 삼대 세력과 화평을 맺지 않은 요괴 세력의 두목으로 알고 있어요."

누라리횬은 턱에 손을 댔다.

"이 나라의 괴물── 요괴를 통솔하는 대두목 중 구미호, 산모토, 진노가 이교의 서적에 실려 있는 이형의 존재인 너희와 화평을 맺었다. 그리고 우리에게도 화평 제안을 해왔지. 그래서 현재 화평 회의 중이다. 뭐, 어제부터 나만 불참하고 있지만 말이야."

키바는 누라리횬의 말을 듣고 중얼거렸다.

"……아자젤 선생님은 산모토 고로자에몬, 진노 아쿠고로와도 화평을 맺었구나. 양쪽 다 이 나라의 대요괴야."

모르는 이름이기는 하지만, 아자젤 선생님은 구미호인 야사카 씨나 이 누라리횬 이외의 대요괴와도 화평 교섭을 하고 있었던 것 같았다.

누라리횬이 말했다.

"악마, 천사들과 화평을 맺는다⋯⋯. 뭐, 시대가 시대인 만큼 폐쇄적으로 생각하다간 무슨 일이 터졌을 때 바로 대처하지 못할지도 모르지. 너희가 상대하고 있는 테러리스트는 우리한테도 꽤 피해를 입혔거든. 정보전달이 늦어져서 톡톡히 당하고 말았지. 그런 일이 있었으니 형식적으로라도 화평을 맺어두는 편이 좋지 않겠느냐고 우리 쪽도 생각하게 됐다."

⋯⋯아하, 원래라면 다른 세력과 화평을 맺지 않고 자체적으로 대처해야겠지만, 테러리스트──『카오스 브리게이드』가 얼마나 위험한지는 누라리횬 측에도 알려져 있는 것이다. 그 녀석들에게 대항하기 위해서라도 화평을 선택하게 된 거네.

⋯⋯그럼 화평을 맺으면 되는 거 아냐? 그런데 왜 회담장에서 빠져나와 이런 곳을 방문한 거지?

의문을 느끼고 있는 내 앞에서, 누라리횬은 아케노 씨를 손가락으로 가리켰다.

"거기 있는 흑발 아가씨, 타천사의 딸⋯⋯이기도 하지만『히메지마』지? 그 가문 직계의 힘이 느껴지는데 말이야."

"⋯⋯아, 예. 어머니는 히메지마 종가 사람이셨어요."

누라리횬은 그 대답을 듣더니 눈을 가늘게 떴다.

"옛날부터 히메지마를 비롯한 인간 이능력 집단과 우리 요괴 사이에서는 몇 가지 약정이 존재해왔지. 때때로 다툼이 벌어지기는 했지만, 기본적으로는 서로의 영역을 지키며 일정한 거리를 유지해왔다."

"……그 이야기라면 들은 적이 있어요."

아케노 씨는 고개를 끄덕였다.

그러자 누라리횬이 검지를 하나 세웠다.

"——하지만 얼마 전에 그 약정이 한 번 깨졌어. 그 탓에 우리는 상당한 피해를 입었어. 그래서 그런지 내 밑에 있는 젊은 것들이 『5대 종가』를 비롯해 세이크리드 기어를 지닌 이들을 혐오해. 그게 이번 화평의 마지막 걸림돌이 되고 있어. 즉, 삼대세력에 『5대 종가』와 세이크리드 기어 소유자가 관여하고 있는 게 문제가 되고 있는 거야."

——『5대 종가』.

고대부터 이 나라를 이매망량들로부터 지켜본 이능력 집단 일족이다. 『5대 종가』라고 불리는 이 일족은 필두인 『나키리』를 비롯해 『쿠시하시』, 『도몬』, 『신라』, 그리고 『히메지마』로 구성되어 있다. 아케노 씨, 신라 전 부회장님도 그 일족 출신이다. 세상 참 좁네.

누라리횬 측은 이능력자 일족과 다툼이 있었고, 그 탓에 이 화평에 불만을 품고 있는 건가. 아, 그러고 보니 각 가문의 선대 당주는 특히 다른 세력에게 강경한 자세를 취했다는 이야기를 들었던 것 같아. 그런 것 때문에 충돌이 일어난 걸까. 히메지마의 전대 당주는 어린 아케노 씨를 꽤나 못살게 굴었다는 이야기도 들은 적이 있다.

……게다가 세이크리드 기어 소유자에게도 불만이 있다는데, 그건 어쩔 수 없지 않을까. 각 세력, 그리고 적중에도 세이

크리드 기어 소유자가 있으니까 말이다. 그들 때문에 화평을 맺지 않는다는 건 억지처럼 느껴졌다. 요괴에게는 요괴의 사상, 생각이 있으니 그렇게 간단히 결론지을 수는 없겠지만⋯⋯.

누라리횬은 우리를 둘러보면서 말했다.

"이곳에 있는 이들은 동맹의 상징인 『DxD』라는 집단이지? 각 세력의 수장들이 너희들을 평가했다면서? 그렇다면 나도 화평 조약을 맺기 전에 너희를 살펴보는 것도 좋을 것 같아서 말이다."

"그, 그럼 우리 집에 온 것도⋯⋯?"

내가 묻자, 누라리횬은 미소를 머금었다.

"너희를 꽤 살펴봤다. 실은 말이야. 너희는 눈치채지 못했겠지만, 나는 방구석에서 너희의 행동, 생활을 쭉 관찰했지. 뭐, 너희는 나쁜 녀석들이 아닌 것 같더구나."

⋯⋯아, 누라리횬의 특성을 살려서 우리의 생활을 관찰한 건가⋯⋯. 들키지 않게 우리 생활을 지켜보다니, 말도 안 될 정도로 기척을 잘 감추네!

자초지종을 안 교회 트리오는 갑자기 비명을 질렀다.

"으! 그런 모습을 보이고 말다니, 부끄러워요!"

"큭! 애 만드는 연습을 하는 광경을 요괴 세력의 수장에게 보여주다니⋯⋯!"

"만약 그때 갈 데까지 갔다면 상대에게 이상한 이미지를 줘서 화평조약이 깨졌을지도 모르겠네! 아니, 그것보다도 부끄러워 죽겠어!"

아시아와 제노비아, 이리나는 얼굴을 새빨갛게 붉혔다. 그러고 보니 에로방에서의 그 광경을 남이 보고 있었던 거잖아! 으으으윽, 그것 때문에 화평조약이 성사되지 않았다면 서젝스 님과 아자젤 선생님을 볼 면목이 없었을 거야!

누라리횬은 우리의 반응을 보더니 「껄껄껄」하고 유쾌하게 웃은 후, 입을 열었다.

"하지만 좀 더 봤으면 좋겠구나."

누라리횬은 갑자기 자리에서 일어났다. 그는 어느새 꺼내든 지팡이를 한 손에 쥐고 있었다.

"──흠. 장소를 바꾸는 게 좋을 것 같군."

누라리횬은 지팡이로 바닥을 가볍게 두드렸다. 그러자──

쿠노가 연기에 휩싸이면서 사라졌다! 주위를 둘러보니, 쿠노는 누라리횬의 옆으로 이동해 있었다!

"누, 누라리횬 님?! 이, 이게 무슨──."

놀란 듯한 쿠노는 누라리횬에게서 떨어지려 했지만──.

"공주께서 좀 협력해주면 좋겠구나."

누라리횬은 쿠노의 이마에 손가락을 살짝 댔다.

"……흠……냐…….."

쿠노는 의식이 멀어지는지 비틀거리기 시작했다! 완전히 의식을 잃은 쿠노는 그 자리에서 쓰러지려 했지만, 누라리횬이 그녀를 안아들었다.

"조그마한 공주 아가씨, 잠시 동안만 잠들어있어 주실까."

쿠노를 어떻게 할 작정인 거지?! 상황이 상황인 탓에 가만히 있을 수 없었던 나는 갑옷 토시를 장착하며 전투태세를 취했다!

"쿠노! 젠장!"

내가 몸을 날리려 한 순간이었다!

"이런이런."

"그렇게는 안 되올시다."

갑자기 귀에 익지 않은 목소리가 들려왔다! 누라리횬의 양옆에서 또 연기가 피어올랐다!

그 연기에서 나온 것은 인간과 비슷한 몸집을 지닌 족제비 괴물과, 구름 같은 것을 몸에 두른 개 형태의 괴물이었다. 두 괴물—— 요괴는 누라리횬을 지키려는 듯이 그의 앞에 섰다.

"동쪽 요괴, 카마이타치의 렛자라고 합니다."

족제비 요괴는 양손에 칼날 같은 돌기를 만들어냈다.

"마찬가지로 동쪽 요괴인, 뇌수(雷獸) 쿠모와타리라고 하오."

구름을 두른 요괴는 온몸에 전기를 띠고 있었다.

둘 다 몸에 두른 요기가 범상치 않을 정도로 농밀했다. 만만한 상대가 아니라는 사실은 순식간에 알아챘다. 게다가 누라리횬과 달리, 이들에게서는 적의도 느껴졌다.

쿠로카는 그 둘을 보더니, 나를 향해 고함을 질렀다.

"적룡제, 방심하지 마! 저 녀석들은 동쪽 요괴 중에서는 꽤나 이름을 날리고 있는 강자들이야냥! 누라리횬의 측근이라구!"

쿠로카가 그렇게 외친 순간, 나뿐만 아니라 이 자리에 있는 이들 전원이 일제히 전투태세를 취했다!

카마이타치는 쿠로카를 보더니 크크큭 하고 웃었다.

"여어, 쿠로카. 악마로 전생해서 새하얀 용에게 꼬리를 치다,

지금은 빨간 용과 붙어 다닌다면서? 네코마타는 엉덩이가 가벼운걸. ──네코마타의 장로님이 꽤나 화났다고."

쿠로카도 인상을 찡그렸다.

"그딴 건 내 알바 아냐냥! 겨우 자매가 함께 지낼 수 있는 곳이 생길 것 같단 말이야. 방해하게 둘 것 같아?"

쿠로카는 손 언저리에 마방진을 전개하더니, 금방이라도 전투를 벌일 듯한 분위기를 띠었다!

키바도 성마검을 만들어내더니, 누라리횬을 향해 들었다.

"공주님을 넘겨줄 수는 없어!"

우리 전원이 쿠노를 구하기 위해 빈틈을 살피고 있을 때, 누라리횬이 또 지팡이로 바닥을 두드렸다.

"일단 물러서도록 할까. ──곧 초대장을 보내지. 별것 아닌 여흥이니 너무 마음 쓰지는 마라."

또 연기가 발생했다. 그리고 연기가 걷힌 후, 누라리횬 일행은 쿠노를 데리고 이곳에서 사라졌다!

……여흥이라고? 젠장! 우리를 평가하기 위해서인지는 몰라도, 우리 집에 놀러왔을 뿐인 쿠노를 끌고 가다니……!

나는 오른 주먹을 왼손바닥에 날리면서 이를 갈았다──.

─○ ● ○─

그날 밤──.

나, 리아스, 아케노 씨, 코네코, 쿠로카, 이렇게 다섯 명은 인적이 드문 도쿄 교외로 향하고 있었다.

그 일이 있고 얼마 지나지 않아 누라리횬의 초대장이 묶인 화살이 우리 집에 날아왔다. 그 초대장에는 지금 이곳에 있는 다섯 명의 이름과 어떤 장소가 표시된 지도가 실려 있었다. 이 멤버만 지도에 표시된 장소에 오라고 적혀 있었다. 이름이 적혀 있지 않은 동료들은 조금 떨어진 곳에서 대기하고 있었다. 무슨 일이 생긴다면 바로 서둘러 이곳으로 오기로 해뒀다.

쿠노가 끌려간 후, 오피스는 침묵을 지키기 시작했지만, 일단 정체가 들키면 안 되기에 집에 두고 왔다. 솔직히 오피스도 신경 쓰이지만 일단 상대가 지정한 장소에 가야 한다.

짙은 안개가 드리워진 시골길——. 도쿄 중심에서 벗어나니, 이렇게 인기척과 건물이 없는 한적한 풍경이 펼쳐져 있었다. 이 앞에 상대가 지정한 장소가 있을 텐데…….

안개가 짙어지는 가운데, 길을 따라 걷던 리아스가 낮은 목소리로 말했다.

"이건 누라리횬이 우리를 시험하는 것과 동시에 긴장 완화를 노리고 있는 걸 거야."

리아스는 말을 이었다.

"아까 우리 앞에 나타났던 카마이타치와 뇌수의 요기에는 혐오감이 어려 있었어. ……아마 화평을 하기로 이미 결정이 되기는 했을 거야. 하지만 반대파가 품고 있는 감정을 퍼부을 상대가 없었어. 그래서 그 상대로 우리가 지정된 거지."

……그 적의에는 그런 뜻이 담겨 있었던 건가. 그 녀석들은 화

평 반대파인 거군. 그럼 우리들──『5대 종가』와 관련이 있는 이들과 세이크리드 기어를 지닌 이들을 혐오하고 있을 것이다.

"서젝스 님에게 들은 거야?"

내가 묻자, 리아스는 한숨을 내쉬었다.

"그래. 오라버니는 『나쁜 방향으로 흘러가지는 않을 테니 그들과 어울려 주지 않겠어?』하고 말씀하셨어."

즉 누라리횬 파의 내부 사정을 배려하며 대처해달라는 상부의 지시군.

리아스는 쓴웃음을 지었다.

"혼성팀 『DxD』에 가입하면 이런 일도 하게 되는 거네."

……하하하, 나도 쓴웃음을 흘릴 수밖에 없었다. 예전에 『5대 종가』나 세이크리드 기어 소유자가 무슨 짓을 한 건지는 모르지만, 우리가 그 뒤처리를 하게 된 건가. 정말 우리는 별의별 일을 다 해결해야 하네……. 이 인선도 누라리횬 측의 의향이 반영된 것이리라.

신라 전 부회장이 『5대 종가』의 『신라』 출신이기에 참가를 희망했지만, 이번에는 우리에게 맡겨주기로 했다.

"……나중에 전 총독에게 한 소리 해줘야겠냥. 왜 내가 이런 일까지…… 뭐, 누라리횬 두령님이 상대라면 나서지 않을 수는 없지만…… 그래도……."

쿠로카는 낮은 목소리로 누군가에 대한 원망을 늘어놓고 있었다.

한편, 아케노 씨는 나와 리아스에게 미안해하며 말했다.

"······결과적으로 제 어머님의 가문이 폐를 끼치는군요. 정말 죄송해요."

아케노 씨는 그런 걸 신경 쓰고 있었던 것 같았다. 나와 리아스는 빙긋 미소 지으면서 대답했다.

"신경 쓰지 마세요. 아케노 씨는 잘못한 게 없잖아요."

"그래. 너는 우리의 히메지마 아케노일 뿐이잖아? 아무 잘못도 없어."

우리가 그렇게 말하자, 아케노 씨는 온화한 미소를 지었다.

──그런 대화를 나누고 있을 때, 안개 너머에 존재하는 거대한 문이 보였다. 지정된 장소── 누라리횬의 저택에 도착한 것 같았다.

우리가 문 앞에 서자, 양문형 나무문이 저절로 열리기 시작했다──.

우리는 문을 통해 안으로 들어갔다. 요괴의 저택이라고는 해도 일본가옥이기에 현관에서 신발을 벗을지 말지 고민했지만······ 신발을 신은 채 안으로 들어가기로 했다. 약간 죄책감이 느껴지는 건 내가 일본인이기 때문일까.

실내는 넓었다. 복도는 엄청 길었고, 양옆에는 수없이 많은 장지문이 줄지어 존재했다. ······내부는 겉보기보다 더 넓네? 미궁인가?

한동안 걸은 후에야 복도 끝이 보이기 시작했다. 복도 너머는 널찍한 공간이었다. 그리고 안쪽으로 이어지는 길이 존재했다.

──하지만 그곳에서는 자객이 우리를 기다리고 있었다.

"아까는 실례했다."

"우리가 너희를 상대하마."

아까 우리 앞에 나타났던 카마이타치, 렛자와 뇌수 쿠모와타리였다. 이 녀석들을 쓰러뜨리지 않으면 나아갈 수 없는 건가? 동맹 반대파인 이 두 요괴가 첫 자객일 줄이야.

나는 갑옷 토시를 차면서 임전 태세를 취했다. 바로 그때, 아케노 씨가 한 걸음 앞으로 나섰다.

"──제가 나서죠."

아케노 씨가 그렇게 말하자, 카마이타치가 입을 열었다.

"……히메지마의 사람, 맞지?"

"예, 맞아요. 가문에서 추방당한 몸이지만요."

아케노 씨의 손에 뇌광이 맺히더니, 치직치직 하는 격렬한 소리가 울려 퍼졌다.

내가 아케노 씨에게 가세하려 한 순간이었다. ──등 뒤에서 기묘한 위압감이 느껴졌다! 고개를 돌려보니, 그곳에는── 검은 털을 지닌 커다란 개가 있었다. 그것은 이쿠세 토비오 씨가 사역하는 진이었다. 진을 본 카마이타치와 뇌수는 흥분을 감추지 못했다.

카마이타치는 양손에 칼날을 만들면서 외쳤다.

"소문을 들었다! 내 동포가 애를 많이 먹었다면서? 주인은 어디 있지?"

하지만 진은 대답하지 않았다. 이쿠세 씨는 오지 않은 것 같았다. 어떻게 혼자 온 건지 신경 쓰였지만…… 의지를 지닌 독립 구현형 세이크리드 기어잖아. 게다가 롱기누스다. 이 정도는 놀랄 일이 아닐지도 모른다.

"흠. 혼자서 온 건가."

뇌수가 혼자서 이곳에 온 진을 보며 감탄했다.

진은 아케노 씨의 옆에 섰다. 그 광경을 본 리아스는 말했다.

"저 모습에서 운명이 느껴져."

리아스는 말을 이었다.

"저 개, 진의 마스터인 이쿠세 토비오는 히메지마의 피를 이어받았어. 히메지마 전 당주에게는 누나가 두 명 있었는데, 그중 한 명이 아케노의 할머니, 그리고 다른 한 사람의 이쿠세 씨의——."

——쿡! …………그런 사정이 있는 거야?! 아케노 씨와…… 이쿠세 씨가 친척?! 두 사람의 할머니가 자매…… 즉, 육촌이 잖아!

아케노 씨는 자신의 옆에 선 개를 향해 미소 지으며 말했다.

"……도와줄 거야?"

진은 꼬리를 한 번만 흔들었다. 그것은 긍정을 의미하는 것 같았다. 이쿠세 씨가 아케노 씨를 돕게 하려고 진을 혼자서 보낸 걸까?

"고마워, 진."

아케노 씨는 감사의 뜻을 표한 후, 우리를 향해 말했다.

"저들은 저희에게 맡기고 먼저 가세요!"

진이 있다면 아케노 씨를 걱정할 필요는 없을 것이다. 나와 리아스는 고개를 끄덕인 후, 이 자리를 벗어났다. 그 후, 뒤편에서 격렬한 폭발음이 들려왔다——.

길을 따라서 나아가자, 또 넓은 공간이 나타났다. 그곳에 다가갈수록—— 쿠로카와 코네코의 표정이 굳었다. 어찌된 영문인지 쿠로카의 얼굴은 진땀으로 범벅이 되어 있었다.

쿠로카는 쥐어짜내는 듯한 목소리로 말했다.

"…………윽! 말도 안 돼……! 이 기는……!!"

코네코는 몸을 부르르 떨면서 말했다.

"어, 언니……! 대체, 이건……?!"

두 네코마타는 뭔가를 감지한 것 같았다. 하지만 나와 리아스는 기묘한 공기만 느껴질 뿐, 코네코와 쿠로카처럼 몸이 떨리지는 않았다.

그 장소에 도착해보니, 그곳에는—— 한 얼룩 고양이가 있었다. 하지만 단순한 얼룩 고양이가 아니었다. 꼬리가…… 일곱 개나 되는 것이다!

"호오, 흰 고양이도 어엿한 네코마타가 된 것 같구나."

젊은 여성의 목소리가 실내에서 메아리쳤다. 유심히 보니, 그 목소리는—— 꼬리가 갈라진 고양이에게서 나오고 있었다. ……인간으로 변신하지 않은 네코마타인 걸까?

그 얼룩 고양이는 코네코와 쿠로카를 번갈아 쳐다보면서 말했다.

"오래간만이구나, 쿠로카."

볼을 타고 땀이 흘러내리고 있는 쿠로카는 긴장한 표정으로 말했다.

"……설마 미케 할머니, 당신이 있을 줄은 꿈에도 몰랐어!"

쿠로카가 그렇게 말한 순간, 코네코도 깜짝 놀란 표정을 지었다.

"그, 그럼, 이 분이 미케 장로님……."

"그래. 우리 업계—— 고양이 요괴의 수장인 마가리. 통칭 미케 할머니야."

고양이 요괴의 수장! 그럼 거물이잖아! 이런 곳에서 만날 줄은 몰랐어! 아~, 그리고 보니 우리 집에 쳐들어왔던 동쪽 요괴들이 그런 소리를 하기는 했었지.

네코마타들의 두목이라 할 수 있는 얼룩 고양이는 눈을 가늘게 떴다.

"나를 그렇게 부르는 녀석들은 하나같이 행실이 나쁜 고양이들이지."

고양이 형태라서 그런지 위압감보다는 귀여움이 강하게 느껴지지만…….

"……유명인이야?"

나는 리아스에게 물었다.

"……800년 넘게 산 대요괴야. 나도 네코마타에 대해 꽤 조사해보기는 했지만…… 이렇게 만나는 건 처음이야. ……아무래도 이 저택에는 요괴 세력의 실력자만 모여 있는 것 같네."

리아스도 깜짝 놀란 것 같았다.

……잠깐만 800년 넘게 산 요괴?! 혹시 서젝스 님이나 현 마왕님들보다 연상인 거 아냐……? 하지만 목소리는 젊네.

얼룩 고양이는 나와 리아스를 쳐다보았다.

"내가 볼일이 있는 건 저 자매 고양이뿐이야. 적룡제 소년과 악마들의 공주님은 얼마든지 지나가도 돼."

말은 저렇게 하는데……. 확실히 우리를 향한 적의는 느껴지지 않았다. 코네코와 쿠로카에게는 적의보다는 흥미를 보이고 있었다.

쿠로카는 저택 안쪽을 손가락으로 가리키면서 말했다.

"먼저 가. 저 사람은 나와 시로네에게 맡겨냥. 어차피 이럴 작정으로 나와 시로네를 지명한 걸 거야. 이 장로의 의견은 누라리횬 두령님도 무시하지는 못하거든."

코네코가 쿠로카의 뒤를 이어 말했다.

"걱정하지 마세요. 부장님과 잇세 선배는 쿠노 양한테 빨리 가보세요."

그리고 얼룩 고양이 모습의 장로도 말했다.

"잡아먹을 생각은 없어. 이 할망구가 잔소리를 좀 해주고 싶은 것뿐이지. 간단히 말해 『고양이들의 집회』지. 뭐, 우리 두목이 진짜로 만나고 싶어 하는 건 소년 쪽이기도 하거든."

……세 고양이 요괴가 하나같이 저렇게 말하니 거부할 수가 없었다. 나와 리아스는 서로를 쳐다보며―― 고개를 끄덕였다.

"그럼 부탁할게, 코네코, 쿠로카!"

"무슨 일 있으면 도망치렴!"

나와 리아스는 그렇게 말한 후, 안쪽을 향해 내달렸다———.

기나긴 복도의 끝에는 마치 골 지점이라는 듯이 한층 더 호화로운 장지문이 있었다. 나는 그 장지문을 힘차게 열어젖혔다!

"쿠노! 무사해?!"

고함을 지르는 내 눈앞에 펼쳐져 있는 것은——— 고급스러운 방이었다! 안쪽에는 용이 그려진 족자가 걸려 있으며, 상석에는 쿠노가 앉아있었다! 그리고 좌탁을 사이에 두고 누라리횬이 쿠노와 마주보고 앉아있었다.

"잇세! 와줬구나!"

쿠노는 기뻐했다. 하지만 그녀는 딱히 묶여 있지 않았다. 차와 과자 등이 앞에 놓여 있는 걸 보니 정중한 대접을 받고 있는 것 같았다.

누라리횬은 차를 한 모금 마신 후, 말했다.

"왔구나. 우리 애들도 꽤 쓸 만하지?"

누라리횬은 딱히 미안해하지도 않으며 리아스에게 말했다.

"동쪽 요괴 세력의 수장, 이쯤 하면 됐을 텐데요? 쿠노를 돌려받겠어요."

누라리횬은 태연한 어조로 대답했다.

"그렇게 허둥댈 필요 없다. 늙은이의 여흥에 불과하니까 말이야. 차라도 한 잔 하지 그래."

······나도 인내심이 바닥났다. 요괴에게, 누라리횬 일파에게 어떤 의도가 있는지, 어떤 불만을 품고 있는지는 모른다.

하지만——.

나는 갑옷 토시를 낀 팔을 앞으로 내밀며, 누라리횬에게 말했다!

"이건 우리 상사와 한 정치적 거래의 결과일지도 몰라. 하지만 쿠노는 우리 손님이야! 더는 이런 일에 휘말리게 할 수는 없어! 돌려줘! 안 그러면 나도 불만을 표시할 거라고."

내가 서슴없이 그렇게 말하자 누라리횬은 한순간 당황했지만 —— 곧 재미있다는 듯이 히죽거렸다.

"타천사의 수장이 말한 대로, 표정이 좋군. 단순한 색골은 아닌 것 같아. ——하지만 말이야."

누라리횬은 내 뒤편을 쳐다보았다. 나도 덩달아 뒤편을 쳐다보니…… 코네코와 쿠로카가 그곳에 서있었다! 이야기는 이미 끝난 건가? 딱히 전투를 한 것 같지도 않고, 입고 있는 옷도 멀쩡해 보였다.

"코네코, 쿠로카……. 무사했구나."

내가 가슴을 쓸어내리면서 그렇게 말한 순간, 코네코가 갑자기 나를 끌어안았다. 무슨 일인가 싶어 코네코의 얼굴을 쳐다보니—— 얼굴이 새빨개진 그녀는 촉촉하게 젖은 눈동자로 나를 올려다보며 애절한 목소리로 말했다.

"……선배, 안아 주세요."

그 반응에 놀랄 새도 없이, 이번에는 쿠로카가 등 뒤에서 나를 끌어안았다! 그 탓에 나는 이 방의 바닥에 쓰러지고 말았다. 그러자 황홀한 듯한 표정을 지은 쿠로카가 나와 몸을 밀착시키더니, 요염한 목소리로 말했다.

"우후후, 적룡제~. 지금 이 자리에서 에로에로한 짓 안 할래~?"

이, 이, 이, 이 악당 고양이가 무슨 소리를 하는 거야?! 여기는 누라리횬의 저택이라고! 게다가 누라리횬 본인이 이 방에 있단 말이다! 이, 이런 곳에서 어떻게 에로에로한 짓을 하냐고! 코네코도 내 몸에 자기 몸을 비벼대고 있잖아! 여체의 부드러운 감촉이 정말 끝내줘! 엄청 기분 좋지만 때와 장소를 가려!

어느새 근처에 와있던 얼룩 고양이와 내 눈이 마주쳤다.

"내 말을 들을 생각이 없는 것 같기에 좀 조종해봤어."

맙소사! 이 코네코와 쿠로카가 에로에로해진 건 얼룩 고양이 장로 때문인 거구나!

이러지도 저러지도 못하게 된 나는 리아스에게 도움을 요청했다!

"저, 저기! 왜, 이렇게……! 리, 리아스!"

하지만 리아스는——.

"……잇세, 큰소리내지 마렴. 이곳은 할아버지의 집이잖니…….."

온화한 표정으로 누라리횬의 어깨를 주무르고 있었다!

"오~, 잘 주무르는걸."

누라리횬도 우리 집에 침입했을 때처럼 상냥한 할아버지 모드가 되어 있었다! 으으으, 또 그 술법을 쓴 거군! 자기 집에서도 효과가 있는 거냐!

쿠노는 벌떡 일어나더니 당혹해 하고 있었다.

"으으, 믿기지가 않는 구나. 누라리횬 님과 마가리 님의 술법이 매우 강력하다는 이야기는 들었지만, 이 정도일 줄이야⋯⋯!"

누라리횬은 리아스에게 어깨 안마를 받으면서 말했다.

"적룡제 소년은 이런 약은 수에 약하다고 들었지. 그럼 보다시피 나와의 상성은 최악이겠지."

그거 죄송하게 됐네요! 확실히 직접적으로 공격해오지 않는 상대는 영 성가셨다!

누라리횬은 나를 쳐다보고 있었다.

──윽! 한순간 시야가 흔들렸다. ⋯⋯의, 의식이⋯⋯. ⋯⋯누라리횬과 눈이 마주친 순간⋯⋯ 사고능력이 단숨에 저하되면서⋯⋯ 머릿속에 안개가 낀 것처럼⋯⋯.

⋯⋯의식이 애매해진 나에게⋯⋯ 누라리횬이 말했다.

"어이, 적룡제 소년. 나에게 그 집과 거기 사는 사람들을 주지 않겠느냐? 집은 쾌적해 보이고, 아가씨들도 상당한 전력이 될 것 같더군. 어때? 나에게 양보해주지 않겠어?"

⋯⋯어째서일까. 누라리횬의 목소리는 달콤하면서도, 절대적인 것처럼 느껴졌다. 그의 말을 전폭적으로 신뢰해도 될 것 같은 느낌이⋯⋯ 아니, 이 말에 무조건 따라도 될 것처럼 느껴져서⋯⋯. ⋯⋯아하, 에로방에서도⋯⋯ 나는 이런 상태였구나⋯⋯. 이게 누라리횬의 술법인가⋯⋯.

쿠노의 목소리가 들려왔다⋯⋯.

"안 된다, 잇세! 대답해선 안 돼! 누라리횬 님의 술법에 지면 앞으로의 동맹 관계도, 『DxD』의 방향성도 꼬여버릴지도 모르니라!"

……그, 그래……. 이런 술법에 질 수는 없어……! 게, 게다가…… 그 집에 살고 있는 이들을 달라니…… 으윽, 의식이……. ……그 말에 따르고 싶어지는 것도…… 누라리횬 탓인가……!

게다가…… 코네코와 쿠로카가 몸을 비벼대고 있으니…… 괜히 더 유혹에 질 것만 같았다! 쿠로카의 풍만하면서도 탄력 있는 가슴은 끝내줘…….

"우후후, 자아, 야한 짓 하자냥. 내 몸, 마음대로 해도 돼냥."

……기모노의 앞섶을 벌린 쿠로카는 내 옷을 벗기려 했다! 그런 쿠로카의 옆에 있는 코네코는 시로네 모드로 변신하더니, 성장한 육체로 나를 유혹했다!

"……선배, 이 몸이라면 다소 난폭한 짓을 당해도 버틸 수 있거든요? 그래도 안 할 건가요……?"

코네코까지 기모노를 반쯤 벗더니…… 풍만한 가슴을 흔들어서, 내 얼굴을 자신의 가슴 쪽으로 유도했다! 아앗, 코네코의 가슴에 얼굴을 꼭 파묻다니, 꿈만 같아……. 커진 코네코의…… 커진 가슴은 쿠로카에게 지지 않을 만큼 풍만하면서도 탄력적이다……!

누라리횬은 유쾌해 하면서 말했다.

"좋다. 승낙해준다면, 다른 애들에게도 더 끝내주는 짓을 하라고 내가 부탁해주지."

……정말……?! ……끄, 끝내주네……! 자, 잠깐만, 하렘 왕이 되는 게 목표인 내가 그래도 되는 걸까……? ……타인이 베풀어준 가슴으로 만족해도 되는 걸까……? ……젠장, 지고 싶지 않아! 아, 쿠로카 녀석, 내 귀를 입술로 깨물잖아……! 코네코는 혀로 내 몸을 핥고 있어! ……으으, 지지마라, 나! 리아스, 아시아, 아케노 씨, 코네코, 제노비아, 이리나, 로스바이세 씨, 레이벨, 르페이, 쿠로카, 오피스…… 아빠, 엄마……! 모두의 얼굴이, 모두와 보낸 즐거운 나날이, 머릿속에 떠올랐다…….

누라리횬은 또 물었다.

"어때, 나에게 그 집을 주겠느냐?"

"그, 그게──."

……내 입에서 나온 말은…….

"안 돼. 못 줘……. 그 집은 내가 돌아갈 장소야……. 그리고 다들, 소중한 동료이자…… 가족이라고……. 할아버지에게 줄 수는 없어……!"

……나는 필사적으로 저항하면서 쥐어짜낸 듯한 목소리로 그렇게 말했다. ……설령 몸을 지배당하더라도…… 절대 그럴 수는 없어! 나는 누라리횬의 내 의식 자체에 호소하는 듯한 달콤하고 절대적인 말에…… 필사적으로 저항했다!

그런 나를 본 누라리횬은 경악을 금치 못하더니, 웃음을 터뜨렸다.

"……그런 대답을 할 줄이야. 정말 놀랍구나."

나는…… 모든 것을 받아들이려 하는 의식에 반발하며, 그렇게 외쳤다!

"여자애와 에로한 짓을 할 때는 남의 도움을 받고 싶지 않다고!"

그래! 타인에게 내 에로까지 조종당하는 건 싫어! 내 엉큼한 마음은 내 것이야! 에로스까지 누라리횬에게 지배당할 수는 없어!

"빌어먹을!!!"

내 기합에 호응해 갑옷 토시의 힘이 상승하더니, 단숨에 갑옷 형태가 되었다!

『역시 내 파트너. 좀 걱정했지만…… 뭐, 성욕이 얽히면 어떻게든 될 거라고 생각했다.』

드래이그도 그렇게 말했다! 역시 내 파트너는 뭘 좀 안다니깐!

나는 코네코와 쿠로카에게 말했다.

"코네코, 쿠로카! 정신 차려! 나와 야한 짓을 하고 싶다면 세뇌 같은 거에 굴복하지 말고 정정당당하게 유혹해보라고! 내가 언제든지 상대가 되어줄게!"

하지만 때와 장소는 가려주시옵소서! 조금이라도 더 좋은 환경에서 에로한 짓을 하고 싶다고!

내 외침에 쿠노도 호응했다.

"나도 가만히 보고 있지만은 않겠다! 나는 교토 요괴의 수장, 야사카의 딸, 쿠노니까 말이다!"

쿠노가 요기를 끌어올리더니—— 금색 머리카락이 흰색으로 변했다! 그리고 조그마한 소녀에게 어울리지 않을 만큼 위압적인 아우라를 뿜기 시작했다.

"나도 매일같이 수행을 해왔다! 너희와 함께 걸어가기 위해서는 힘이 필요하니까!"

구미호 공주님은 당당한 목소리로 외쳤다!

그러자 누라리횬도 자리에서 일어나더니 탄성을 터뜨렸다.

"──백모(白毛)로 변하다니……. 설마 백면금모(白面金毛)의 구미호가 되려는 건가……."

얼룩 고양이 장로는 그 말을 듣더니 고개를 저었다.

"아냐, 총대장. 이건 백면금모가 아냐. 『*팔견전』에 나오는 신수(神獸)── 마사키기츠네와 비슷한 기야. 그건 나중에 『호룡(狐龍)』이 되는데……. 설마 적룡제 소년과의 관계 때문에……?"

얼룩 고양이 장로는 나를 쳐다보았다. ……으음, 내가 쿠노에게 해준 게 딱히 없는데 말이야. 뭐, 쿠노 덕분에 폼 좀 잡아보도록 할깝쇼!

마침 잘됐다. 전부터 생각해왔던 필살기의 새로운 가능성을 시사해보도록 할까! 나는 재빨리 리아스, 코네코, 쿠로카의 몸에 손을 댔다.

"나도 이 자리에서 새로운 가능성에 도전해 보겠어!"

그렇게 말한 나는 망상력, 상상력, 창조력을 머릿속에서 끌어올렸다! 내가 원하고 싶은 것은 여자애들이 몸에 걸친 것을 부수는 힘! 옷이 아냐! 나는 아시아가 디오도라 자식에게 잡혀서 결계 장치에 연결됐을 때를 떠올렸다! 그때 나는 장치에 연결된 아시아의 몸에 손을 댄 후, 『드레스 브레이크』의 힘으로 결계를 파괴했다.

결계를 부순다── 즉, 술식을 파괴한다! 간단히 말해, 여자

---

*팔견전 : 일본 에도시대의 대장편 전기 소설.

애의 몸에 걸린 술식을 브레이크하는 것이다! 부수는 것은 그녀들이 걸친 옷도, 갑옷도 아냐! 어디까지나 술식이라고!

음란한 아우라가 내 몸을 뒤덮었다——. 머릿속에서 망상이 정리됐다! 눈을 부릅뜬 나는 힘찬 목소리로 외쳤다!

"——드레스 브레이크!"

손가락을 튕긴 순간, 내 망상은 갑옷에서 뿜어져 나와, 이 방 안을 가득 채웠다! 내가 사전에 터치해둔 리아스, 코네코, 쿠로카의 몸이 빛에 휩싸였다. 다음 순간, 빛이 더욱 강렬해지더니, 단숨에 폭발했다. 뭔가가 터지는 듯한 소리가 발생했다. 그 순간, 그녀들은 정신을 차린 것처럼 눈동자에 빛이 돌아왔다.

"……나, 왜 누라리횬의 어깨를 주무르고 있는 거지……."

리아스는 고개를 저었다. 정신을 차린 것 같았다!

한편, 원래 몸집으로 돌아온 코네코는 나와 몸을 밀착시키고 있다는 걸 눈치챘다.

"……이, 이렇게 파렴치한 짓을 하고 있다니……!"

코네코는 부끄러워하면서 나를 밀쳐냈다! 하지만 그녀의 언니인 쿠로카는——.

"우후후. 뭐, 이런 것도 좋네."

정신을 차린 것 같은데도 나에게서 떨어지지 않았다! 뭐, 이 녀석은 원래부터 에로 고양이였지!

하지만 성공했어! 『드레스 브레이크』의 새로운 가능성 말이야! 여자애가 두른 옷이 아니라, 몸에 걸린 술식을 파괴했어! 이걸로 같은 편 여자애가 이상한 술식에 걸려도 어떻게 할 수 있을

지도 몰라!

　이 기술에 이름을 붙인다면, 여성의 몸에 두른 모든 것을 붕괴시키는 것이 『드레스 브레이크』B버전! 그리고 여성의 몸에 깃든 모든 술식을 붕괴시키는 것이 『드레스 브레이크』A버전이다!

　나는 A와 B의 『드레스 브레이크』를 크로스시켜, 여성이 몸에 두른 모든 현상, 물체를 한번에 붕괴시키는 기술로 승화시키고 말겠어!

　자아, 새로운 결의를 하고 있을 때, 등 뒤에서 익숙한 아우라가 느껴졌다. 그쪽을 쳐다보니, 맙소사! 오피스가 있었다!

　"쿠노, 잇세."

　오피스가 소리 없이 나타났다! 집에 남아있었을 텐데…… 쿠노가 걱정되어서 여기까지 온 건가!

　"오오, 피스 님! 와준 게냐!"

　쿠노는 오피스를 보더니 그 자리에서 펄쩍 뛸 정도로 기뻐했다.

　오피스를 보고 누라리횬도 눈을 치켜떴지만…….

　"……그대를 초대한 적은 없는데 말이야."

　누라리횬과 얼룩 고양이 장로는 오피스의 정체를 알 리가 없다. 하지만 얼룩 고양이 장로는 오피스의 엄청난 힘을 꿰뚫어봤는지 한 걸음 물러섰다.

　"……대장, 물러서. 저 계집은…… 아니, 저건 함부로 얽혀서는 안 되는 존재야. 조그마한 여우 공주님에게서 느껴진 용의 기운은 저 존재의 것이었어……."

장로는 경계심을 최대한 끌어올렸다. 역시 800년 넘게 산 네코마타들의 거물다웠다.

하지만 오피스는 서슴없이 누라리횬에게 다가갔다. 그리고 누라리횬의 얼굴을 뚫어져라 쳐다본 후, 말했다.

"쿠노를 괴롭히지 마."

그리고 오피스는 누라리횬의 엉덩이를 손바닥으로 때렸다!

"――윽! 아야야야야야야야야야야야야야야야야야야야야야야야얏!"

단순한 엉덩이 맴매도 무한의 용신이 날리면 그 위력은 상상을 초월했다……. 누라리횬은 너무 엄청난 충격을 받은 나머지 그 자리에서 펄쩍 뛰었다.

얼마 후, 누라리횬의 저택의 한 방에서는 말로 형용할 수 없는 상황이 펼쳐졌다.

누라리횬은 엎드린 채 퉁퉁 부은 엉덩이를 들고 있었다. 이미 전투를 끝내고 합류한 뇌수와 카마이타치가 총대장인 누라리횬의 엉덩이에 얼음주머니를 올려놨다.

아케노 씨와 진도 우리와 합류해서, 누라리횬이 지명한 이는 전부 이 방에 모여 있었다. 이 저택의 주인인 누라리횬이 이런 꼴이 된 탓에 전투를 벌일 마음이 가신 우리는 미묘한 분위기에 휩싸여 있었다.

나는 원래 누라리횬에게 한 방 먹여줄 생각이었지만, 오피스가 대신 한 방 날려줬기에 그럴 마음도 사라졌다. 참고로 오피스는 쿠노와 함께 방구석에서 과자를 먹고 있는데……. 아무튼, 빨리 돌아가고 싶다.

──그런 생각을 하고 있을 때, 새로운 인물이 나타났다.

"동쪽의 총대장, 장난이 지나쳤던 같소이다."

그렇게 말하면서 이 방에 들어온 이는 쿠노의 어머니인── 야사카 씨였다!

"……야사카냐. 부끄러운 꼴을 보이고 말았구나."

누라리횬은 멋쩍은 듯한 목소리로 그렇게 말했다.

"어머님!"

쿠노는 어머니의 가슴에 뛰어들었다. 야사카 씨는 딸의 머리를 쓰다듬었다.

"호호호, 쿠노. 신수의 편린을 잘 발현시킨 것 같구나."

구미호 모녀가 재회하고 있을 때, 이번에는 아자젤 선생님이 등장했다.

"야사카, 내가 말했지? 아이는 부모도 모르는 사이에 성장하는 법이라고."

"아자젤 선생님!"

선생님은 쓴웃음을 지으면서 내 머리를 거칠게 쓰다듬었다.

"한동안 연락을 못해서 미안하다. 일본 요괴와의 회담이 길어져서 말이야……. 뭐, 그 원인은 저기 있는 총대장이 제공했지만 말이야."

선생님은 어이없다는 듯한 눈길로 누라리횬을 쳐다보았다.

그러자 누라리횬은 투덜거리면서 말했다.

"뭐, 너무 그러지 마라. 우리도 복잡한 사정을 안고 있단 말이다."

선생님은 개의치 않으면서 말했다.

"화평을 내켜하지 않는 누라리횬 측에게 나와 미카엘, 서젝스가 이렇게 말해줬어. 『——동맹의 상징인 「DxD」의 젊은이들, 특히 효도 가에 사는 이들을 직접 살펴보는 게 어때?』 하고 말이야."

역시 리아스의 예상대로였던 것 같다. 으으, 우리는 귀찮은 일을 항상 떠맡는다니깐……. 우리는 이런 일까지 고려해 편성한 팀이라는 생각이 들었다.

"——그런데, 직접 본 우리 쪽 젊은 애들은 어땠지?"

선생님은 누라리횬에게 그렇게 물었다.

"뭐, 알고 싶은 게 아직 남아있기는 하지만……."

누라리횬은 오피스를 힐끔 쳐다본 후, 곧 「껄껄껄」 하고 웃었다.

"이미 충분해. 이 나이에 말썽꾸러기처럼 엉덩이를 두들겨 맞는 일은 흔하지 않거든. 하지만 덕분에 『DxD』라는 팀에 대해 이해했지. 솔직히 말해 즐거웠다고."

누라리횬은 엉덩이를 감싸 쥐며 일어서더니, 우리를 향해 고개를 숙였다.

"미안하구나, 적룡제 소년, 악마 세력의 공주 아가씨, 히메지마 가문의 딸이여. 젊은 너희를 보니 좀 골려주고 싶어져서 말이다. 내 억지에 어울려줘서 고맙다. 하지만 더는 젊은 녀석들이 불평을 하지는 못하게 하마."

누라리횬은 카마이타치와 뇌수에게 말했다.

"너희도 이제 됐지?"

둘 다 자세를 바로하며 대답했다.

"예. 그들에게 악의가 없다는 것은 손속을 겨루고 느꼈습니다."

"앞으로 동맹에 반대하지 않겠습니다."

아무래도 아케노 씨, 진과 싸우면서 우리에게 적의나 살의가 없다는 것을 깨달은 것 같고, 아케노 씨도 진지하게 싸움에 응해줬으리라. 『히메지마』에도 다양한 사람들이 있을 테고, 전 당주가 어떤 사람이었든 간에, 아케노 씨는 아케노 씨다.

그 둘도 우리를 향해 깊이 고개를 숙였다.

"무례를 범한 걸 사과하겠소이다."

"그 어떤 처벌이라도 다 받겠습니다."

왠지 목숨까지 내줄 것 같은 분위기였기에, 우리는 「앞으로 사이좋게 지내죠」 하고 적당히 대답해줬다. 평화가 최고라굽쇼. 뭐, 『드레스 브레이크』의 새로운 가능성을 개척했으니, 나로서는 수확이 있었다.

누라리횬은 아자젤 선생님에게 말했다.

"반대파의 필두인 이 녀석들이 납득했으니 다른 녀석들도 승복하겠지. 타천사의 수장 아자젤. 염치없는 소리지만, 우리와 화평을 맺어주지 않겠나?"

선생님은 씨익 웃으면서 손을 내밀었다.

"뭐, 오랫동안 거리를 두고 지내왔던 이형의 존재들이 화평 협의를 하는 거니 쉽지 않을 거라는 건 처음부터 예상했어. 뭐, 이 정도 선에서 해결됐으니 오히려 다행일 정도라고. 다시 날짜를 잡아서 이야기를 하자. 그때까지 엉덩이 붓기를 빼라고, 대장."

"하아, 꼭 아픈 데를 찔러야겠나."

두 세력의 톱은 악수를 나눴다. 아무래도 결판이 난 것 같았다.

한편, 쿠로카는 이 틈에 몰래 이 자리를 벗어나려 했다.

"자아, 그럼 나는 이만 실례……."

"쿠로카, 기다리거라."

얼룩 고양이 장로가 그녀를 불러 세웠다! 그러자 쿠로카는 우물쭈물 했다.

"냐앙?! 왜, 왜 그래……. 아직 나한테 볼일이 있는 거야……?"

얼룩 고양이 장로는 눈을 가늘게 뜨면서 말했다.

"다음에 시로네와 너를 수련시켜주마. 언제든지 이곳으로 오거라."

"저, 저기, 나는 사양──."

쿠로카는 사양하려 했지만…….

"예! 잘 부탁해요! 언니, 우리 또 와요."

코네코는 바로 오케이했다. 그런 여동생을 본 쿠로카는 힘없이 고개를 끄덕였다.

상황이 어느 정도 정리되었을 즈음, 야사카 씨가 쿠노에게 말했다.

"자아, 쿠노. 돌아가자꾸나. 오늘밤은 도쿄에 있는 호텔에서 마왕 분들께서 한턱 쏘겠다고 하시더구나. 쿠노가 좋아하는 게 있으면 좋겠는걸."

"예, 기대됩니다! 하지만 어머님! 제 말 좀 들어주세요! 저는 결심했어요! 이제 편식 하지 않고 뭐든 잘 먹을 거예요!"

"호오. ──그런 결심을 한 연유는 뭐지?"

쿠노는 가슴 쪽에 커다란 원을 그리면서 선언했다.

"예! 잇세는 가슴이 큰 여자라면 사족을 못 쓴다는 걸 이번에 이해했습니다! 저도 뭐든 잘 먹어서 어머님처럼 가슴이 커질 거예요!"

"나도 가슴이 커지고 싶어."

오피스도 쿠노 흉내를 내며 가슴에 커다란 원을 그렸다!

하아, 어린애들이 그런 소리를 하면 안 된다굽쇼! 두 사람의 그런 모습을 본 리아스와 아케노 씨는 온화한 표정을 지었다.

그 후, 삼대 세력과 누라리횬 측의 화평은 잘 진행되었고, 결국 합의 쪽으로 의견이 모아졌다고 한다. 화평이 체결되는 것도 시간문제라고 한다. 구미호 모녀도 볼일을 마치고 교토로 돌아갔다.

얼마 후, 폐를 끼친 데 대한 사과의 뜻이라면서 누라리횬이 금은보화, 행운을 부르는 부적, 오래된 그림 등을 보내왔다. 리아스의 말에 따르면 전부 귀중하고 희소가치가 있는 것들이라고 한다. 서젝스 님과 선생님에게서도 상이라면서, 앞에 초 자가 다섯 개 정도는 붙어도 될 정도의 고급 *카탈로그 기프트를 팀 전원이 받았다. 이렇게 많이 받으니 오히려 송구스럽다는 생각마저 들었다.

아무튼 평화가 최고다. 일상생활로 돌아온 나는 그 날도 한밤중에 볼일이 급해졌다. 문 앞에서 「혹시……」하며 생각에 잠긴 후, 나는 일부러 지하 화장실로 향했다.

설마 이곳까지는 오지 않을 거라고 생각하며 문을 열어보니──.

"잘 왔다, 잇세!"

"대단해! 제노비아의 예상 대로잖아!"

"잇세 씨, 어서 오세요."

그곳은 천계 특제 에로방이었으며, 제노비아, 이리나, 아시아 세 사람── 교회 트리오가 대기하고 있었다! 하아, 뭐가 어떻게 된 거야?! 내 화장실 타임은 이 애들에게 완벽하게 파악당한 거야?!

"이제 좀 그만하라고!"

나는 이 한밤중에 비명을 지를 수밖에 없었다──.

---

*카탈로그 기프트 : 선물을 받은 이가 카탈로그 안에서 임의의 상품을 고를 수 있는 시스템의 선물.

후기

오래간만입니다. 이시부미 이치에이입니다.

하이스쿨 DxD 단편집 시리즈 『DX』 제2탄을 여러분에게 전해드립니다.

이전에도 말씀드렸습니다만, 아직 단편 소재가 꽤 모여 있습니다. 그리고 DX를 한 권 내는 사이에 더 쌓이고 있죠.

연재분만이 아니라 잡지 수록분, 혹은 이벤트 때 배포한 단편 소책자도 포함하면 현재 문고로 환산했을 때 서너 권 정도 분량이 있습니다.

그 사이에도 연재분은 계속 쌓일 테니, 이 시리즈도 10권을 넘어가지 않으려나요……. 저기, 앞으로도 계속 읽어주시면 감사하겠습니다.

그럼 이번에 수록된 각 에피소드에 대해 해설을 할까 합니다.

『태양이 가슴!』—— 시계열 9권 직후

72가문 중에서도 단절된 가문의 후손은 어떻게 살고 있을까? 그런 생각과 바다 관련 이야기는 쓰지 않았기에 한 번 써보자는 생각으로 완성한 에피소드입니다.

그리고 제대로 된 인어가 존재해도 괜찮지 않을까 싶더군요. 왜냐하면 DxD에 나온 인어는 전부 다리 달린 참치였으니까요…….

등장 캐릭터 중에는 겉모습이 인간을 쏙 빼닮은 악마가 많기 때문에 때로는 괴인처럼 생긴 악마가 나와도 괜찮지 않을까 싶어 포르네우스라는 캐릭터를 등장시켜봤습니다. 포르네우스, 하면 로맨O 사가3에 나온 그 녀석이 생각납니다만…….

포세이돈도 처음으로 등장시켰습니다만…… 이 세상의 신 중에는 자유로운 분이 많군요.

자아, 인어인 리리티파 씨는 다른 단편에도 나옵니다. 다음 DX에서 그 이야기가 수록될지도 모르겠군요. 본편에 나와도 되지 않을까 하는 생각도 듭니다만…… 뭐, 아직 확정은 되지 않았으니 잠시만 기다려주십시오.

『학생회의 의견』── 시계열 「태양이 가슴!」 후

학생회의 시트리 권속은 평소 학교에서 뭘 하는가, 라는 아이디어가 떠올랐습니다. 그것을 잇세가 체험해보면서 시트리 팀과 친목을 다지고, 그들이 하는 일에 대해서도 알게 되는 일석이조의 단편이죠.

소나가 제과제빵을 끝내주게 못한다는 설정이 드디어 나왔습니다. 꽤 예전부터 소개가 되기는 했지만, 본편에서는 좀처럼 설명할 기회가 없었죠.

리아스가 낙타를 싫어한다(원래 그레모리라는 악마는 낙타를

타고 소환에 응합니다)는 설정도 일부 에피소드에서만 나왔기에 언젠가 해당 SS가 단편집에 수록되었으면 좋겠습니다.

이 에피소드의 제목이 후지미 판타지아 문고에서 나오고 있는 모 학생회 시리즈와 비슷하지만…… 뭐, 신경 쓰지 말아 주십시오. 작가이신 아오이 세키나 씨와 저는 같은 해 같은 날 데뷔한 동기인지라, 잘 알고 지내는 사이거든요.

『모험하러 가자!』── 시계열 10권 후

아마노무라쿠모노츠루기가 부러진 에피소드가 처음으로 나온 이야기이기도 합니다.

지금은 저도 오픈월드 계열 게임을 좋아합니다만, 이 단편이 발표되었을 때는 딱히 오픈월드형 게임을 좋아하지 않았습니다. 하지만 이 에피소드를 DX 2권에 수록하게 되고 다시 읽어 보니, 완전히 오픈월드에 관한 이야기더군요. 그런 부분은 수정했습니다.

극중에서도 나옵니다만, 아주카의 게임에 관해서는…… 언젠가 따로 다루고 싶다고 생각하지만 아직……. 담당 H님, 죄송합니다. 하지만 조금씩 쓰고 있거든요……? 언젠가 반드시 발표하고 싶으니, 느긋하게…… 느긋하게 기다려주십시오!

『받들어라☆용신소녀!』── 시계열 13권 후

단편에 쿠노를 출현시키고 싶다! 그런 마음이 커져서 오피스와 얽히게 해보자고 생각해 쓴 에피소드입니다. 예상 밖으로,

아니, 예상대로 오피스와 쿠노의 상성이 좋았어요. 쓰면서도 즐거웠고, 일러스트 적으로도 잘 어울렸다고 생각합니다.

쿠노는 9권에서만 등장시킬 예정이었습니다만, 비주얼이 좋고, 여우 아가씨라는 귀여운 속성도 있어 인기를 얻었습니다. 한 번만 더, 한 번만 더, 하면서 등장시키다보니, 어느새 본편에서도 재등장했죠. 19권에서 쿠노가 어느새 오피스와 친구가 되어 있었는데, 실은 이 에피소드에서 둘은 친구가 되었습니다. 앞으로도 이 둘이 사이좋게 지내는 이야기를 쓰고 싶네요.

『네코마타☆인법첩』── 시계열 14권 안

외국인은 닌자에 대해 매우 착각하고 있다는 점에서 아이디어를 얻어서 쓴 단편입니다. 외국인이 착각하고 있다면, 악마와 천사도 닌자에 대해 착각하고 있을 거라고 멋대로 해석했죠.

다시 읽어보니, 강렬한 캐릭터를 너무 많이 등장시켜서 수습이 안 된다는 느낌을 받았습니다. 사탄레드는 괜히 등장시켰어요. 이 마왕님, 대체 뭘 하고 있는 걸까요…….

캇파인 샐러맨더 토미타도 등장했습니다. 그에 대해서는 본편의 단편집에서도 다뤄졌죠. 드디어 등장시켰군요.

오컬트 연구부 멤버와 그가 만난 『하천부지 정상결전』에 대해서도 기회가 된다면 쓰고 싶습니다.

『마니아의 전당』── 시계열 17권 후

드디어 시그바이라 아가레스, 시 양에 대해 다룬 편입니다. 뜻밖에도 로봇을 좋아하는 아가씨였습니다. 이 에피소드에 대한 반응은 정말 컸던 걸로 기억하고 있습니다.

루키즈 포 중에서 유일하게 다뤄지지 않았던 시그바이라에게 드디어 스포트라이트가 맞춰졌는데, 실은 중증 로봇 마니아였다니…….

그녀는 로봇 및 건프라 마니아인 제 영향을 크게 받은 결과…… 이런 어마무시한 미소녀가 되어버렸습니다.

하지만 이 단편이 발표된 후로 시그바이라를 좋아하게 된 팬도 있으니, 캐릭터성이 정착됐다는 점에서 볼 때는 성공……이라고 할 수 있으려나요?

그리고 그녀는 다른 단편에서도 대활약하니, 다음 기회를 기다려주십시오. ……소나와 레이팅 게임에서 어떤 지략 배틀을 벌였는지 상상하고 싶으면서도, 하고 싶지 않군요.

『백귀야행과 판데모니엄』── 시계열 18권 후

DX 2권의 신작 중편입니다. 본편 쪽이 스토리상 에로 요소가 적기 때문에 단편집을 통해 보충하고 있습니다. 그리고 이 에피소드에서 잇세의 색골 스피릿을 마음껏 드러냈습니다.

19권과 20권은 바로 이어지기 때문에, 이 시기에 단편 혹은 중편을 넣기 위해서는 18권 직후가 가장 적절하더군요. 그러니 이게 가장 최근의 에피소드일 거라고 생각하면 썼습니다.

설마 단편집에서 잇세의 새로운 기술을 발표하게 될 줄이야……. 뭐, 드레스 브레이크의 술법 파괴 버전은 마이너 체인지 버전이라고도 할 수 있기에 본편에서는 좀처럼 써먹을 타이밍이 없었습니다.

참고로 이 기술은 A와 B로 나뉩니다. 아는 분은 다 아시겠지만 모 드퀘만화의 아O 스트랏슈의 A와 B 버전의 오마쥬입니다. 저와 비슷한 세대의 사람들은 버전 차이하면 그걸 떠올리죠.

A그리고 B, 두 개를 합치면……? 궁금하시다면 앞으로의 전개를 주목해주십시오.

타이틀에 들어있는 『백귀야행』, DxD에서는 홀로 백귀야행이 가능한 오키타 소지 씨를 연상할지도 모르겠군요. 이 이야기에 등장시킬지 말지 고민했습니다만, 그랬다간 더 복잡해질 것 같아서 이번에는 등장시키지 않았습니다.

그 대신 히메지마 가문과 네코마타 자매, 쿠노, 오피스, 그리고 잇세의 신기술을 다룰 수 있었습니다. 이번 권에서 가장 네코마타 자매와 쿠노, 오피스가 활약한 에피소드라고 생각합니다.

이 에피소드는 요괴 편이라고도 할 수 있기에 샐러맨더 토미타 씨도 등장시킬까 했습니다만, 개그색채가 너무 강해지는데다 코네코와 얽혔을 때 수습하기 힘들 듯해 관뒀습니다.

토미타 씨는 다른 단편에서도 등장하는 편리한 캐릭터입니다. 간토의 요괴 중에서도 꽤 강한 편이죠.

자아, 이 이야기는 일본에 사는 이능력자와 이형의 존재를 다루는 에피소드가 되었습니다. DxD는 각 신화를 다루며, 보통 일본이 무대가 되고 있지만, 일본의 초현실적인 존재는 그다지 등장하지 않습니다. 유일하게 다뤄진 게 9권인 수학여행 편에서 다룬 교토 요괴들입니다.

그래서 9권의 복습을 겸해 요괴, 히메지마를 비롯한 「5대 종가」에 대한 이야기를 써봤습니다. 「5대 종가」에 관해서는 DxD에서 가볍게 다루기만 했습니다. 자세한 건 저의 다른 작품을 읽어주시면 감사하겠습니다.

하지만 DxD 본편에도 관계자로 보이는 이들의 이름과 설정이 실려 있습니다. 찾아봐주시길.

그럼 감사 인사를 드릴까 합니다.

미야마 제로 님, 담당 H님, 매번 신세지고 있습니다. 신간을 내기 전의 회의 때는 「신 캐릭터를 등장시키지 말고 기존 캐릭터만으로 쓰자!」고 세 명이서 정했으면서 이번 신작 중편에서 「누라리횬」과 미케 할머니를 출현시켰습니다…….

미케 할머니의 인간 형태는 출현시키면 안 될까요……? 젊은 여자애 모습이면 문장과 일러스트가 확 살 것 같습니다. ……아, 아무 것도 아닙니다. 매번 신 캐릭터를 넣어서 죄송합니다!

간토 지역의 요괴에 관해서는 DxD의 연재 단편, 그리고 Web에서 연재중인 동일세계관의 「타천의 구신 SLASHDOG」에서 다루면 좋겠다고 생각하고 있습니다.

그러고 보니 여러분 덕분에 저, 이시부미 이치에이도 작가 데뷔 10주년을 맞이했습니다. 어찌어찌 여기까지 오는데 성공했습니다.

이건 팬 여러분을 비롯해 미야마 씨와 담당 편집자이신 H씨, 관계자 여러분들 덕분입니다. 앞으로도 분골쇄신할 각오를 다지며, 적당히 휴식을 취하며, 20주년을 목표로 삼을까 합니다.

아, 맞습니다. 데뷔작인 『전봉(電蜂) DENPACHI』가 전자서적화되었습니다. 핸드폰을 통해 현실세계에서 목숨을 건 게임을 한다는 내용이며, DxD의 어떤 극중 설정을 연상케 하죠…… 만약 관심이 있으시다면 읽어봐 주셨으면 합니다. 처녀작이기에 부족한 부분이 많을 테지만요.

다음은 본편 21권이군요. 내년 봄 즈음에 간행할 예정입니다. 예정대로라면 4장의 메인 스토리를 끝내고, 22권에서 4장의 에필로그와 함께 독자 여러분들에게 있어 끝내주는 전개가 펼쳐질 예정입니다. 놀라우면서도 불타오르는 전개일 겁니다.

……으음, 최종결전이 전후편이 되지 않는다면, 그렇게 될 거라고 생각합니다! 한 권으로 정리할 수 있으면 좋겠어요……. 21권은 꽤 두꺼워질지도 모르지만, 최선을 다하겠습니다.

과연 어떻게 될까요? 앞으로도 DX와 본편을 잘 부탁드립니다!

역자 후기

안녕하십니까. 『하이스쿨 DxD』를 담당하고 있는 이승원입니다. 『하이스쿨 DxD DX』 2권을 읽어주셔서 감사합니다.

또다시 찾아온 단편집! 이번 권도 캐릭터들의 매력이 물씬 드러나는 단편이 가득 들어있어서 즐거웠습니다. 개인적으로 가장 매력적이었던 캐릭터는 작가님께서도 언급하셨던 시그바이라 양이군요. 냉철한 쿨뷰티인 줄 알았는데, 실은 로봇 마니아! 건O과 마O로스에도 조예가 깊으시다니, 정말 기쁩니다. 이 분이라면 슈로대도 매우 좋아하실 것 같아요! DX 1권에서 가장 인상적이었던 캐릭터가 모 술 취한 섹시 유부녀 님이셨다면, 2권은 로봇 마니아계의 여자 중중 신성(新星) 님이라고 생각합니다.

혹시 아직 본편을 보지 않으신 분은 지금 바로 봐주시길! 로리 콤비(?)의 우정(?)도 감상할 수 있습니다!

그럼 이만 줄이겠습니다.

재미있는 작품을 저에게 맡겨주신 노블엔진 편집부 여러분, 꼭 마감 시즌에 탕수육 대자를 사들고 작업실에 쳐들어오는 악우(惡友)들, 그리고 이 작품을 구매해주신 독자 여러분들에게 진심으로 감사드립니다.

다음 권 후기 코너에서 다시 뵙겠습니다!

2016년 3월 말
역자 이승원 올림

하이스쿨 DXD ——— DX.2

2016년 04월 25일 제1판 인쇄
2016년 05월 01일 제1판 발행

지음 | 이시부미 이치에이
일러스트 | 미야마 제로
옮김 | 이승원

펴낸이 | 임광순
담당편집자 | 노석진
편집1팀 | 황건수 · 정해권 · 김동규 · 신채윤
편집2팀 | 유승애 · 배민영 · 권소현, 이민재
제작 디자인팀장 | 오태철
디자인팀 | 박진아 · 정연지 · 박창조
국제팀 | 노석진 · 엄태진
마케팅팀 | 김원진

펴낸곳 | 영상출판미디어(주)
등록번호 | 제 2002-000003호
주소 | 21311 인천광역시 부평구 평천로 132 (청천동)

전화 | 032-505-2973(代)
FAX | 032-505-2982

ISBN 979-11-319-4363-2
ISBN 978-89-6730-068-5 (세트)

노블엔진(NOVEL ENGINE)은 영상출판미디어(주)의 라이트노벨 및 관련서적 브랜드입니다.

이시부미 이치에이
작품리스트

Re:제로부터 시작하는 이세계 생활 Ex 2

-검귀연가(劍鬼戀歌)-

초판한정 특별부록
고급 일러스트 책갈피

Illustration : Shinichirou Otsuka
© Tappel Nagatsuki 2015

검귀연가(劍鬼戀歌)—— 그것은 지금도 노래되고 있는 검귀와 검성의, 남자와 여자의, 만남과 이별과 사랑의 이야기. 친룡왕국 루그니카를 뒤흔든 내전 『아인전쟁』. 왕국군과 아인연합의 격렬한 싸움으로 국토는 불타고, 국민은 피폐해져, 인심은 평화가 찾아오기를 갈망하던 시대. 영웅이 전화 속에서 태어난다면, 『검귀』 빌헬름 트리아스야말로 영웅. 한 자루 검을 거머쥐고 짐승 같이 전장에서 날뛰는 소년 검사. 자신이 쥔 검의 끝을 갈망하는 그 삶은 이윽고 전우와 왕국, 그리고 한 소녀를 끌어들여 왕국사에 남는 위업을 이룩한다!

대인기 인터넷 소설, 격동과 검극의 외전!

 나가츠키 탓페이 지음 | 오츠카 신이치로 일러스트 | 정홍식 옮김
청춘의 상상, 시동을 걸어라!

용사(그녀)가 마왕(나)을 쓰러뜨려 주지 않아

초판한정 특별부록
고급 일러스트 책갈피

고교생 무나카타 시즈야는 어느 날 이세계의──아무리 보아도 하늘을 나는 쥐가오리로밖에 보이지 않는──신에게 소환을 당한다.

'마왕이 되어주세요!'

"절대로 NO다!"

하지만 거절하여도 힘을 모두 쓴 신은 원래 세계로 돌려보낼 수 없다고 한다.

"요컨대 내가 용사에게 쓰러지면 되는 거냐?"

이렇게 시즈야는 용사인 소녀에게 쓰러지러 향하는데

"너, 너 있지, 책임지고 나랑 결혼해!"

그렇게 만난 소녀는 시즈야에게 호감도 만땅의 바보인데!?

무적의 마왕과 연애바보 용사의 롤플레잉 & 러브코미디!

 아이소라 만타 지음 | nauribon 일러스트 | 곽형준 옮김

청춘의 상상, 시동을 걸어라!

라이벌 등장! 메이드 등장!? 파란과 격동의 시리즈 제2권, 개막!

열세 번째의 앨리스

2

초판한정 특별부록
고급 일러스트 책갈피

쿠죠인 앨리스의 반에 전학을 온 전학생, 리리스. 어른스러운 분위기로 일약 학급 전체의 스타이 된 그녀는 하필이면 앨리스의 약혼자인 오니유리 미츠키에게 급속도로 접근한다! 어디까지나 무관심을 가장하지만, 앨리스는 마음이 편치 않는데…….

한편, 츠키시로츠에는 기묘한 2인조—— 노신사 같은 말투의 청년과 유달리 식성이 좋은 메이드가 찾아왔다. 이들 또한 '조직'의 인간이지만, 두 사람의 대화는 어딘가 멍한 구석이 있는데……?

NOVEL ENGINE 후시미 츠카사 지음 | 시코르스키 일러스트 | 도영명 옮김
청춘의 상상, 시동을 걸어라!

안습 미소녀들의 청춘&성검 판타지! 수영복과 유카타와 여름을 만끽 중!

잉여가 성검을 주운 결과

3

초판한정 특별부록
고급 일러스트 책갈피

판타지 중독&안습계 미소녀 쿠르스, 일단은 리얼충인 안경 미소녀 카즈사와 셋이서 해수욕장으로 가게 된 카리바는, 그곳에서 중학교 시절 트라우마를 남긴 부스지마 나나와 마주치는데?!

한눈에 알아채지 못할 정도의 거유 미소녀가 된 나나로부터 천체관측 권유를 받은 카리바는 여름밤에 대폭주! 다리 사이의 엑스칼리버를 쓸 날이 와버린 것인가?!

——그러는 도중, 나나에게 인기 스마트폰 게임의 시리얼 코드를 받은 마오의 스마트폰에서 괴이한 현상이 발생하는데…….

**여름도, 청춘도, 그리고 성검도 있는(?)
이색 리얼 판타지 제3탄!**

쿠사카베 카사쿠 지음 | **Anmi** 일러스트 | **MOEX** 옮김

NOVEL
ENGINE
청춘의 상상, 시동을 걸어라!

조각난 세계의 어둠과 맞서는, 이데올로지컬 액션 활극, 당당하게 개막!

섀터드 에이지

1

초판한정 특별부록
고급 일러스트 책갈피

해방 이후 4개국의 분할 통치를 받게 된 대한민국. 서울은 영국, 미국, 소련(=현재 러시아), 중국이 통치권을 행사하는 4대 조계로 나뉘어졌다. 그리고 현재, 지리와 정치적 요인에 의해 서울은 세계 굴지의 범죄 도시가 되어 있었다──.

세상 물정을 모르는 아가씨 '이홍'은 동급생을 구해주려다가 영국 조계를 대표하는 범죄조직 '오르펀'에게 쫓긴다. 위기의 순간 그녀를 구해준 것은, '선비'를 자칭하는 이상한 소년이었다.

"세계의 더러움에 눈물짓는 늑대, 게오르그(界汚涙狗)라 한다."

수신제가치국평천하를 논하며 서울의 뒷골목을 걷는 소년. 마이페이스의 소녀. 짝을 찾는 암살자. 범죄의 거리를 방황하는 이들의 욕망과 비밀이 뒤엉켜 일대수라장이 펼쳐진다……!

이준인 지음 │ 새끼늑대 일러스트
청춘의 상상, 시동을 걸어라!